W0409340

Zu diesem Buch

Daß seine Frau ihn nach einem ganzen Eheleben plötzlich verläßt, als Sohn Brent aufs College kommt, will Wilson Kohler schier das Herz brechen. Für jedes Jahr Ehe braucht es ein weiteres, um wieder zu sich zu finden, sagt ein Bekannter – aber dann ist es gerade der in Wilsons Augen von ihm so entfremdete Sohn, dem es gelingen könnte, den Vater aus seiner Einsamkeit zu führen.

Ethan Canin ist ein klassischer Erzähler. Auf so originelle wie spannende Weise zeichnet er Charaktere und berichtet von Geschehnissen, die an die Konstanten des menschlichen Denkens und Empfindens rühren. Das Allgemeine im Besonderen – nur selten gibt es Autoren, die das eine so eindrücklich im anderen aufscheinen zu lassen verstehen. Zwei Brüder, deren unüberbrückbar scheinende Rivalität sich am Ende in einer für den Jüngeren so unerwarteten wie tief bewegenden Erkenntnis auflöst, ein Steuerfachmann, den ein «Baseball Fantasy Camp» plötzlich Dinge in sich entdecken läßt, die lange verschollen waren und von denen er sich nicht einmal zu träumen erlaubt hätte – Canins Stories sind trotz aller Tiefe und literarisch kunstvollen Konstruktion von einer Leichtigkeit, die schon seine erste Geschichtensammlung «American Beauty» für Wochen auf die amerikanischen Bestsellerlisten brachte – was die *New York Times* anläßlich des hier vorliegenden Bandes dazu veranlaßte, ihn den interessantesten Autoren unserer Zeit zuzurechnen.

«Ethan Canin ist einer der anrührendsten neuen Autoren Amerikas, ein zarter, leiser Erzähler.» *(Welt am Sonntag)*

Ethan Canin wuchs in Kalifornien auf, wo auch viele seiner Geschichten spielen. Neben High School und Medizinstudium begann er zu schreiben. Er erhielt mehrere Preise und Stipendien, und er lebt heute in Boston, Massachusetts. In der Reihe der rororo-Taschenbücher erschienen bereits sein Roman «Blue River» (Nr. 13346) und seine Erzählungen «American Beauty» (Nr. 13317).

Ethan Canin

DIE STADT DER GEBROCHENEN HERZEN

Stories

Deutsch von
Werner Löcher

Rowohlt

Die Originalausgabe erschien 1994 unter
dem Titel «The Palace Thief» bei Random House,
New York, «Der Steuerfachmann» («Accountant»)
bereits erstmals 1993 in der Mai-Ausgabe des
amerikanischen *Esquire*, «Bátorság und Szerelem»
(«Batorsag and Szerelem») im Juli 1993 in *Granta*
sowie «Der Palastdieb» («The Palace Thief»)
im Herbst desselben Jahres in *The Paris Review*.

Veröffentlicht im Rowohlt Taschenbuch
Verlag GmbH, Reinbek bei Hamburg, Mai 1997
Copyright © 1994 by Ethan Canin
Copyright der deutschen Ausgabe
© 1995 by Hoffmann und Campe Verlag, Hamburg
Umschlaggestaltung Walter Hellmann
(Illustration Jürgen Mick)
Satz Ehrhardt und Univers bei Libro, Kriftel
Druck und Bindung Clausen & Bosse, Leck
Printed in Germany
1490-ISBN 3 499 13788 7

FÜR BARBARA

INHALT

DIE STADT DER GEBROCHENEN HERZEN

Wilson Kohler liebte Baseball. Er dankte Gott dafür – für die rote Erde der Pfade zwischen den Bases, das grüne Gras, für den Schnitt und die Paspelierung der Trikots. Es war eine Pracht. Es nahm ihm den Atem. Und er wußte alles über das Spiel, die strategischen Feinheiten, die Pickoff-Spiele und wann dem Schlagmann grünes Licht gegeben wurde. Seit den Tagen, da er seinen Sohn Brent auf dem Arm mit sich nehmen mußte, war er zu den Red Sox in den Fenway Park gegangen. Zu der Zeit machte sich Carl Yazstremski noch seinen Namen in der Major League, ein vogelbeiniger Linkshänder mit einem komischen Schwung. Mittlerweile hatte Yazstremski seine aktive Laufbahn mit vierhundertzweiundfünfzig Home-Runs auf dem Konto beendet, und Brent stand vor seinem letzten Jahr im College. Das College lag im Westen, und als er anrief, um zu sagen, er käme für einen Tag nach Hause, bevor er wieder hinfliege, kaufte Wilson zwei Karten für das Spiel.

Der Sommer ging zur Neige. Die Red Sox hatten eine miserable Saison, murksten am Tabellenende der Liga herum, in die sie erst zwei Jahre zuvor aufgestiegen waren, und verloren Spiele, wie es nur ging. Jeden Nachmittag liefen sie hinaus unter den wolkenlosen Himmel von Fenway und brachen der Stadt das Herz. Das sagten die Fans.

Die Alten, die Frauen in Windjacken – sie alle sagten immer wieder, daß die Red Sox seit 1920 mit einem Fluch belegt waren, dem Jahr, in dem sie Babe Ruth an die Yankees verkauft hatten. Auf dem Yawkey Way vor dem Stadion standen sie bei den Würstchenbuden und sagten: «Häng dein Herz nicht an diese Mannschaft. Die bricht es nur.»

Aber Wilson hatte dennoch Hoffnung. Er ging etwa einmal die Woche hin, fuhr von der Arbeit direkt zum Park, und wenn er nicht konnte, hörte er sich die Übertragung der letzten Innings im Radio an. Seine Frau Abbie hatte ihn vor drei Jahren verlassen, und er hatte sowieso nicht viel anderes zu tun. Er spielte Golf, machte Spaziergänge den Charles River entlang und kümmerte sich um seinen kleinen Garten. Von Zeit zu Zeit ging er mit Frauen aus – Frauen, die er in den teuren Bars um den Boston Common herum traf oder die ihm die Frauen seiner Kollegen vorgestellt hatten –, aber das einzige, was ihm wirklich gefiel, das einzige, was nicht von schlechten Gefühlen oder Bedauern getrübt wurde, war, zum Baseball zu gehen. Er parkte sein Lincoln Town Car in einem der teuren Viertel von Brookline, eine Meile vom Fenway Park, und zog sich auf dem breiten Vordersitz um, raus aus dem Anzug und rein in die weißen Hosen und das kurzärmlige Hemd, die er in einer Sporttasche im Kofferraum aufbewahrte. Dann ging er zum Park, und das Licht des späten Nachmittags erfüllte ihn mit seinem klaren, flußgewaschenen Optimismus.

Für gewöhnlich saß er oben auf der nicht überdachten Tribüne. Obwohl er reichlich Geld hatte, mochte er die offenen Plätze – es hatte etwas, zwischen all diesen Leuten zu sein, wenn er auch mit keinem von ihnen sprach. Er mochte die Dramen, die sich hinter der großen grünen Wand vor dem linken Spielfeld ereigneten – die Streitigkeiten zwischen den Pärchen, die Schlägertypen, die aneinandergerieten und in ihren engen Budweiser-T-Shirts über die Sitzreihen fielen, bis die Armee der Ordner mit ihren blauen Krawatten sie erreichte. Im Handschuhfach seines Lincoln hatte Wilson immer eine Rolle Fünf-Dollar-Noten für Eintrittskarten.

Aber am Tag bevor Brent kam, nahm er fünfzig Dollar mit und kaufte zwei teure Plätze. Brent würde nur für zwölf Stunden in Boston sein, ein Aufenthalt vom Morgen bis in den Abend, und Wilson wollte, daß er ihn genoß. Die Plätze waren sehr gut, unten hinter der dritten Base, und am Morgen, an dem Brent ankommen würde, ging Wilson und kaufte sich auch noch Sachen zum

Anziehen, die ihn jünger aussehen ließen. In einem Laden in Cambridge fand er ein Baumwollhemd mit weitem Halsausschnitt, das aus Indien kam, und ein Paar Denim-Hosen mit einem Band oben statt eines Reißverschlusses und einer Schnalle. Er trug die neuen Sachen, als er zum Flughafen fuhr.

«Buckaroo», rief er, als Brent aus dem Ankunftsterminal kam.

«Hallo, Dad.»

Wilson schob sich durch die Menge und umarmte ihn. «He», sagte er und sah auf Brents Ohr, «was ist das denn?»

«Nichts», sagte Brent. Er wich zurück und machte ein übertriebenes Aufheben davon, Wilson zu mustern. «Mein Dad», sagte er, «der Hipster.»

Wilson zog am Band oben in seiner Hose. «Gefällt's dir?» Er nahm Brents Seesack, und sie bahnten sich ihren Weg hinaus durch die volle Halle. Wilson versuchte einen Schritt zurückzufallen, um einen Blick auf das zu erhaschen, was wie ein Ring in Brents Ohr aussah, aber wann immer er langsamer wurde, um in Position zu kommen, verzögerte auch Brent seinen Gang.

«He, Dampframme», sagte Wilson, «was ist der Unterschied zwischen 'ner Wasserschlange und 'ner Autoschlange?»

«Was bei der einen hinten ist», sagte Brent, «ist bei der anderen immer vorne.»

«Verflucht.»

«Vielleicht sollte ich meine Sachen in einem Schließfach lassen», sagte Brent. «Ich fliege ja heute abend wieder.»

«Kanntest du den Witz schon?»

«Etwa . . . seit 1979.»

«Und wieso hab ich ihn erst gestern gehört?»

«Ich weiß nicht, Dad. Wieso?»

Wilson stellte den Seesack ab und hob beide Arme in die Luft. «Erbarmen», sagte er. «Ich gebe auf.»

Brent ging weiter den Gang hinunter. Wilson eilte hinter ihm her und fuhr ihm durchs Haar. Früher hatten sie zugesehen, wie George Carlin und Richard Pryor mit Johnny Carson in der *Tonight Show* immer noch eins draufgesetzt hatten, und Brent kam mit Witzbüchern in der Schultasche aus der Bibliothek, aber jetzt war er ernst geworden. Statt nach Notre Dame, wo Wilson ein Phi Delt gewesen war, war Brent auf ein College in Oregon gegangen, wo es nur zwei Noten gab, bestanden und nicht bestanden, keine studentischen Verbindungen und keine Sportwettkämpfe mit anderen Colleges. Er wollte dort hin, obwohl er sonst in jeder Hinsicht ein normaler Kerl gewesen war – ein guter Sportler, ein ganz ordentlicher Schüler und ein bißchen auch ein Angeber – und obwohl er von Notre Dame wie auch der University of Massachusetts eine Zulassung bekommen hatte.

Während sie den langen Gang hinunterliefen, fragte Wilson ihn nach seinem Sommerjob und dem bevorstehenden Jahr an der Uni. Er wollte nichts zu Persönliches fragen, weil Brent davor mittlerweile zurückwich, und er wollte auch nicht zu früh mit dem Herumulken anfangen, sonst war der Besuch vorbei, ehe sie Gelegenheit gehabt hatten, miteinander zu reden, wie es Ostern passiert war. Brent war einmal ein witziger und auch ein gesprächiger Junge gewesen, aber seit einiger Zeit hatte er sich aus irgendeinem Grund in sich zurückgezogen. Wilson sehnte sich danach, von Brents Leben zu hören – seine, in gewisser Hinsicht, einzigen Nachrichten aus der Welt draußen –, doch war er sich bewußt, daß, je mehr er fragte, Brent immer noch weiter zurückwich.

Es war nicht so, daß Brent nie von sich erzählt hätte – von Zeit zu Zeit brachen lange Berichte über seine Gedanken und Probleme aus ihm hervor –, Wilson konnte nur einfach nie sagen, wann es in Ordnung war zu fragen. Alles, was er konnte, so entschied er schließlich, war zu versuchen, daß Brent sich wohl fühlte. Es gab nichts Spezielles, worüber Wilson gern gesprochen hätte, aber er wollte, daß Brent wußte, sein Vater hatte ein offenes Ohr für ihn. Wilson hatte selbst eine ziemlich schwere Zeit hinter sich. Er wußte, wie wichtig es war, daß einem jemand zuhörte.

Anstatt heim nach Boston zu kommen, war Brent in diesem Sommer nach New York gegangen, wo er als freiwilliger Helfer eines katholischen Sozialdienstes für Obdachlose gearbeitet und, soweit Wilson zu sagen wußte, in einer Kommune in Brooklyn gelebt hatte. Jetzt, da sie an den Ticketschaltern vorbeikamen, vor denen reichlich Betrieb herrschte, mußte er darüber lachen. Vor drei Jahren, zu Brents achtzehntem Geburtstag, dem ersten, nachdem Abbie gegangen war, hatte Wilson ihm einen weißen Celica GT mit Sonnendach gekauft, und heute säte Brent Karotten in einem Hinterhofgarten in Brooklyn und kochte biodynamisches Essen für sechs Hausgenossen.

«Dieses Ding in deinem Ohr», sagte Wilson, «das ist doch kein Symbol für irgendwas, oder?»

«Für was, Dad?»

«Irgendwas.»

«He, Dad», sagte Brent und nahm seinen Arm, «wir leben in den Neunzigern.»

«'tschuldige, Buckaroo», sagte Wilson. Er wußte nicht wirklich, was die Neunziger mit einem Ohrring zu tun hatten, aber ihm gefiel, daß Brent sich bei ihm untergehakt hatte. Hätte Wilson es getan, hätte Brent mit Sicherheit einen Sprung von ihm weg gemacht. Im übrigen hatte er ihn nicht aufziehen wollen.

Sie kamen an einem Schuhputzstand vorbei, und als der alte Schwarze dahinter lächelte, durchfuhr Wilson eine Welle von Stolz darüber, Arm in Arm mit seinem Sohn zu gehen. «Buckaroo», sagte er wieder, und er ging zurück und gab dem Mann eine Fünf-Dollar-Note. «Ich bin ein glücklicher Vater heute», sagte er zu ihm.

Aber als sie auf den Parkplatz kamen, sah Brent schon wieder grüblerisch aus. Er hielt beide Hände tief in die Taschen geschoben, und seine Schuhe scharrten über den Beton. «He, Dampframme», sagte Wilson, während er den Seesack in den riesigen Kofferraum seines Town Car packte, «schon gehört, warum Fett in der Milch ist?»

Brent sah ihn an.

«Damit's beim Melken nicht quietscht.»

Brent machte ein Geräusch wie ein Summer. «Wann wirst du dieses Auto waschen?» sagte er und wischte mit dem Finger über die Haube. Dann stieg er ein und schnallte sich an. Als sie aus der Parklücke scherten, fügte er noch hinzu: «Es war gut, dem Mann

Geld zu geben, Dad, aber du hättest dir die Schuhe dafür putzen lassen sollen.»

Im Jahr davor war Brent für den ganzen Sommer zurück nach Boston gekommen und hatte in der «Zuflucht» gearbeitet, einem Heim für mißhandelte Frauen, und wenn Wilson auch nicht genau begriff, was für ein Job das war, hatte er sich doch gefreut, Brent zu Hause zu haben. Es war ihm wirklich egal, was Brent tat. Es war ihm egal, ob er Geld verdiente, solange er nur da war. Seit Abbie ihn verlassen hatte, war Wilsons Leben in einen seltsamen Stillstand geraten. Alles ging weiter wie zuvor – seine Arbeit, die Spaziergänge am Fluß, der Betrieb in der Innenstadt von Boston –, es war nur, daß mit *ihm* nichts Wichtiges mehr geschah. Er stellte fest, daß er sich nicht mal mehr an sein tägliches Dasein erinnern konnte. Einmal, direkt nachdem Abbie gegangen war, hatte er zehn Minuten lang in seinem Büro gesessen und versucht, sich zu erinnern, ob er morgens gefrühstückt hatte oder nicht. Wenig später konnte er sein Auto im Parkhaus am Copley Square nicht wiederfinden. Aber mit Brent letzten Sommer hatte sein Leben gleich wieder angefangen. Manchmal waren sie abends ins Stadion gegangen, hatten zum Frühstück Würstchen gegessen und Kaffee getrunken und zusammen im Garten gearbeitet. Selbst wenn Brent ausging, war mehr Leben im Haus.

Nicht, daß Wilson seinen Sohn immer verstanden hätte. Manchmal fragte er sich gar, wer ihn großgezogen hatte. Sonntags morgens hatte Wilson Brent und seine Freunde zum Brunch mit ins Charles Hotel genommen und zwischen den Gängen am Buffet verblüfft zugehört, wie sie sich über Weltpolitik und das Elend der Frauen unterhielten. Wilson mochte es, wenn das Gespräch zwischendurch auf Freundinnen kam, und er bemühte sich, die Namen zu behalten, aber Minuten später ging es bereits wieder um Politik. Von einigen Problemen hatte er noch nicht einmal gehört – von Paradigmenwechseln zum Beispiel und hegemonialen Diskursen –, und er fragte sich, was diese Professoren drüben in Oregon seinem Sohn nur beibrachten.

Im Frühling, als Brent ihm erklärt hatte, daß er nach Hause

kommen werde, um in der «Zuflucht» zu arbeiten, hatte Wilson bei Leuten, die er durchs Geschäft kannte, herumtelefoniert, um zu sehen, ob er nicht einen besser bezahlten Job für ihn fand. Das war nicht böse gemeint, im Gegenteil, Wilson sah es als eine hilfreiche Initiative seinerseits, aber Brent hatte wütend darauf reagiert. Was Wilson nicht verstand. Er war klug genug, nicht weiter daran zu rühren, aber ein paar Nächte lag er wach und grübelte darüber nach, welche besondere Neigung sein Sohn wohl zu mißhandelten Frauen hatte. Er konnte sich einfach nicht von dem Gedanken losmachen, daß es mit *ihm* zu tun hatte, was ihn zwischen Ärger, der ihn wach hielt, und dem Gefühl von Einsamkeit hin und her schwanken ließ.

Seine eigene Frau, Abbie, hatte ihn, einen Monat nachdem Brent mit dem College angefangen hatte, verlassen, und in den nachfolgenden Wochen hatte Wilson keinerlei Bedürfnis verspürt, sie zu schlagen, nur zu weinen. Er saß allein in seinem Fünf-Zimmer-Haus und hätte ebensogut allein auf der Welt sein können. Nachdem sie weg war, hatte er eine Zeitlang getrunken, und im Büro – er war Marketing-Manager einer Elektronikfirma – hatte er ein paarmal die Tür zugemacht und geschluchzt. Aber Brent war im Sommer nach Hause gekommen und hatte ihm von der wachsenden Zahl von Frauen erzählt, die vor ihren Ehemännern und Freunden Schutz suchten, von Frauen, die mit geschwollenen Augen kamen und mit Zigarettenbrandmalen innen an den Armen. Er hatte Wilson erklärt, die Adresse der «Zuflucht» sei ein Geheimnis, in das er nicht einmal *ihn*, seinen Vater, einweihen könne. Auf die Weise konnten die Männer nicht kommen und nach ihren Frauen suchen.

Ein paar Tage lang fragte sich Wilson, woher die Frauen denn wußten, wo das Haus war. Riefen sie eine geheime Nummer an? Stand es auf ihren Toiletten an den Wänden der Kloabteile? Aber Brent wollte es nicht sagen. Wenn Wilson fragte, schüttelte er nur den Kopf. Wilson versuchte es aus ihm herauszulocken. Auf der Straße deutete er auf Frauen mit dunklen Brillen und fragte Brent, ob er sie von der Arbeit her kenne, und einmal, als sie mit der roten Linie am Harvard Square ankamen, fragte er eine gutangezogene Frau, die neben Brent saß, ob das hier die richtige Haltestelle für das Frauenhaus sei. Als sie aus dem Zug stiegen, sagte Brent zu ihm, er solle nie wieder etwas in dieser Art tun.

Es gab noch andere Dinge, die Wilson hatte fragen wollen. Wie war es zum Beispiel möglich, die Adresse vor so vielen Männer tatsächlich geheimzuhalten, und warum erlaubten sie Brent, dort zu arbeiten? Aber Brent nahm die Sache sehr ernst, und Wilson begriff, daß es besser war, das Thema fallenzulassen. Beim Frühstück erzählte Brent gelegentlich von den Opfern, mit denen sie zu tun hatten, doch sobald Wilson Fragen stellte, sah er ihn argwöhnisch an. Wilson trug die Würstchen auf, schenkte Kaffee ein und gab Brent dann den Hauptteil der Zeitung, er selbst nahm die Sportseiten. Es erfüllte ihn mit Zufriedenheit, daß sie morgens zusammen den *Globe* lasen, und er stellte fest, daß er Brent sogar für die unverschämt hohen Gehälter der Major-League-Spieler interessieren konnte. Anschließend wandte sich Brent wieder den Nachrichten zu.

Der Ernst, mit dem Brent sich um die Probleme von Fremden kümmerte, ärgerte Wilson, obwohl er das ihm gegenüber so nie gesagt hätte. Natürlich sah auch er, daß Frauen in dieser Welt unter großen Schwierigkeiten zu leiden hatten; was er nicht begriff, war, warum das von so großer Bedeutung für seinen Sohn sein sollte. Das weibliche Geschlecht, so schien ihm, konnte für sich selbst sorgen. Es konnte mehr als das. Tatsächlich hatte er den Eindruck, daß es in den letzten paar Jahren zu geheimen Absprachen unter den Frauen gekommen war, die immer noch weitergingen, und daß sie die Männer hinter sich zurückließen.

Vor drei Jahren zum Beispiel, als Abbie ihn verlassen hatte, mußte Wilson feststellen, daß er seinen Bekanntenkreis bis zu dem Punkt vernachlässigt hatte, daß es keinen einzigen männlichen Freund mehr gab, an den er sich hätte wenden können. Er hatte seine Rolodex-Kartei durchgesehen. Als Buck Hume ans Telefon kam, unterhielten sie sich eine Weile freundschaftlich, aber ein paar Minuten nachdem Wilson ihm die Neuigkeiten von Abbie erzählt hatte, entschuldigte sich Buck, da er zu einem Barbecue-Dinner wollte. Er rief Frank Scove in Belmont an, seinen Freund seit den Phi-Delt-Tagen in Notre Dame, und Frank fuhr in die Stadt, um ihn in einer Bar zu treffen. Frank war ein guter Kerl, richtig, aber alles, was er wollte, war, sich besaufen und von den Pi-Phi-Frauen reden, die sie vor vierunddreißig Jahren in South Bend gekannt hatten. Am Ende packte Wilson ihn in ein Taxi.

In derselben Woche noch, er vertrieb sich gerade die Zeit in einer Buchhandlung beim Harvard Square, stieß Wilson zufällig auf ein kleines Plakat, das Reklame für eine Männergruppe machte. Er rief die Nummer an, aber es war ein Anrufbeantworter, und er hinterließ einen falschen Namen. Zwei Wochen später, an einem Donnerstagabend, waren die Red Sox in Baltimore, und Wilson trank zwei Scotch und fuhr zu der Adresse, die der Anrufbeantworter noch einmal wiederholt hatte. Wie sich herausstellte, war es der Keller der Unitarier-Kirche in Sommerville, und als er hineinging, fand er nichts als drei mißmutig dreinschauende junge Männer, die um einen Plastiktisch saßen und Karten spielten. Später rief er Frank Scove wieder an, aber als Frank ans Telefon kam, klang er bereits halb hinüber, und Wilson hängte ein. Er streifte durchs Haus. Im Badezimmerschrank fand er eine Flasche mit Teppichschaum, verteilte ihn auf dem Läufer im ersten Stock und saugte ihn mit Abbies kraftvollem, selbstgetriebenem Staubsauger wieder ab. Er trug ihre leere Kommode auf den Dachboden, blieb dann da und betrachtete durch das kleine Mansardenfenster die Zeichnung der Sterne. Das beste Mittel gegen Mißmut sei, sich weiterzubilden, hatte seine Mutter gern gesagt, und so ging er nach unten und stellte C-Span ein. Präsident Bush sprach vor einer Gruppe von Öl- und Benzin-Managern, und obwohl Wilson das Gefühl hatte, daß Bush nichts als ein blinder, nur an sich interessierter Mann war, als er das Podium unter dem Präsidentensiegel betrat, mußte er feststellen, daß er unerklärlicherweise weinte. Am Morgen wachte er auf der Couch auf.

Abbie hatte ihn wegen eines Mannes namens Tad Heinz verlassen, dem Vizepräsidenten von Wilsons Firma. Sie hatte ihn ohne wirklichen Grund verlassen. An ihrem letzten gemeinsamen Tag führte Wilson sie zum Essen in ein Steakhaus aus, und sie erklärte ihm, daß er alles gewesen sei, was sie sich von einem Ehemann gewünscht habe, daß er verläßlich und liebevoll gewesen sei, ein guter Ernährer ihres Sohnes, aber dennoch sei da etwas an Tad Heinz, dem sie nicht zu widerstehen vermöge. Mit Vernunft habe das nichts zu tun, erklärte sie ihm, aber da sei eine Energie zwischen ihr und Tad, die es mit Wilson nicht gebe. Jetzt, da Brent aus dem Haus sei, glaube sie, die Zeit sei gekommen, mit dem eigenen Leben fortzufahren. Sie sagte, die Affäre gehe schon seit zwei Jahren und sie habe nicht gewollt, daß er es von jemand anderem erfahre.

Damit war Wilsons Leben zum Stillstand gekommen, direkt nachdem Abbie ihm eröffnet hatte, wie lange sie sich schon mit einem anderen Mann traf. Voller Eigensinn versuchte er, nicht über diese Zeit nachzudenken. Ein paar Monate vorher hatte spätnachts noch das Telefon geklingelt. Abbie war rangegangen, hatte gesagt: «Mutter, ich ruf zurück» und war nach unten verschwunden. Und dann das Wochenende, als sie eine Zimmergenossin aus Collegezeiten in West-Massachusetts besuchen fuhr. Einmal, erinnerte er sich, hatte er sie in einem Restaurant am Münztelefon gesehen, als sie zur Toilette gegangen war. Und es war auch etwa zwei Jahre her, jetzt, wo er darüber nachdachte, daß sie ihr Parfum gewechselt hatte.

An dem Abend, als sie ihm eröffnete, daß sie ihn verlassen werde, fuhr sie mit ihm nach Hause, und trotz ihrer Einwände hielt er an einem Blumenladen. Während Abbie im Wagen wartete, erklärte er Panos, dem alten griechischen Floristen, der über die Jahre ein steter Quell guten Mutes für ihn gewesen war, daß seine Frau ganz geknickt sei und er etwas Besonderes für sie brauche. Panos zwinkerte und brachte eine Vase mit Sonnenblumen, Fingerhut und Papageienblumen aus dem Kühlraum, und Wilson ging hinaus zum Wagen und hielt sie hinter dem Rücken, ziemlich optimistisch, wieder ins Lot bringen zu können, was gerade passiert war.

Später am Abend dann, als sie ging, saß er am Tisch hinten im Haus und starrte die Blumen an, so beschämt, daß er nicht aufzublicken vermochte. Er sah ihr nicht nach, lauschte nicht auf das vertraute Aufheulen und Einkuppeln ihres Toyota, verlegte sich nicht aufs Bitten. Lange Zeit saß er im Frühstücksraum. Dann nahm er den *Globe* und dachte: *Ich muß weiter die Zeitung lesen.*

In den Tagen, die darauf folgten, fühlte er sich nicht unbedingt traurig, einfach leer, als ob die Geschehnisse seines Lebens, die er Abbie nicht erzählen konnte, gar nicht stattgefunden hätten. Zum erstenmal seit dem Tod seines Vaters weinte er, aber es schienen keine Tränen der Traurigkeit zu sein und diese auch nicht zu lindern. Sie schienen biologisch, und er beobachtete sie wie Symptome.

Er versuchte, nicht an Tad Heinz zu denken. Tad arbeitete in einem anderen Gebäude, zwei Meilen östlich an der Route 128, und es fiel Wilson nicht schwer, ihn physisch zu meiden. Wann immer er sich in seine Gedanken drängte, wandte Wilson den Trick an, den ihm sein Sergeant auf der koreanischen Halbinsel beigebracht hatte – er zählte die Hauptstädte der einzelnen Bundesstaaten in alphabetischer Reihenfolge auf, von Albany bis Trenton. Aber im Winter dann fuhr er eines Tages eine Gasse auf dem Büroparkplatz hinunter, und da war Tad, der aus einem metallicgrünen Mercedes ausstieg. Drei Monate war es her, seit Abbie gegangen war, um mit ihm und seinen beiden Töchtern in Marblehead zu leben. Es war bitterkalt, aber Wilson stoppte den Lincoln und stieg aus. Glatte, abgasgefleckte Eisspuren trennten ihn von dem Mann, der ihm seine Frau genommen hatte. Er stellte fest, daß er auf ihn losrannte. Tad schloß gerade die Wagentür ab, er trug einen Wollmantel und einen lächerlichen Firmenschal um den Hals.

Wilson hatte die Raten für sein Haus bereits bezahlt und genug Geld für Brents erste zwei Collegejahre gespart. Er versuchte, langsamer zu werden, warf die Arme nach beiden Seiten, um die Balance zu halten, und schlitterte über das Eis, aber als er den Mercedes erreichte, packte er die flatternden Enden von Tads Schal und zog. Tad drehte sich um und sah ihn, und dann lagen sie beide auf dem harten, unebenen Eis. Tad versuchte ständig, wieder hochzukommen. Wilson hatte seit der Army niemanden mehr geschlagen. In seinem dicken Mantel kämpfte er sich vor, streckte sich nach Tads Schultern, stieß die gutgearbeiteten Lederhandschuhe weg, die sich zur Verteidigung hoben, und legte schließlich sein ganzes Gewicht in einen scharfen rechten Aufwärtshaken, der Tads Kiefer traf. Der krachte zurück, und Tad schnappte nach Luft. Eine der Sekretärinnen erschien am Ende des Parkplatzes, und Wilson verspürte den Drang durchzudrehen, aber dann setzte er sich zurück auf das Eis.

Tad hielt sich den Kiefer. «Abbie hat gesagt, Sie würden was versuchen», keuchte er.

«Leck mich, Heinz.»

Tad stand auf und stieg in den Mercedes. Als er gedreht hatte, hielt er knapp neben der Stelle, wo Wilson noch immer auf dem Eis saß, öffnete das Fenster, starrte eine Minute hinaus, kurbelte es wieder hoch und fuhr davon.

Am nächsten Tag kam Wilson früher und packte seine Sachen zusammen. Er packte seine Unterlagen, das Tintenfaß aus Zinn, das Brent ihm geschenkt hatte, seine Bücher, die kleine Flasche Bourbon und das Foto von Brent am Strand von Cohasset. Anschließend fuhr er nach Hause und wartete auf den Anruf seines Chefs. Tags darauf blieb er ebenfalls zu Hause, aber der Anruf kam nicht, am Tag danach auch nicht, und schließlich fuhr er ins Büro und packte seine Sachen wieder aus. Er stellte sie auf den Schreibtisch und die Regale und versuchte zu arbeiten. Draußen vor seinem Fenster fiel Schnee. Als er so auf dem lederbezogenen Stuhl saß, mit der Lehne zum Schreibtisch und in die flockige Januarluft hinaussah, begriff er, daß er nach dem Haken gegen Tad Heinz damit gerechnet hatte, Abbie würde zu ihm zurückkommen.

Aber Tad Heinz warf ihn nicht einmal hinaus. Wilson stellte sich vor, wie seine Frau Salbe auf den blaubraunen Fleck auf Tads Wange tupfte, ihre Hände das Neue fühlten, die seltsam winklige Form des Kieferknochens. Er fragte sich, ob sie Tad wirklich gesagt hatte, daß er ihn womöglich angreifen würde.

An jenem Nachmittag schloß er seine Tür ab und schrieb den

ersten seiner Briefe an Brent im College. Er sprach darin vom Wetter, den Bruins und dem Elektronik-Markt. Er fragte Brent nach dem Unterricht und seinen Freunden, nahm auch zwei Witze über Vizepräsident Quayle mit herein und fragte, wie viele Feministinnen nötig seien, um eine Glühbirne in die Fassung zu schrauben. Nach einigen Zeilen jedoch stellte er fest, daß es nicht viel zu sagen gab. Er fragte sich, was für eine Art Vater er gewesen war. Die Briefe, die Abbie Brent immer ins Sommerlager geschrieben hatte, waren zwei, drei Seiten lang. «Vor kurzem bin ich die Beacon Street entlangspaziert», schrieb er, um das Ende der ersten Seite zu erreichen, «und traf Mr. Harkness, Deinen alten Mathelehrer (wurde geschieden, als er Deine Klasse hatte), also habe ich ihn zum Mittagessen eingeladen. Er läßt Grüße ausrichten und erinnert Dich daran, Deine Divisionen auszuschreiben (na dann).» Er schrieb, daß sich alles geändert habe ohne Brents Mutter, es gehe ihm aber gut. «Ich liebe Dich und werde es immer tun», schrieb er zuletzt, setzte «Dad» darunter und strich es wieder durch. «Wilson», schrieb er.

Er bewegte sich träge durch den Verkehr Richtung Fenway Park, wobei er gelegentlich die Spur wechselte, um Brents Ohrring in Augenschein nehmen zu können. Der war sehr klein, ein Spritzer reflektierten Lichts, der ein Diamant oder ein Stückchen Silber sein konnte. Wilson war etwas weitsichtig. Neulich hatte er nach einem Spiel auf dem Kenmore Square einen Mann mit bloßer Brust gesehen, der sich eine Kette zwischen Ohr und Brustwarze gehängt hatte, und in der White Hen Pantry kaufte er seinen Kaffee jeden Morgen bei einem Mädchen mit einem Nasenring. Sie war hübsch. Es war eine Art Auflehnung dagegen, nahm er an.

Eines Tages hatte er ein Gespräch mit ihr angefangen und festgestellt, daß sie kurz vor Abschluß des Boston College stand, eines Jesuiten-College, wenn er sich recht erinnerte. Sie freundeten sich etwas an, und schließlich fragte er sie, was ihr Freund denn von dem Ring halte. Sie antwortete, daß ihr Freund der gewesen sei, der ihn ihr gekauft habe. Wilson goß sich seinen

Kaffee ein und wunderte sich über die Welt. Sie sah den Ausdruck auf seinem Gesicht und griff über die Kasse hinweg nach seinem Arm. «Wir sind eine andere Generation», erklärte sie ihm mit einer Stimme, die nicht unfreundlich war, und in dieser Geste lag so viel, daß er dem verrückten Instinkt folgte, auch seinerseits über die Theke zu langen und ihr herzförmiges Gesicht in die Hände zu nehmen.

Er bog in die Beacon Street und entschied, daß es nicht einen Grund gab, warum Brent keinen Ohrring tragen sollte, solange es unter jungen Männern seines Alters Mode war. Es traf ganz offensichtlich nicht mehr zu, daß nur Homosexuelle Ohrringe trugen. Einer der Chip-Vertreter bei der Arbeit hatte Wilson kürzlich erzählt, daß es, was Ohrringe anging, einen wahren Code unter Homosexuellen gebe – in welchem Ohr und wie hoch –, aber der Mann lebte in der Steinzeit, das war allgemein bekannt. Wilson wechselte die Spur: Brents schien ein Diamant zu sein.

«Nun», sagte Brent und drehte ihm das Gesicht zu, «gibt es da wieder jemanden in deinem Leben?»

«Fahr, Lady», murmelte Wilson aus dem Fenster zu einem Wagen hinüber, der nach links abbog. Einen Block lang tat er so, als würde er vom Verkehr abgelenkt. Es brachte ihn jedesmal für eine Weile aus der Fassung, wenn ihm mit vierundfünfzig von seinem erwachsenen Sohn Fragen zu seinen Freundinnen gestellt wurden. Brent sah ihn immer noch an.

«Es gibt ein paar», sagte er. «Ich würde dir Namen nennen, aber es ist schwer, sie zu behalten.»

Brent sagte: «Ernsthaft, Dad.»

«Ja», sagte Wilson, «es ist ernsthaft schwer.»

Sie näherten sich Fenway Park und kamen in den Teil Brooklines, wo er den Lincoln gern am Ende einer schmalen Sackgasse neben einem baumbewachsenen Platz abstellte. Er parkte und wollte sich gerade umziehen, als ihm bewußt wurde, daß er seine neuen Sachen schon anhatte. Brent stieg aus. Wilson sah auf seinen Bauch hinunter, der sich bequem gegen das ungewohnte Material seines Hemdes wölbte – Madras, hatte die Verkäuferin es genannt –, sah die Baumwollkordel seiner Hose. Er hatte sich sein Leben anders vorgestellt.

In Wahrheit war Wilson zwischen den Frauen umhergeirrt. Dreiundzwanzig Jahre lang war er verheiratet gewesen, und er konnte Abbie nicht nur nicht ersetzen, sondern sich noch immer nicht einmal vorstellen, was das bedeuten würde. Zwischen zwei Bourbons hatte Frank Scove einmal erwähnt, daß ein Mann für jedes Jahr, das er verheiratet gewesen war, ein weiteres brauchte, um damit fertig zu werden. Das bedeutete, daß Wilson sich mit vierundsiebzig neu verlieben würde. Herman Goldkorn, sein direkter Vorgesetzter, war erst siebenundsechzig, und man mußte ihn schon in sein linkes Ohr ansprechen.

Im Laufe der letzten drei Jahre hatte Wilson wahrscheinlich ein Dutzend Frauen getroffen und war mit einer Handvoll von ihnen ins Bett gegangen. Die erste, gleich nachdem Abbie ihn verlassen hatte, war eine jung aussehende Stewardeß von einem Delta-Flug nach Washington gewesen, die ihm beim Aussteigen eine Flasche Wein überreicht hatte. Im Hotel hatte er den Namen Monique entdeckt und eine aufs Etikett geschriebene Telefonnummer. Als er sie abends im Capital Hyatt traf, stellte er fest, daß sie nicht so jung war, wie sie aussah, aber die Verbindung war dennoch erregend.

Sie war aus Österreich, sprach fünf Sprachen und erklärte Wilson, er sehe aus wie ein sehr ernster Mann. Er sei so ernst, antwortete Wilson, weil seine Frau erst kürzlich verschieden sei.

Nachdem sie in der Bar einen Drink genommen hatten, lud sie ihn auf ihr Zimmer ein. Wilson war sich bewußt, daß er Dinge vorgeschützt hatte, um ihre Sympathie zu gewinnen, und als sie sich auf die Ecke ihres Betts setzten und durch das Fenster auf das dämmerige Licht des Capitols hinausblickten, schien ihn seine Lüge in Bereiche vorzulassen, die er normalerweise nicht betreten hätte. Sie hatte ein ernsthaftes, aufmerksames Gesicht, und er hörte sich ihr von seinem Leben erzählen, erstaunt darüber, daß die Lüge an seiner Geschichte nichts zu ändern schien. Sie küßten sich so leidenschaftlich, wie er es seit Jahren nicht getan hatte, fielen schließlich zurück aufs Bett und seufzten beide. Monique begann, französisch zu sprechen. Er lag da, bewegte seine Hände unter ihrer Seidenbluse und stellte sich vor, tatsächlich Witwer zu sein und daß die Welt nichts Grausameres für ihn übrig hatte.

Aber statt in Hochstimmung zu sein, fühlte er sich am nächsten Tag wie betäubt. Seine Konferenz fand erst am Nachmittag statt, und so verbrachte er den Morgen im Luft- und Raumfahrt-Museum, eingehüllt von Scham und Bedauern. Ihm kam der Gedanke, daß Monique durch seine Reservierung herausfinden konnte, daß er kein Witwer war, sagte sich aber sofort, daß das lächerlich sei. Als er später in John Glenns klaustrophobische Raumkapsel starrte, kam ihm der Gedanke noch einmal. Er hörte sich laut «Unsinn» sagen. Er verließ das Museum, ging essen und machte dann einen langen Spaziergang. Glücklicherweise nahmen an der Konferenz nachmittags zwölf Marketingmanager teil, und er konnte stumm dasitzen, bis alles vorüber war. Er machte sich eine Notiz, seinen Freund Bryan Hannock zu fragen, worum es gegangen war, und buchte seinen Heimflug dann auf United um.

Wochen danach lebte er wie im Taumel. Es war nicht die Wildheit seiner Tat. Als junger Mann, bevor er geheiratet hatte, war er wild genug gewesen. Es war einfach nur schwer zu verstehen, wie er im September noch seine Frau um die Taille gefaßt und auf dem Flughafen seinem Sohn hatte nachwinken können, und im November lag er mit keinem ihm auf dieser Welt Näherstehenden als der Stewardeß einer internationalen Fluglinie in einem Hotelzimmer. Wieder fand er sich in Tränen. Verloren lief er in dem großen Haus umher und sah sich einmal als Familienvater, was wie in Wellen kam und ihn wehmütig werden ließ, dann als Junggesellen, was ihn in seiner Ungewohntheit mit Scham erfüllte. Buck Humes Frau versuchte ihn mit einer ihrer Freundinnen zusammenzubringen, aber er gab ihr einen Korb. Herman Goldkorns Frau lud ihn zum Abendessen in ihr Haus ein, was er nicht ablehnen konnte. Als weiterer Gast kam eine Witwe in den Sechzigern.

An einem regnerischen Nachmittag im November bog ein Trans-Am auf der Brookline Avenue zu früh nach links ab, und der Lincoln erwischte die hintere Stoßstange und ließ sie über die Kreuzung kreiseln. Bevor Wilson noch aussteigen konnte, war bereits eine Frau aus dem Trans-Am aufgetaucht und entschuldigte sich, weil sie vor ihm noch die Straße gekreuzt hatte, es sei der Wagen ihres Sohnes, es tue ihr leid, sie sei an das Gaspedal nicht gewöhnt. «Mein Gott», sagte sie, als sie an sein Fenster kam. «Sie bluten ja.» Wilson glaubte, daß sie Spaß machte, aber als sie die Hand von seiner Stirn zurückzog, hatte sie Blut an den Fingern. Sie waren einen Block vom Brigham and Women's Hospital entfernt, und in der Notaufnahme gab Wilson Brent als nächsten Verwandten an und sagte der Schwester, daß er sich nicht daran erinnere, gegen die Windschutzscheibe geschlagen zu sein. Eine Stunde später lag er in einer seltsamen weißen CAT-Scan-Hülle, während die Frau, die mit ihm zusammengestoßen war, in der Technikerkabine wartete. Sie hieß Mary-Jane Donnelly, und sie hatte sich mit den Ärzten angelegt, um da mit hineinzukönnen. Als Wilson wieder auftauchte, winkte sie ihm zu und kicherte hinter der Scheibe, als wären sie Studenten auf Exkursion. Wilson wußte nicht, wie er sich ihr gegenüber verhalten sollte, also winkte er zurück, wobei er nicht wußte, ob das die Versicherungsfrage komplizieren würde.

Aber während sie auf das Ergebnis warteten, saß sie draußen vor dem Behandlungsraum mit ihm, und als sich bis zum Abend herausstellte, daß alles normal war, fuhr sie ihn nach Hause. Sie parkte vor dem Haus und bot an, für ihn zu kochen, ohne auch nur zu fragen, ob er drinnen eine Frau und eine Familie hatte. Wilson fragte sich, woher sie Bescheid wußte. Sie legte sich für seinen Geschmack etwas zu sehr ins Zeug, aber während der Zeit im Krankenhaus hatten ihm die Ärzte verboten zu essen, und nun war er völlig ausgehungert. Er fühlte sich leicht benommen, wenn er auch nicht sicher war, ob er sich das nur einbildete. Am Ende kochte sie, was sie in seinem Küchenschrank fand, und überraschte ihn mit einer Art marokkanischem Gericht, von dessen Zutaten er nicht glauben konnte, daß er sie im Haus gehabt hatte, und nach dem Essen half sie ihm nach oben ins Bett und stieg dann selbst mit hinein.

Sie war von Beginn an ein Wirbelwind. Sie machte ihm Frühstück und Abendessen, und dreimal die Woche fuhr sie zur Route 128, um mit ihm zu Mittag zu essen. An den Wochenenden arrangierte sie Ausflüge, und donnerstags abends gingen sie zusammen zum Spiel, wo sie dasaß und strickte. Wilson hatte Angst, irgend jemand von den alten Freunden zu treffen. Wenn er mit ihr auf der Tribüne saß, konnte er nicht umhin, ihre Affäre für unrecht zu halten. Manchmal fand er sich seiner Hände übertrieben bewußt: Er legte ihr eine aufs Knie und zog sie wieder zurück, ließ sie auf ihrer Schulter ruhen, dann hinten auf ihrem Sitz, dann wieder auf ihrer Schulter. Einmal, als ein Computervertreter zu ihnen herüberkam, um hallo zu sagen, riß er seine Hand zurück wie ertappt. Mary-Jane Donnelly war voller Energie, aber ohne die Anmut, die Abbie besessen hatte.

Es gab jedoch immer etwas zu tun, und von Zeit zu Zeit erinnerte er sich daran, daß der Schlüssel zur Zufriedenheit im Beschäftigtsein lag. Mary-Jane Donnelly wanderte durchs Haus und machte Vorschläge, wie er es verändern könnte. An einem Wochenende strichen sie das Wohnzimmer, am nächsten fuhr sie mit ihm in eine Gärtnerei, und sie kauften Pflanzen für sein Arbeitszimmer. Sie ließ seinen Lesesessel neu beziehen, kaufte ihm einen Satz neuer Teller und bestellte den Schornsteinfeger, um den Kamin wieder in Ordnung zu bringen. Dann saßen sie vor dem Feuer. Wilson döste ein, und Mary-Jane schnitt Zeitschriftenartikel aus. Einmal die Woche saß sie vorn neben ihm im Lincoln, gestikulierte mit den Armen und kreischte die Riesenwedel an, die über den Wagen schwabbelten und ihn polierten, während er auf Schienen durch den Rain Tunnel Carwash glitt. Wilson war kaum mehr mißmutig. Er fragte sich, ob er dabei war, sich zu verlieben.

Eines Sonntagmorgens dann kam er früh nach unten und fand sie in der Küche, wo sie einen Brief schrieb. Ihm kam der Gedanke, daß sie sich irgendwo noch mit einem anderen Mann traf, und voller Nervosität trat er näher, war aber unvorbereitet auf den plötzlichen Zorn, den er empfand, als er ihr über die Schulter sah und feststellte, daß der Brief an Brent gerichtet war. «Laß bitte meinen Sohn aus dem Spiel», sagte er vorsichtig. Er schien die Kontrolle über sich zu verlieren. Er schrie sie an, ging ins Wohnzimmer, wo ihm bewußt wurde, daß fast alle Sachen Abbies umgestellt waren, und lief dann hinaus auf den Rasen. An diesem Nachmittag fuhr er mit ihr in ein Steak House an der Küste in Plymouth, wo er ihr mit ernster Stimme erklärte, er habe das Gefühl, daß ihnen die Dinge aus den Händen geglitten seien.

«Ich wollte nur, daß Brent weiß, ich bin für ihn da», sagte sie entschuldigend.

Aber Wilson verlor erneut die Beherrschung. Er erklärte ihr, daß Brent durch solche Demonstrationen ebensogut verscheucht werden könne – obwohl er, schon als er es sagte, nicht annahm, daß es so wäre –, und sagte schließlich so laut, daß sich die anderen Gäste zu ihnen umdrehten: «Nein, bist du nicht. Du bist *nicht* für meinen Sohn da.»

Sie verschwand so plötzlich, wie sie gekommen war, und schon nach wenigen Tagen hatte Wilson Schwierigkeiten, sich zu erinnern, was sie gemeinsam gehabt hatten. Wieder wurde er sich bewußt, wie leer das Haus war.

Danach entdeckte er die Bars. Jedes Etablissement zog eine bestimmte Sorte Frau an, und es dauerte nicht lange, bis er sich auskannte. In einer Bar beim Boston Common kam die Elektronikindustrie zusammen. Die Frauen trugen beigefarbene Seidenblusen, tranken Weißwein und verbrachten nach Wilsons Dafürhalten viel Zeit damit, zuversichtlich auszusehen. Sie kamen zu zweit und verschwanden dann jede für sich mit Vertretern, die in den Hotels in der Innenstadt wohnten. Wilson entschied, daß es ein Abstieg wäre, hier seine Zeit zu verbringen. Weiter Richtung Fluß gab es eine Verlagskneipe, wo die Frauen jünger waren und auch eher bereit schienen, sich zu unterhalten. Wilson wußte nicht zu sagen, ob er gut aussah, aber er schien mit ihnen zurechtzukommen, und hin und wieder bekam er eine Telefonnummer. Allerdings war die ebensooft falsch wie richtig. Manchmal mußte er aufkommende Mutlosigkeit niederkämpfen. Dann gab es eine Banker-Bar und eine Bar der Reiseindustrie und in der Nähe vom Mass General Hospital eine für Krankenschwestern. Mit den Monaten lernte er sie alle kennen.

Er freundete sich mit zwei Computervertretern namens Milos und Hank an, und abends konnte er zumindest immer einen von ihnen anrufen, um mit ihm eine Runde zu drehen. Sie waren grobe Kerle, und am Anfang war es schwer, aber dann lernte er darüber zu lachen. Er versuchte, nicht an Abbie zu denken. Milos trank Doppelte und gebrauchte Ausdrücke wie «Pelztier» und «Riesenschwengel», und Hank sagte mit Vorliebe: «Beug dich vor, und ich schieb dich bis nach Cleveland.» Anstatt aber anzugeben, schwangen sie Reden über ihre verrücktesten Fehlschläge. Das erstaunte Wilson, bis er begriff, wie gut die Masche funktionierte. Bald wurde es leicht und am Ende gar komisch. Er entwikkelte eine Gesprächstaktik, gewürzt mit selbstkritischem Humor, auf den die Frauen nicht gefaßt waren.

Später jedoch, wenn er die Frauen dann wiedersah, mußte er behutsam den Übergang weg von dem finden, wie sie ihn in der Bar eingeschätzt haben mochten. Er war sich absolut bewußt, daß er bei Ned Clancy's nur durch Alberei ihre Aufmerksamkeit fand, aber beim Abendessen oder in einem der Cafés in der Stadt, wo er die vorsichtigeren traf, mußte die Unterhaltung Substanz bekommen, oder sie lief auf Grund. Aus der Kneipenalberei wurde Ernst. Sie sprachen über *Ziele* und *Erwartungen* – Worte, die Wilson, der sich plötzlich bei dem Versuch wiederfand, geschiedene Frauen zu verführen, nie benutzt hatte – und die, die immer noch verletzt schienen, über *Verlust* und *Erneuerung*. Er hatte noch nie so viele Leute kennengelernt, die ihr Leben neu definierten. Er fürchtete den Augenblick, wenn er und eine Frau das Ende ihres Humors erreicht zu haben schienen, denn im nächsten Schritt wurde es unweigerlich allzu tiefsinnig. Irgendeine Art von Bekenntnis war gefordert. Oft hörte er sich, noch bevor das Essen kam, Gefühle darlegen, von denen er nicht einmal sicher war, daß er sie wirklich hatte. Die Frauen, die er traf, waren zwar eher in seinem Alter, dennoch schienen sie mehr mit Brent gemeinsam zu haben.

Das Spiel mußte jeden Moment anfangen, und als Wilson und Brent die Schienen überquerten, waren die Bürgersteige voll von Fußgängern, die sich Richtung Park bewegten. Wilson erkannte nicht viele Gesichter: Wer regelmäßig kam, tat das entweder schon früher, um die Schlagmänner zu beobachten, oder nicht vor dem zweiten Inning. Väter und Söhne liefen in Paaren, aber es gab auch reichlich Frauen, und manche von ihnen waren allein. Das wunderte ihn immer. Die Frauen, die *er* kannte, gingen nicht zum Baseball. Er blickte sich um. Mit allen Frauen, die er sehen konnte, war offenbar irgenwas nicht in Ordnung: Eine, die gut auszusehen schien, hatte schließlich ein grobes Gesicht, eine andere hatte die schlaffe Haut einer Trinkerin, zwei trugen Red-Sox-Windjacken. Es schmerzte ihn, die Welt so zu sehen, aber dann dachte er an Milos und Hank, und er lachte. «Ehrlich gesagt», sagte er, «ist es ganz schön schwer, welche zu treffen.»

«Ist es was?» sagte Brent. Sie waren jetzt vorm Stadion, und die vorwärts drängende Menge schob sich durch den Rauch der Würstchenbuden auf die Tore zu.

«Du hast gefragt, ob ich mich mit jemandem treffe.»

Während sie noch in Richtung der Tore gedrängt wurden, überlegte Wilson einen Moment lang, ob er seinen Sohn ins Vertrauen ziehen sollte, aber die plötzliche Nähe von so vielen Menschen nahm ihm den Mut. Abbie hatte ihre gelegentlichen ernsten Gespräche beim Abendessen damit eingeleitet, daß Brent kein Kind mehr sei, und ihn dann nach Drogen und Geschlechtskrankheiten gefragt, und wenn diese Art elterlicher Offenheit Wilson auch immer lästig gewesen war, so fragte er sich seit einiger Zeit doch, ob sie nicht vielleicht eine gute Idee war. Es war wahrscheinlich nicht richtig, wenn ein Vater dem Sohn mit den eigenen Problemen in den Ohren lag, trotzdem war er sich durchaus klar darüber, daß sich ihr Verhältnis zueinander verändert hatte. Brent glaubte ganz offenbar nicht mehr, daß Wilson unverletzlich war.

Als sie ihre Plätze erreichten, kamen die Red Sox gerade aufs Spielfeld, und Brent sagte: «Wo suchst du denn?»

«Überall da, wo's falsch ist, nehme ich an.»

«Gehst du in Bars?»

Wilson sah sich um. «Entschuldige», sagte er. «Ich wußte nicht, daß wir vor Gericht sind. He, Boggs steht auf.»

«Boggs macht nie den ersten Schlag», sagte Brent.

«He, bringen sie dir das in Oregon bei?»

«Nein, du hast es mir gesagt.»

Der Pitcher der Yankees holte aus und warf – erster Fehlschlag –, und gegen seinen Willen dachte Wilson wieder daran, daß selbst Wade Boggs in einen Skandal mit einer Frau verwikkelt gewesen war. Boggs war der präziseste Schlagmann der Major League, aber der Skandal damals hatte seine Schläge für eine Weile schlechter werden lassen. Sportreporter hatten die Gelegenheit wahrgenommen, ihn unter Beschuß zu nehmen, und Wilson konnte sich erinnern, gedacht zu haben, was Boggs getan hatte, sei ekelhaft. Aber Boggs hatte es durchgestanden, und Wilson wurde auf einmal bewußt, daß er sich ihm verwandt fühlte, als hätte man ihnen beiden Unrecht getan. Boggs schlug sich gegen die Stollen und ging zum Centerfield.

«Ehrlich gesagt», sagte Wilson, «was sehr schwer ist, ist jemanden wie deine Mutter zu finden.»

«Ich weiß, Dad.»

«Die gibt es nicht mehr.»

Brent sagte nichts. Es gab noch einen kurz geratenen Schlag, zwei wurden gefangen, und das Inning war zu Ende. Als die Red Sox das Feld übernahmen, sagte Brent: «Vielleicht suchst du an den falschen Orten, und vielleicht auch auf die falsche Weise, Dad, aber es *gibt* sie.»

Wilson dachte darüber nach, während Clemens sich warm machte. Er konnte sich nicht erinnern, wann er das letzte Mal Beschützerinstinkte für Abbie verspürt hatte. Endlich sagte er: «Ich hoffe, deine Mutter hört nie, daß du so was sagst.»

Im dritten Inning konnte Wilson sehen, daß Clemens einen schweren Tag haben würde. Er warf ungeheuer hart, aber der Ball wand sich aus der Schlagzone, und die Yankees bekamen Oberwasser. Im ersten Inning hatte er einen Schlagmann ungehindert zur ersten Base vorrücken lassen, im zweiten drei Würfe bis zum ersten Strike vergeben, und jetzt, im dritten, stampfte er schließlich vom Feld, als der Schiedsrichter wieder einen Ball gab. Wilson buhte.

«Wen buhst du aus?» fragte Brent. «Clemens oder den Schiri?»

«Ich buhe nur einfach gerne.»

Das ganze Stadion brach in Pfeifen und Buhen aus. Links von ihnen stolperte ein Junge mit einem B.U.-Sweatshirt bis unten an den Zaun vor der Tribüne, zeigte dem Schiedsrichter den Finger und warf seine Brille aufs Feld. Eine alte Frau schrie: «Soll das blinde Arschloch sie dir suchen.»

Der Schiedsrichter gab eine Auszeit, und der Balljunge der Red Sox rannte aufs Feld und hob die Brille auf. Dann sprintete er die Linie entlang zurück, und bevor er sich der Bank zuwandte, tat er so, als böte er sie dem Schiedsrichter an. Die Tribüne donnerte.

«Wie hat irgendwer von hier aus den Wurf sehen können?» sagte Brent.

Wilson kicherte. «Teleskopisch genaue Sicht im linken Bereich, Sohn.»

«Da sieht man, warum es Kriege in der Welt gibt.»

Das war genau die Art überernster Kommentar, die Brent seit einiger Zeit abgab, und als er sich in der Sonne neben ihm zurücklehnte, fragte sich Wilson, was mit seinem Sohn passiert war und mit den anderen jungen Männern ringsum nicht. Links von ihm standen jetzt drei in Studenten-T-Shirts der Zete-Verbindung auf, drehten ihre Hintern dem Spielfeld zu, ließen die Hosen runter, warteten, daß die Ordner kamen, und wurden dann aus dem Stadion gebracht, während eine ganze Gruppe von Zete-Leuten aufstand und johlte. Auch von denen mußten einige geschiedene Eltern haben.

«Also, wenn du nichts gegen meine Frage hast», sagte Wilson, «wie guckt man denn richtig nach Frauen?»

«Zuhören», sagte Brent.

Wilson sah ihn an und wartete darauf, daß er weitersprach, aber Brent war ganz ins Spiel vertieft, und Wilson begriff plötzlich, daß das eine Anwort war, daß man nach Frauen suchte, indem man ihnen *zuhörte*. Er prustete. Er selbst hatte sein ganzes Leben lang nichts so Selbstgerechtes gesagt, auch nicht während seiner Collegezeit, aber Brent und seine Freunde lernten in Oregon irgendwie, diese Art Unsinn mit Überzeugung von sich zu geben. Brent verfolgte das Spiel in ernster Haltung. Die Yankees schickten einen Renner herum und übernahmen die Führung, und er beugte sich auf seinem Sitz vor. Wieder standen zwei Männer an Bases, und jedesmal, wenn Clemens zum Wurf ausholte, versteifte sich Brents rechter Arm. Es war schwer, aus ihm schlau zu werden.

«Ich stand unter dem Eindruck, ihr tätet so was nicht», sagte Wilson.

«Was nicht?»

«Du weißt schon. Zeit mit den Damen verbringen.»

Brent sah nicht vom Feld auf. «Sicher tun wir das, nur nicht so wie du. Wir sind ehrlich dabei.»

Wilson wandte sich wieder dem Spiel zu. Brent ging ihm tatsächlich auf die Nerven. Wilson verspürte das verrückte Bedürfnis, ihm zu erklären, daß sein alter Herr ziemliche Fertigkeit darin entwickelt hatte, die Bars der Stadt abzugrasen, und daß es nicht so einfach war, gebildete Frauen in Seidenblusen in Gespräche zu verwickeln. Er stellte sich Brent vor, wie er es versuchte. Er stellte sich vor, wie Brent eine falsche Nummer anrief, die auf eine Cocktailserviette gekritzelt worden war. Es wollte ihm von der Stewardeß in Washington erzählen und wie er mit einer Frau ins Bett gegangen war, die er auf einer Kreuzung gerammt hatte, aber Clemens gelang es, den dritten Mann auszuschalten, und als die Red Sox von ihren Positionen zur Bank liefen, wurde er von Scham übermannt. Was in Gottes Namen war nur in ihn gefahren? Er begriff, wie sehr er Brent morgen vermissen würde. Er hatte ihn zu seinem ersten Spiel mitgenommen, als er kaum zwei Monate alt gewesen war, eingewickelt in eine rot-blaue Decke, die Abbie gemacht hatte, hatte ihn hochgehalten unter den Flutlichtern. Brent war von ihrem Gleißen ganz entzückt gewesen. Abbie machte sich Sorgen wegen des kalten Abends, aber es waren noch die alten Zeiten, und sie kam mit, und nachdem alle jungen Frauen Brent angegurrt hatten, war sie stolz nach Hause gegangen. Danach gingen sie zu einem Dutzend Spielen im Jahr. Wilson hatte sich gewünscht, daß sein Sohn Baseball liebte. Er wollte die Schönheit des großen, grünen atemberaubenden Panoramas mit ihm teilen.

Clemens beruhigte sich im vierten Inning und begann die Yankees zu überflügeln, beim sechsten jedoch wurde er müde, beim siebten ging er aus dem Spiel und schoß den Kunstharzball in die Luft. Die Red Sox führten mit zwei zu eins, aber zwei Yankees standen an Bases, und Mattingly kam an den Abschlag. Die Menge buhte verhalten. Wilson hörte, wie der Platzanweiser vom *Fluch* sprach. Reardon kam herein und produzierte zweimal «vier Bälle». Als Wilson und Brent dann in der Pause zwischen den Innings in der Schlange für Hot dogs anstanden, führten die Yankees mit fünf zu zwei.

Drinnen wand sich die Schlange für Billigtickets durch den dunklen Korridor und war voller schimpfender Fans. Manche von ihnen schienen Wilson ernsthaft betroffen, und er wunderte sich über ihre Dickköpfigkeit. «Natürlich werden die Sox es vermasseln», sagte er zu einem Mann neben sich. «Dafür sind sie die Sox.»

Dennoch hatte sich Wilson im Stadion enttäuscht und frostig gefühlt. Es wäre schön für Brent gewesen, einen Sieg zu sehen. Ein paar Schritte vor ihnen verbreitete ein dicker Mann einen derartigen Alkoholgeruch, daß Wilson sich fragte, ob er je auch so roch, nach den ein, zwei Glas Wein, die er gewöhnlich zum Abendessen trank, oder nach dem Scotch in den Bars. Brent bemerkte es ebenfalls. Wilson konnte sehen, wie er den Mann beobachtete, ihn mit jener seltsamen Art Mißfallen von oben bis unten musterte, die Wilson in letzter Zeit bei jungen Leuten aufgefallen war. Es war eine eigenartige Prüderie, und Brent schien sie tief zu empfinden. Als der Mann weiter vorrückte, machte er bewußte, steife Schritte und versuchte, nüchtern zu wirken. Brent wandte sich ab.

«Sag mal», sagte Wilson, «willst du eigentlich auch in der ‹Zuflucht› vorbeischauen, während du hier bist?»

«Richtig», sagte Brent. «Den Mädels vielleicht eben hallo sagen.»

Wilson lachte. Er fühlte sich erleichtert, endlich was Lockeres darüber zu hören. «Wow», flüsterte er schnell, «'ne Seejungfrau auf Eis.»

«Was?»

Es war ein Gag, den Milos und Hank gewöhnlich in Bars gebrauchten. Er war ihm so rausgerutscht. Wilson richtete die Augen an Brent vorbei auf eine gutangezogene Frau, die sich in dem Moment hinter ihnen angestellt hatte, und flüsterte: «Was sagst du dazu, Schipper?»

Brent sah sich um.

«Feuchter Biber», sagte Wilson schließlich und senkte die Stimme noch mehr. Schon als er es sagte, empfand er Übelkeit, aber nun war es heraus, und plötzlich dachte er, solange es stimmt, kann Brent es auch hören. Er drehte der Frau den Rükken zu und zwinkerte mit den Augen.

Brent lächelte schwach. Wilson fühlte sich fast schwindlig. Er zwinkerte noch einmal und flüsterte: «Macht die Netze fertig.»

Brent überlegte einen Moment. «Sprichst du manchmal mit Mom?» sagte er laut.

Wilson konnte nichts sagen. Als er sich umsah, blickte die Frau zur Decke, und er fragte sich, ob sie ihre Unterhaltung mit angehört hatte. Gott, wie war er soweit gekommen? Als Brent auf der High-School war, waren Wilson und Abbie als Anstandswauwaus mit zu den Schulbällen gegangen, und gegen Ende der High-School dann, als Brent anfing, sich mit Mädchen zu verabreden, hatte Wilson ihm beigebracht, zuerst immer ins Haus seiner Verabredung zu gehen und den Eltern guten Tag zu sagen.

«Ich fürchte, wir haben schon eine ganze Weile nicht mehr miteinander gesprochen», sagte er. Dann rief er seinem Freund Maurice, dem Hot-dog-Verkäufer, zu: «Polnische, Polnische, Pommes, Pommes, Bud, Coke» und trat schnell zur Theke vor. *Albany, Atlanta, Augusta*, wiederholte er für sich. Am Senffaß drängte sich ein Pulk von Männern um ihn, die sich Sauerkraut auf die Hot dogs packten und die Red Sox verfluchten. *Augusta, Baton Rouge, Bismarck.* Von seinen Abenden mit Milos und Hank war er an Schamgefühle gewöhnt, daran, aufzuwachen und sich ihre sarkastischen Versagerstories hinten in der Ecke von Ned Clancy's wieder ins Gedächtnis zu rufen, aber jetzt hatte er sich vor seinem Sohn erniedrigt.

Er rief seine Bestellung noch mal, und Maurice rief zurück: «Da stinkt heute aber einer», was zu verstehen Wilson ein paar Augenblicke kostete.

Als Maurice ihm die Würstchen gab, murmelte er zurück: «'nen Treffer kann man nicht kaufen.» Dann sagte er: «Maurice, das ist mein Sohn Brent. Brent liebt Ihre Würstchen.» Er machte eine Geste neben sich, aber als er sich umdrehte, sah er, daß Brent nicht mehr da war.

«Hübscher Kerl», sagte Maurice.

Wilson zuckte mit den Schultern und schob sich zum Senf vor. Er wollte sich nicht umsehen, für den Fall, daß Brent ihn beobachtete. Er bestrich die Würstchen, gab auf Brents noch eine Schicht Sauerkraut und Ketchup, wie der es immer gemocht hatte, und wickelte sie vorsichtig wieder in ihr Wachspapier.

Als er aufsah, brauchte er eine Weile, um Brent zu entdecken, weil er mit der Frau zusammenstand, die hinter ihnen in der Schlange gewesen war. Sie standen hinter einer Säule, um sich von der hin und her strömenden Menge abzuschirmen, und unterhielten sich. Wilson kam plötzlich der Gedanke, daß sein Sohn sich für ihn entschuldigte, und er redete sich ein, daß ihm das egal war. Was ihn anging, konnte Brent tun, was ihm verdammt noch mal gefiel. Dann ging er hinüber und sah, daß allein die Frau redete und Brent meist nur mit dem Kopf nickte und die Lippen auf seine bekannte Art schürzte.

Er schwang sich zu einem jovialen Ton auf. «Hallo zusammen», sagte er. «Ich heiße Wilson und bin euer Kellner.»

Die Frau lachte. «Kellner», sagte sie, «die Suppe ist kalt.» Dann lachte sie wieder und schloß dabei die Augen.

«Dad», sagte Brent, «das ist Margaret. Margaret, das ist mein Vater Wilson.»

Wilson wußte nicht, was er sagen sollte, und im nächsten Augenblick sprach Brent schon wieder und fragte sie etwas, während sie den dunklen Gang hinunterschlenderten. Sie saß hinter dem Abschlag, wie sich herausstellte, und sie und Brent setzten ihr Gespräch auch noch im Gehen fort. Wilson paßte auf die Würstchen auf und fiel in die Menge zurück. Der Gang wurde heller, dann wieder dunkler. Am Donnerstag würde er Milos und Hank davon erzählen können, in der Dunked Rose. «Mein eigener Sohn», würde er sagen und ganz zerknirscht dreinschauen. «Mein zwanzigjähriger Sohn.»

Als sie zurück zu ihren Plätzen kamen, gab er Brent seine Wurst und sagte: «Nicht schlecht für'nen Grünschnabel.»

«Und auch nicht für 'nen Oldtimer», sagte Brent.

Wilson lachte. «Aber ein Geschäft ist kein Geschäft, wenn's nicht zum Abschluß kommt, Buckaroo.»

«Weißt du, Dad, du solltest jemanden wie Margaret kennenlernen. Ich fand sie toll.»

«Danke, Junge», sagte Wilson, «aber ich komme schon zurecht.»

Im achten Inning, mit Red-Sox-Männern an der ersten und dritten Base, ohne daß bislang einer ausgeschieden war, kam in Wilson Hoffnung auf. Sie hingen immer noch bei drei, und er wußte es besser, aber dennoch fühlte er, wie das Blut in seinen Adern schneller wurde. Das erste Aus kam mit einem gegebenen Schlag. «Versaut es nicht», sagte er. Er beugte sich auf seinem Sitz vor, und als eine Welle bei ihnen durchkam, sprang er auf. Dann hieß es drei zu zwei. Es gab einen lahmen Schlag ins Innenfeld, und die Menge buhte. Ein Tribünenabschnitt mit Yankee-Fans fing an zu johlen und auf den Sitzen herumzutrommeln. «Sieh dir das an», sagte Wilson, «die versauen's», und beim nächsten Wurf schlug Gatling einen schwachen Flugball nach rechts, und das Inning war vorbei. «Verflucht», sagte Wilson. «Verflucht, verflucht.»

«Es ist nur ein Spiel, Dad.»

Den Red Sox würde es immer so gehen, aber selbst nach all

den Jahren empfand er jedesmal wieder Enttäuschung. Egal, welche Spieler sie eintauschten, egal, für wen sie fünf Millionen Dollar zahlten, sie waren dazu verurteilt zu verlieren. Er rutschte tief auf seinen Sitz. Auf dem Feld spielte eine Mannschaft, die er kaum noch kannte. Das alte Team von 1986, das Team, das es fast geschafft hatte, gab es nicht mehr. Die waren es, die sein Herz wahrhaftig gebrochen hatten. Sie waren bis auf zwei Aus an die Meisterschaft herangekommen, um dann das Spiel – verrückt, eine Katastrophe – an die Mets abzugeben. Die Mannschaft war mittlerweile auseinandergebrochen. Marty Barrett war weg, Tony Armas war weg, der arme Bill Buckner war weg. Bill Buckner war der Red Sock schlechthin gewesen, nach einem Schlangenbiß hatte er trotz bandagiertem Knöchel weiter in der Meisterschaft gespielt, mit schmerzverzerrtem Gesicht, nur um den Aufsetzer zu verpassen, der Boston den Sieg gebracht hätte.

«He», sagte Wilson zu Brent, «hast du gehört, daß Bill Buckner versucht hat, sich umzubringen?»

«Armer Mann», sagte Brent. «Du meinst, nach den Meisterschaften? Da stand er ziemlich unter Druck.»

«Ja», sagte Wilson, «er ist vor eine U-Bahn gesprungen.» Er versuchte ernst auszusehen. «Aber die hat seine Beine erwischt.»

Brent nickte, so wie er Margaret zugenickt hatte.

«Ein Witz», sagte Wilson, «ausgerechnet die Beine.»

«Warum gehst du nicht und siehst jemanden?» sagte Brent.

«He, Dampframme, tu ich doch.»

«Ich meine, so was wie einen Therapeuten.»

«Das ist nichts für mich.»

«Ich sage ja nicht, daß was nicht stimmt mit dir», sagte Brent. «Ich sage nur, daß du traurig zu sein scheinst.»

«Ich *bin* traurig», sagte Wilson. «Es macht mich traurig, daß die Sox keinen Run zustande bringen. Und auch, daß du glaubst, ich müßte zum Therapeuten.»

Brent aß das letzte Stück Wurst, faltete das Papier zusammen und legte es unter seinen Sitz. «Mom geht zu einem», sagte er.

«Woher weißt du das?»

«Wir sprechen darüber.»

«Nun, vielleicht erklärt er ihr ja, warum sie uns verlassen hat.»

«Vielleicht erklärt *sie* ihr was, meinst du wohl», sagte Brent, «aber das bezweifle ich. Das ist nicht das, was Therapeuten tun.« Das war seine ganze Antwort. Er lehnte sich auf seinen Sitz zurück und legte den Arm auf Wilsons Schulter, und da behielt er ihn für den Rest des Innings. Wilson war wütend, aber dankbar. Die Yankees gingen in Aufstellung. Ihm war nicht nach Reden, schweigend verfolgten sie das Spiel. Irgendwann stellte er sich Bill Buckner vor, wie er zum Bahnhof Fenway hinunterging und auf die Gleise sprang.

Als die Red Sox zum Ende des neunten Innings noch einmal an den Abschlag kamen, sagte Brent: «Ich hab Margaret eingeladen, mit uns essen zu gehen.»

Die Red Sox verloren, und nach dem Spiel brachte Wilson Brent nach Hause und zeigte ihm alles. Brent war seit Ostern nicht dagewesen, und Wilson konnte nicht umhin, ihm ein paar Dinge vorzuführen, die Brent wahrscheinlich für lächerlich hielt – den neuen Müllschlucker, den er installiert hatte, die Reihe Ziegel längs des Gartenwegs, die er persönlich ersetzt hatte –, obwohl er plötzlich erkannte, wie ähnlich das dem war, was Brent als Kind getan hatte, wenn Wilson und Abbie am letzten Tag des Sommer-Camps seine Koje besuchten. Wilson war sich bewußt, daß seine Zeit verrann. Brent nickte und folgte ihm durchs Haus. Dann, kurz bevor sie zum Essen fuhren, ging er nach oben, um zu telefonieren, und als er wieder herunterkam, sagte er: «Gut, sie trifft uns dort.»

«Du machst Witze», sagte Wilson. «Stimmt's? Sag mir, daß das ein Witz ist.»

«Kein Witz, Dad.»

«Du hast dich im Stadion fünf Minuten mit dem Weib unterhalten, und jetzt trifft sie uns zum Abendessen?»

«Wir haben länger als fünf Minuten miteinander gesprochen.»

«Also gut, zehn Minuten.»

«Ja, nun, wir haben uns verstanden. Ich habe ihr zugehört.»

Wilson wollte darauf nicht antworten. Er empfand die Mischung aus Verblüffung und Zorn, die er von ihren Brunches im

Charles Hotel kannte. Wollte Brent damit sagen, daß Wilson selbst nicht zuhörte? Wenn Brent nur wüßte, wie sehr er, Wilson, alles von ihm hören wollte, Teil des fremden, fernen Lebens werden wollte, das sein Sohn zu führen begonnen hatte. Wieder kämpfte er gegen die Entmutigung an. Im Wagen, auf dem Weg nach Cambridge, sprach er statt dessen über das Spiel, weil er ihre letzten Stunden zusammen nicht verderben wollte. Er wußte, er hatte sich das selbst zu verdanken, wegen der ausgeliehenen Mätzchen von Milos und Hank. Er sah auf seine Uhr. Geistesabwesend sprach er von den letzten Innings, und als sie parkten, sagte er: «Also, damit ich's kapiere: Du benutzt diese Zuhörerei, um mit Frauen weiterzukommen?»

«Ich benutze gar nichts. Ich tu's einfach.»

«Aber du hast es geschafft, diese Frau so zum Essen zu kriegen.»

«Ich habe sie zum Essen eingeladen, weil ich sie mochte. Wir hatten ein wundervolles Gespräch.»

«Worüber? Ob sie Senf mag?»

«Wir haben über ernsthafte Dinge gesprochen.»

«Ah», sagte Wilson, «die Oregon-Taktik.»

«Ihr Vater hat Krebs. Das war eins.»

«Oh, Gott», sagte Wilson. «Ich wollte eigentlich keine Witze machen.»

«Ist schon in Ordnung. Sie hat sich daran gewöhnt.»

«An den Krebs, meinst du.»

«Richtig.»

«Nicht an meine Witze.»

«Nicht an deine Witze», sagte Brent.

Als sie den Bürgersteig hinaufgingen, beobachtete Wilson ihn. Brent lief sogar auf eine ernste Weise, die Arme eng an die Seiten gezogen, die Hände in den Taschen. Ehrlich gesagt, machte es Eindruck. Wilson mußte es zugeben – die Art, wie Brent sich unter Frauen bewegte, wie er in ihre geheimen Absprachen eingeweiht schien. Vielleicht war es tatsächlich seine Ernsthaftigkeit, vielleicht gab sie ihnen Sicherheit. Vielleicht hatte er auch deshalb in der «Zuflucht» arbeiten dürfen.

Als sie sich dem Restaurant näherten, stieg Margaret aus einem Taxi, und Brent eilte voraus, um sie zu begrüßen. Wilson beobachtete die beiden. Brent hielt ihr die Tür auf, was interessant war, weil Wilson gedacht hatte, die jüngere Generation tue das für eine Dame nicht mehr. Wilson zog seine Krawatte fest. Die ganze Sache war lächerlich. Im gedämpften Licht sah Margaret wie Anfang Fünfzig aus, und als sie durch die Halle ins Restaurant gingen, berührte Brent sie sogar ganz leicht unten am Rücken, er führte sie. Eine altmodische Geste.

Jetzt zog Brent ihr den Stuhl zurück, und Wilson stellte fest, daß er etwas langsam war. Es war lächerlich, aber während er sich mühte, das Restaurant zu durchqueren und zu ihnen aufzuschließen, kam ihm für einen Moment der Gedanke, daß sein Sohn ihm zu zeigen versuchte, wie man sich einer Frau im Alter seiner Mutter gegenüber verhielt. Plötzlich kam Wilson die schneidende Erinnerung daran, wie er eines Sonntagnachmittags die Badezimmertür geöffnet und Brents High-School-Freundin Marjorie dabei überrascht hatte, wie sie unter der Dusche hervorkam. Den Vorhang geöffnet, hatte sie innegehalten, und Wilson – obwohl er nicht wirklich wollte – hatte das gleiche getan, bevor er sich entschuldigte und die Tür wieder zumachte. Er hatte Brent nie davon erzählt, aber nun traf es ihn seltsam, daß sie es womöglich getan hatte. Schnell lief er in Richtung Tisch. Brent sagte etwas zu Margaret, das sie zum Lachen brachte, und Wilson setzte sich zwischen die beiden.

Das Abendessen war gut – das war es hier immer –, aber Wilson fühlte sich verwirrt, wie er die beiden so beobachtete und ihnen zuhörte, als unterhielten sie sich in einem anderen Raum, und er hörte sie durch die Wand. Er beugte sich vor und versuchte sich zu konzentrieren. Sie sprachen natürlich über Politik, trotzdem konnte Wilson nicht anders, als von Brents Gesprächsgenie beeindruckt zu sein. Statt auf die Regierung zu schimpfen, wozu Wilson geneigt war, versuchte er Margarets Meinungen zu ergründen. Er fragte sie, was sie von den verschiedenen Präsidentschaftskandidaten gehalten hatte, was sie über die Führungsspitze der amerikanischen Industrie dachte und das Klima, das Frauen in beruflichen Positionen umgab. Margaret war voller Enthusiasmus. Wilson konnte sich nicht entscheiden, ob er bestürzt oder erfrischt sein sollte. Hatten die Männer der Generation seines Sohnes nur einen anderen Schlag – und womöglich einen besseren – zum gleichen alten Ziel, eine Frau zu finden, anzulocken und zu verführen? Oder hatten sie die Sache der Frauen irgendwie zu ihrer gemacht? Was ihn anging, so konnte er über diese Dinge nicht sprechen. Es würde nicht zu ihm passen.

Während des Essens kümmerte sich Margaret darum, auch Wilson verschiedene Fragen zu stellen – sie war eine charmante Gesprächspartnerin –, aber selbst während er antwortete, empfand er ein leichtes Amüsement von Brents Seite. Etliche Male wußte er nicht, wie er das Gespräch in Gang halten sollte. An einem Punkt, nachdem er sich zu lange über etwas anderes ausgelassen hatte, fand er sich unversehens in der Präsentation japanischer Mikrochips, die er für eine Marketingbesprechung in derselben Woche vorbereitet hatte. Brent lächelte, und nach einer Pause fragte er Margaret, was sie von den Hill-Thomas-Anhörungen hielt.

Wilson bestellte noch ein Glas Wein. Es war eindeutig lächerlich. Was hatte Brent vor? Sein Flug zur Westküste ging in zwei Stunden. Wenn er Wilson zeigen wollte, daß er wußte, wie man mit einer Frau umzugehen hatte, übertrieb er allmählich. Und wenn er Wilson tatsächlich etwas beibringen wollte – nun, er, Wilson, hatte ein, zwei Eisen im Feuer. Brent würde nicht einen einzigen Abend in einer der Bars in der Stadt durchstehen. Wußte Margaret das nicht? Er sah zu ihr hinüber. Sie sagte etwas über den Arbeitsminister, und Brent nickte wieder. Er schien ganz gebannt zu sein.

Zwischen Hauptgang und Dessert entschuldigte sich Brent schließlich, um zur Toilette zu gehen, und als er weg war, nippte Wilson an seinem Wein und sah Margaret über das Glas hinweg an.

«Ihr Sohn ist reizend», sagte sie.

Er nahm noch einen Schluck und stellte das Glas zurück auf den Tisch. «Er ist noch jung», sagte er. Er brach ein Stück Brot ab. «Er ist ein guter Kerl.»

«Er ist so interessiert.»

Das schien ein gutes Zeichen, und Wilson lachte. «Weiß Gott, woher er das hat.»

Sie sah nachdenklich aus. «Von Ihnen, denke ich. Er erinnert mich an meinen eigenen Sohn. Nach unserer Scheidung hat Michael in einem Indianerreservat gearbeitet.»

«Tatsächlich? Brent bei einem Frauenasyl.»

«Welchem?»

«Einem, daß ‹Zuflucht› heißt.»

«Am Porter Square», sagte sie.

Wilson nippte wieder an seinem Wein. «Wo es ist, weiß ich ehrlich gesagt nicht», antwortete er. «Er wollte es mir nie sagen. Er meinte, es sei ein Geheimnis, das er zu wahren versprochen hätte.»

«Dann spricht es für ihn, daß er es auch getan hat. Ich hätte es Ihnen wahrscheinlich auch nicht sagen sollen.»

«Ich kann kaum erwarten, es den Jungs in Ned Clancy's zu verraten.»

Sie grinste.

«Ich mache nur Spaß», sagte Wilson.

«Brent hat gesagt, Sie wären einer der ernsthaftesten Menschen, die er kennt.»

«Das hat er über *mich* gesagt?»

«Sicher hat er das.»

«Armer Junge», sagte Wilson. «Er kennt nicht viele Leute.»

Margaret lachte, und Wilson machte eine Pause. Er genoß ihre Zuhörerschaft. Dann sagte er: «Entschuldigen Sie, ich habe ganz vergessen, nach Ihren Kindern zu fragen.»

«Zwei Söhne», sagte sie und fügte dann sanft hinzu: «Mittlerweile erwachsen.»

Sie nahm einen Schluck Wein, und Wilson war sich plötzlich bewußt, was es für sie bedeutete, das zu sagen. Sein Blick fiel auf ihre Hände. «Vermissen Sie sie?»

«Schrecklich», sagte sie.

«Ich meinen auch», sagte Wilson, und dann wünschte er sich verrückterweise, ihre Hand zu halten. Er nahm noch einen

Schluck Wein und verharrte ein paar Augenblicke schweigend, wobei er ihre Finger betrachtete.

«Wissen Sie, was ich an Ihnen mag», sagte er schließlich.

«Sagen Sie's.»

«Daß Brent Sie mag.»

«Komisch», antwortete sie, «genau das mag ich an Ihnen.»

Nach dem Essen setzten sie Margaret in ein Taxi, und Wilson machte die Fahrt mit Brent hinaus nach Logan. Es hatte angefangen zu regnen, und während er durch die Pfützen spritzte, empfand er eine ungewohnte Gelöstheit zwischen sich und Brent. Er wußte nicht, ob es von ihm oder Brent ausging, aber auf dem kurzen Stück Highway ließ ihn Brent die Hand auf seine Schulter legen, und am Terminal wartete er ein paar Augenblicke im Wagen, bevor er ausstieg, um sein Gepäck aus dem Kofferraum zu holen. Wilson brachte ihn bis zum Gate.

«He, Dampframme», sagte er, als es Zeit wurde, an Bord zu gehen, «wie vermehren sich Nonnen und Möche?»

«Durch Zellteilung», sagte Brent. «Der ist prähistorisch.»

«Ich weiß», sagte Wilson, «aber ich hab ihn erst vor ein paar Tagen gehört.»

«Nimm's leicht, Dad.»

«He, es war schön, dich hier zu haben, Kleiner.»

«Es war schön, hier zu sein, Kleiner», sagte Brent. Dann beugte er sich vor und küßte Wilson auf die Wange. «Übrigens», sagte er, als er sich abwandte. «Ich mag Margaret.»

«Ich auch», sagte Wilson, und Brent ging Richtung Kontrolle.

Es war erstaunlich, wie leicht er und Margaret zusammenwuchsen. In derselben Woche noch lud er sie zum Abendessen ein, wo sie über Brent und über Margarets Kinder sprachen, und hinterher gingen sie hinunter zur Esplanade und setzten sich auf eine der Bänke am Charles River. Sogar da, als sie zum erstenmal wirklich allein miteinander waren, hatte er das Gefühl, sie schon seit langer Zeit zu kennen, und er hoffte auf etwas wie eine kleine Krise – einen Autounfall oder einen entlaufenen Hund –, die beweisen würde, wie gut sie miteinander auskamen. Als er sie nach Hause fuhr, machte er einen Umweg durch die dunklen, waldgesäumten Viertel Brooklines an Brents Junior-High-School vorbei, wo sie hielten und zusahen, wie das Mondlicht über den großen Bäumen auf dem Rasen spielte. Sie sagte: «Er mußt ein sehr süßes Kind gewesen sein», und Wilson antwortete: «Das war er.»

Zwei Abende später gingen sie wieder essen, und Wilson fand sich über die kleinsten Dinge seines Lebens reden – daß in der Reinigung in der letzten Woche zwei Knöpfe von einem seiner Hemden kaputtgegangen waren und wie ihm sein neuer Duschkopf gefiel –, aber statt über die Wendung des Gesprächs in Verzweiflung zu geraten, wie es ihm bei einer der Frauen aus den Bars wohl passiert wäre, empfand er Begeisterung. *Das* waren seine Geheimnisse, und endlich erzählte er sie. Sie konnten auch später noch, dachte er bei sich, über *Ziele und Erwartungen* sprechen, im Bett, die Gesichter der Zimmerdecke zugewandt. Er gab ihr einen Gute-Nacht-Kuß, aber das war alles. Er wußte genug, um nichts zu übereilen.

In der Woche danach rief Margaret an und erzählte ihm, was er noch nicht zu wissen vorgab: daß ihr Vater krank sei, und dann brach sie in Tränen aus und sagte, nun habe es eine Wende zum Schlimmeren genommen. Sie weinte ungehemmt ins Telefon, und er wußte, daß sie an einem Scheideweg waren. Er zögerte, nach dem Krebs zu fragen – Brent hatte in der Hot-dog-Schlange in Fenway danach gefragt, aber das hier unterlag den Umgangsformen einer anderen Generation, und so ließ Wilson sie einfach erzählen. Er hoffte, sie würde aufhören, zwischen den Sätzen zu schluchzen, und sie tat es schließlich auch, worauf Schweigen herrschte. Es hielt eine Weile an, und dann bot er an, sie zu ihrem Vater zu begleiten.

Zwei Tage später saßen sie zusammen im Flugzeug nach Rochester, Minnesota, wo der alte Mann im Krankenhaus lag. Normalerweise, so hielt er es zumindest bei seinen Geschäftsreisen, hätte Wilson Brent angerufen, um ihm seinen Reiseplan mitzuteilen – obwohl Brent über diese Vorsichtsmaßnahme lachte –, aber diesmal konnte Wilson sich nicht dazu bringen, es zu tun. Statt dessen hinterließ er eine Nachricht auf seinem Anrufbeantworter, in der Annahme, Brent würde nicht anrufen. Dann fuhren sie. Um alle Probleme zu vermeiden, buchte Wilson getrennte Hotelzimmer, und am selben Nachmittag noch gingen sie ihren Vater besuchen. Wilson war nervös. Er wußte nicht, wie er seine Anwesenheit erklären sollte, weder sich noch dem alten Mann, und als er im Blumenladen unten in der Halle wartete, bis er an der Reihe war, übte er verschiedene Dinge ein, die er ihm würde sagen können. Doch als sie in das Krankenzimmer kamen, übergab sich der alte Mann gerade ins Waschbecken, und Margaret griff nach Wilsons Hand. Wilson nahm Margarets, und in diesem Moment begriff er, daß er womöglich dabei war, sich zu verlieben.

Es war nicht, wie er es erwartet hatte. Der Raum stank nach Bodenreiniger und Medizin, und der halbkomatöse alte Mann im anderen Bett des Zimmers öffnete und schloß seinen Mund wie ein Fisch. Margaret sah nicht ausgesprochen schön aus – das war es nicht –, aber entschlossen und gut, und als sie den fleckigen Handrücken ihres Vaters rieb, begriff Wilson, was ihre Anwesenheit für ihn bedeuten würde, wenn *er* hier im Sterben läge. Verliebte sich ein Mann in den mittleren Jahren auf diese Weise?

Bis ihr Vater sich beruhigt und sie ihn gesäubert hatte, war das Gefühl verschwunden, und Wilson war erleichtert. Aber als sie abends mit dem Krankenhauslift nach unten fuhren, zog Margaret zerstreut sein Jackett zurecht, und für einen Moment war das Gefühl wieder da – eine große, vertraute Nähe, die ihn ihr Gesicht in seine Hände nehmen und sie küssen ließ, direkt dort im Lift. Er dachte daran, wieviel Zeit er in Bars vertan hatte, und dann waren sie in der hell erleuchteten Halle mit den Seidenblumen und den aseptischen Geruchsrückständen, und das Gefühl war erneut verschwunden. Aber so fing es an, das wußte er, stotternd, und er hatte sich lange nicht mehr so gefühlt.

In der Nacht brachte er sein Gepäck in ihr Zimmer, und sie schliefen in einem Bett, unter den gegebenen Umständen jedoch wollte er keinen Sex. Er hielt sie, wie er seine Frau nach dreißig

Jahren Ehe gehalten haben mochte, und sie schliefen ein, ohne zu sprechen. Nähe schien etwas zu sein, was sie beide in ihren Ehen gelernt hatten, obwohl sein Herz ihm, als er früh am nächsten Morgen aufwachte und sich einen Moment lang fragte, wo er war – das Hotel zitterte unter dem Lärm landender Flugzeuge –, bei dem Gedanken daran sank, wie leicht er seinen eigenen Treueschwur auf jemand anderen übertragen hatte. Er kämpfte um Mut.

Aber so würde sich seine Zukunft entwickeln – und er begann es zu akzeptieren –, durch ein seltsames Stückchen Glück. Sein Sohn hatte ihn bei einem Baseballspiel einer Frau vorgestellt, und nun flog sie mit ihm nach Hause, schlafend an seiner Schulter gelehnt. Weniger als eine Woche später waren sie erneut in Minnesota, zur Beerdigung ihres Vaters, und im Oktober fuhren sie nach New Hampshire, um ihre Schwiegereltern zu besuchen.

Wilson schrieb einen Brief.

«Mein lieber Buckaroo, wenn ich auch annehme, daß es Dich nicht sonderlich interessiert, so will ich Dir doch von den Red Sox berichten. Es stehen nur noch wenige Spiele aus, und es stimmt mich traurig, sagen zu müssen, daß Boston dreiundzwanzig hinter dem ersten Platz zurückliegt, was eine große Enttäuschung für uns alle ist, wenn sie auch dadurch gelindert wird, daß es für New York zwanzig sind. Warten wir auf das nächste Jahr!

Ich wollte Dir sagen, daß Deine Freundin Margaret und ich uns seit einiger Zeit treffen. Du hattest recht. Sie ist wundervoll, klug wie Deine Mutter und auch fast so schön. Vielleicht ist sie hier, wenn Du zu Thanksgiving kommst.

Dann wollte ich Dir noch sagen, daß ihr Vater in der letzten Woche gestorben ist, was Dir, wie ich weiß, leid tun wird. Nach dem, was sie mir erzählt hat, war es das Beste für alle, Du mußt es Dir also nicht zu sehr zu Herzen nehmen. Margaret kommt gut damit zurecht.

Was gibt's übrigens bei Dir Neues, was Mädchen angeht? Triffst Du Dich mit jemandem? Wie ist der Unterricht?

Ich weiß, was für eine Last es ist zu schreiben, ruf mich per R-Gespräch an, wenn Dir danach ist.

Wie macht eine Blondine nach dem Sex das Licht aus?
In Liebe, Wilson.
(Sie macht die Autotür auf.)»

Brent schrieb nicht zurück, aber eine Woche später rief er an, voller Fragen über Margaret. Was hatten sie zusammen unternommen? Wie oft sah er sie? Wilson zögerte zunächst, weil er im Brief nicht erwähnt hatte, daß sie nach Minnesota geflogen waren, aber er hörte Enthusiasmus in Brents Stimme und stellte fest, daß er gern von ihr sprach. Er war erstaunt über die Erleichterung, die er empfand, als Brent nicht verletzt schien, und er wurde geradezu geschwätzig. Er erzählte Brent, wie sie an ihrem ersten Abend zum Charles River hinuntergegangen waren und daß er die Art Nähe verspürt hatte, die er seit Abbies Weggang so vermißte. Aber kaum, daß er das gesagt hatte, fürchtete er plötzlich, zu weit gegangen zu sein. Er fragte Brent, ob er Geld brauche, um zu Thanksgiving nach Hause zu fliegen, aber Brent kam gleich wieder auf Margaret zurück. Schmerzte sie der Tod ihres Vater? wollte er wissen. An diesem Punkt flocht Wilson ein, daß sie zusammen nach Minnesota geflogen waren, und einen Moment lang schien an Brents Ende eine Pause einzutreten. Dann setzte er wieder ein, sagte alle paar Sekunden «hmm«, und Wilson konnte sich vorstellen, wie er am anderen Ende nickte. Bevor sie auflegten, fragte Brent nach ihrer Adresse.

Am nächsten Tag fand sich Wilson während der Arbeit in Gedanken an sie. Er fragte sich, was Brent in einem Brief an sie schreiben und ob sie ihm in der vertrauensvollen, ernsten Weise antworten würde, in der sie sich beim Abendessen unterhalten hatten. Irgendwie war es ein angenehmer Gedanke, daß sein Sohn Geheimnisse mit ihr hatte, obwohl genau das der Grund dafür gewesen war, daß er Mary-Jane Donnelly gegenüber die Fassung verloren hatte. Er verstand das nicht. Sein eigenes Herz schien manchmal wie etwas, das er nur aus der Distanz betrachten konnte, wie ein kleines Tier in einem Käfig.

Am frühen Nachmittag rief er Panos an, den Blumenhändler, und erklärte ihm, er wolle Margaret Rosen nach Hause schicken.

Panos flüsterte: «Diskret, diskret» ins Telefon, und Wilson lachte. Dann begriff er, daß er seit Abbies Weggang keine Blumen mehr gekauft hatte und Panos wahrscheinlich annahm, er sei noch verheiratet. Er begann zu erklären, wurde aber von einer Traurigkeit überwältigt, die ihn erschauern ließ. Panos lachte, ein leises Kichern, sagte: «Schon gut, mein Freund», und fragte Wilson, was er auf der Karte haben wolle. In der Leitung herrschte Schweigen, bis der Blumenhändler vorschlug: «Von einem Bewunderer» und Wilson, um eine feste Stimme kämpfend, einwilligte.

Er war auf einen solchen Zusammenbruch nicht vorbereitet gewesen. Es schien einen Teil in ihm zu geben, den er nicht länger unter Kontrolle hatte, eine ruinöse Version seiner selbst, die mit Erinnerungen an sein altes Leben aufwartete, kaum daß er soweit war, sich auf ein neues einzulassen. Es war Jahre her, daß Abbie gekümmert hatte, was er tat, aber immer noch konnte er sich von dem Gedanken nicht losmachen, daß er sie enttäuschte. Er rief Panos noch einmal an und verdoppelte die Anzahl der Rosen, und bevor er Margaret an diesem Abend zum Essen traf, trank er zwei Scotch in einer Bar an der Mass Avenue und machte einen Spaziergang am Fluß entlang. Wann immer Abbie ihm in den Kopf wollte, zählte er die Hauptstädte der Bundesstaaten auf, und wenn auch das nichts half, versuchte er sich die Organisationsstruktur des 486er Mikrochips vor Augen zu rufen. Er sagte sich, daß Melancholie unter den gegebenen Umständen ganz natürlich war, aber plötzlich, als er unter einer Fußgängerbrücke durchging, hatte er Schwierigkeiten, sich an das Gesicht der Frau zu erinnern, die er gleich treffen würde. Er konnte sich weder ihre Stimme noch ihr Aussehen vergegenwärtigen, und als er Minuten später das Restaurant betrat, ging er auf die Toilette und studierte sich im Spiegel, da er fürchtete, seine Gefühle könnten auf seinem Gesicht zu lesen sein. Dann fürchtete er, daß Margaret eine Art Neubewertung seiner Person vorgenommen hatte. Aber als er zum Tisch kam, war sie bereits da, und als sie aufstand und ihn küßte, erinnerte er sich an die Rosen, und er begriff, daß seine Ängste unbegründet waren. Bis das Essen vorüber war, wußte er nicht mehr genau zu sagen, wovor er sich gefürchtet hatte.

Zwei Abende später, als er in einem Platzregen über die Mass-Avenue-Brücke fuhr, dachte er zum erstenmal daran, Margaret zu heiraten. Hinter der Brücke fuhr er rechts ran, kam wieder zu Atem und setzte seinen Nachhauseweg fort.

Der Regen trommelte aufs Wagendach.

Er kam am MIT vorbei, überquerte den Central Square und erreichte sein eigenes Viertel, wo er Panos in den Regen herauskommen sah, um eine Tüte in den Müll zu werfen, und genauso plötzlich, wie der alte Blumenhändler zurück in seinen Laden humpelte, begriff Wilson, daß es womöglich gar keine Liebe war, die er für Margaret empfand, sondern nur eine Rekonstruktion seiner Erinnerung an Liebe. Tränen füllten ihm die Augen. Wie naiv er sich vorkam, wie ein Schulmädchen, das der Vertrautheit erlag. Es war das erste Mal seit Abbie, daß er Brent mit einer Frau geteilt hatte; das war alles. Häuser blitzten vorüber.

Er blieb im Regen auf der Mass Avenue. Vor ihm in einem Kombi zog ein kleiner Junge anderen Fahrern Fratzen, und dann, als er in die kühle Dunkelheit des Cambridge-Street-Tunnels glitt, kam Wilson ein Gedanke: daß Brent nie wieder einen Sommer zu Hause verbringen würde und daß er ihn deshalb mit Margaret zusammengebracht hatte. Aus Mitgefühl.

Er bog links von der Cambridge Avenue ab und kam Minuten später zum Porter Square, wo er an die Seite fuhr und hielt, sein Atem schwach vor Trauer. Der Regen war stetig, und die Neonlichter zackten über die Windschutzscheibe. Die Hauseingänge waren dunkel. Eine Frau mit Schirm kam schnell den Gehsteig herauf, aber sie lief weiter, bis zum Ende des Platzes und wieder hinein in die Dunkelheit. Zusammengesunken saß er da. Es gab so viele Welten voller Qual, wie es Türen gab, so schien es ihm, Veranden oder Schornsteine. Er wußte nicht, ob er ein Frauenasyl erkennen würde, wenn er eins sah, aber er wartete trotzdem dort, weil er fühlen wollte, wenn auch nur aus der Ferne und für einen Moment, was sein Sohn gefühlt hatte. Als er schläfrig wurde, öffnete er das Fenster und hielt sein Gesicht in den Regen. Autos fuhren vorbei, Lichter gingen an und verloschen. Rollos wurden heruntergezogen. Brent war gegangen, dachte er, hinaus in die Welt, um seinen eigenen, unvorstellbaren Weg zu machen.

DER STEUER-FACHMANN

Ich bin Steuerfachmann, berufen zu Exaktheit und Gewissenhaftigkeit, und meine Verfehlung war nur klein. Voller Eifer habe ich gearbeitet, und es macht mir nichts zu sagen, daß ich über die Jahre weitergekommen bin, indem ich mich sorgfältig mit dem Hauptbuch beschäftigt habe – und doch muß ich zugeben, daß ich mir aus einer Charakterschwäche heraus und gegen meine Ehre eine kleine Unkorrektheit erlaubt habe. Die ich zu vergessen suche. Obwohl ich im Moment nur wenig anderes tue, als daß ich sie zu vergessen suche, ertappe ich mich wieder und wieder dabei, wie ich mit dieser Schwäche hadere und mit meiner Verfehlung, und um der Wahrheit die Ehre zu geben, wenn ich beides betrachte, wird meine Schwäche so groß, daß sie kaum mehr eine Schwäche genannt werden kann, sondern mein Charakter schlechthin, und die Verfehlung war hinterhältig. Ich habe eine Frau und drei Kinder. Mein Name ist Abba Roth.

Ich sage das nur als Hintergrundinformation. Ich suche keine Entschuldigung und habe das auch früher nie getan. Die Fakten sehen aus wie folgt: Wir leben in Kalifornien, in San Rafael, und ich arbeite bei Priebe, Emond & Farmer, der San Franciscoer Kanzlei, bei der ich seit den letzten Tagen der Regierung Eisenhower beschäftigt bin. Irgendwann einmal hatten wir ein Shetlandpony, haben einen Swimmingpool angelegt, ein Sommerhäuschen am Lake Tahoe gepachtet und großzügig für Israel gespendet, obwohl wir uns heute nur noch das Sommerhaus leisten. Meine Frau heißt Scheherazade, und ihren Kindernamen Sherri will sie nicht mehr hören. Wir haben zwei Töchter. Naomi und Rachel, und einen Sohn, der ebenfalls Abba heißt, obwohl ich weiß, daß der Name nicht mehr in Mode ist.

Kürzlich rief mich ein Mann im Büro an, den ich seit meiner Kindheit kenne, und so fing die ganze Geschichte denn an. Der Mann heißt Eugene Peters, und wir kennen uns fast ein Leben lang. Wir sind zusammen in Kalifornien aufgewachsen, in Daly City, einem Vorort von San Francisco, der, wie Buchführung und Steuersachen, von bestimmten Teilen der Gesellschaft mit Verachtung bedacht wird. Es gibt sogar einen Pop-Song, in dem es heißt, daß die Häuser von Daly City alle identisch sind, was allerdings nicht stimmt. Tatsächlich gab es eine ganze Anzahl unterschiedlicher Grundrisse in dem Viertel, in dem Mr. Peters und ich aufwuchsen, auch wenn es der Zufall wollte, daß gerade die beiden Häuser, in denen wir, er und ich, lebten, demselben Plan folgten. Die Grundrisse orientierten sich allerdings an einer gemeinsamen Achse, so daß das eine Haus zum Spiegelbild des anderen wurde – beide hatten ein Wohnzimmer, eine Küche in einem seitlichen Erker, zwei Schlafzimmer, die von einem kurzen Flur abgingen, darunter einen Keller und im Vorgarten auf der Garagenseite eine Palme, die im Laufe unserer Kindheit von einem Setzling bis auf Dachhöhe wuchs. Sein Zimmer lag links vom Flur im ersten Stock, wie meines, in unserem Haus, rechts, ihr Bad rechts vom selben Flur und unseres links, und so weiter, so daß es mir manchmal seltsam vorkam, daß Böden und Wände in ihrem Haus mit Dingen eingerichtet waren, die seinen Eltern gehörten und nicht meinen. Wir fuhren zusammen Fahrrad und später mit seinem Plymouth-Kabrio, und noch später verabredeten wir uns gemeinsam mit Mädchen und spielten in derselben Baseballmannschaft. Ich stand an der dritten Base, und Eugene, dessen Vater mit unserem Trainer auf dem College Notre Dame gewesen war, spielte Shortstop.

Ich weiß, allgemein gilt, daß der Shortstop als einer der beiden Spielmacher eine bessere Reichweite hat als der Spieler an der dritten Base, aber in unserem Fall, das kann ich bezeugen, war es nicht so.

In jenen Tagen verbrachten Eugene und ich fast alle Nachmittage nach der Schule zusammen. Er hatte eine Schwester, wie ich auch, und sein Vater war, genau wie meiner, niemals zu Hause, und so mag es eine Zeitlang auf eine komische Weise ausgesehen haben, als wären unsere Familien in unseren identischen Häusern austauschbar. Gemeinsam wuschen wir sein Auto, lernten Schlittschuh laufen und verbrachten unsere Zeit vorübergehend auf der frostigen runden Eisbahn, wo wir nach den Schlittschuhen von Mädchen mit Ohrenschützern schnappten, die zungenschnalzend an uns vorüberglitten. Wir lernten Zigaretten drehen, die gleichmäßig brannten, und Whisky trinken, ohne zu husten.

Dennoch kam die Zeit, da sich unsere Wege trennten. Nach der High-School vermochte ich von der Disziplin zu profitieren, die mein Vater uns trotz seiner ständigen Abwesenheit eingepflanzt hatte, und ging zur staatlichen Universität, wo ich auf einen Abschluß als Wirtschaftsprüfer hinzuarbeiten begann. An diesem Punkt wurde die Trennung für uns beide offensichtlich. Mr. Peters hatte einen Job in der Lagerverwaltung eines Autoteilehändlers übernommen, während ich Durchschnittsverteilungen studierte und zu begreifen anfing, in welchem Verhältnis Angebot und Nachfrage einer Ware des täglichen Gebrauchs, beispielsweise des Trinkwassers einer Stadt, zueinander standen. Er fand neue Freunde im Autohandel, und ich begann mein Leben ganz ohne Freunde zu leben. Tagsüber ging ich zur Universität, abends saß ich in der Telefonzentrale eines Krankenhauses, und nachts paukte ich. Wann immer ich ihn damals sah, zog er mich damit auf, daß ich immer noch zu Hause lebte, obwohl er ganz genau wußte, warum.

Zur Klarstellung: Es wurde augenfällig, daß wir uns auseinanderentwickelten, weil es ihm um die Gegenwart ging und mir um die Zukunft. Es macht mir nichts aus zuzugeben, daß mir mein Wissen nicht in den Schoß fiel, sondern daß ich hart dafür arbeiten mußte. Dennoch habe ich in meiner Entscheidung nie gewankt. Tatsächlich begriff ich mit der Zeit, daß alle Wirtschaft von einer natürlichen Eloquenz geprägt wird, ungebeugt vom menschlichen Willen, und daß ihre Sprache tiefer reicht, als es das allgemeine Verständnis annehmen mag. Zeitweise ergriff mich das Gefühl, daß sie nicht nur Aufwand und Ertrag zu erklären vermochte, sondern einen Großteil der natürlichen Welt. Und nur selten, spät nachts, wenn ich über Steuergesetzen und mikroökonomischen Theorien saß, gab ich mich gelegentlich dem flüchtigen Traum hin, meine Studien hinter mir zu lassen und statt dessen Lehrer für Musikgeschichte an einem kleinen College zu werden. Nur sehr selten gestattete ich mir diesen Gedanken. Mit der Zeit begann ich meinen Traum allerdings zu schätzen, allein weil er eine Herausforderung darstellte und mich so in meiner Entschlossenheit bestärkte, etwas aus mir zu machen. Ich saß am Fenster der Bibliothek, über das die vielgliedrigen Blätter eines japanischen Ahornbaumes strichen, sah vom Samuelson auf und erlaubte meinem Geist, zum dritten Satz des Berliozschen Requiems zu wandern oder zum zweiten Satz von Beethovens siebenter Sinfonie, in dem die Streicher, wenn auch fast ohne sich zu bewegen, die Menschheit beweinen. Dann aber befahl ich mich zurück zu Samuelsons Text und verdoppelte meine Anstrengungen noch, die mich, was ich mich nicht zu sagen scheue, bis nahe an die Spitze meines Jahrgangs gebracht hatten.

Auch das sage ich nur als Hintergrundinformation. Einmal wöchentlich verbrachte ich die ganze Nacht über meinen Büchern, und auch sonst hatte ich für nichts anderes Zeit, bis auf sonntags morgens, wenn ich zusammen mit meiner Familie frühstückte, und samstags abends, wenn ich mir eine Verabredung zugestand, so ich eine fand, oder einen Film, wenn nicht. Unnötig zu sagen, daß dieser strenge Zeitplan zu einer lobenden Erwähnung bei meiner Abschlußfeier führte, zu der auch Mr. Peters erschienen war, allerdings nicht korrekt gekleidet.

Er trug eine Baseballmütze, und ich konnte mich des Eindrucks nicht erwehren – wobei es mir nichts ausmacht, das mit einer gewissen Befriedigung zu sagen –, daß mein Freund, während ich mit Ehren meinen Abschluß als Wirtschaftsprüfer erhielt, sich nichts anderes zu wünschen schien, als Dichtungen auf Lager zu nehmen und Kolbenringe auszuzeichnen, bis das kurze Haar seiner Schläfen ergrauen würde.

Kurz nach meinem Studienabschluß – ich hatte gerade meine

Stelle bei Priebe & Emond angenommen – trat er dann aber an mich heran und bat mich um eine Tausend-Dollar-Einlage in ein Unternehmen, das er, wie er behauptete, starten wollte, und zwar ging es um die Produktion magnetischer Ölstopfen. Zu der Zeit, da er an mich herantrat, hatten wir seit meiner Abschlußfeier nicht mehr miteinander gesprochen. Er kam in mein Büro, wieder mit einer Baseballmütze. Die Idee sei einfach, sagte er: Der Magnetstopfen sammele die kleinen Eisenteilchen ein, die normalerweise im schmutzigen Öl herumwirbelten und zu Abriebschäden an Kolben und Zylindern führten. Dadurch verlängere sich die Lebensdauer der Motoren.

Ich war unsicher, ob einer der Sozietätspartner ihn mit seiner Schirmmütze in mein Büro hatte kommen sehen, und fraglos verspürte ich ein gewisses Unbehagen, ihn dazuhaben. Ich war noch neu in der Kanzlei. Die Idee schien, um es offen zu sagen, gut zu sein, aber nach vier Jahren tagaus, tagein im College, Abenden voller Arbeit und auch halben Nächten am Schreibtisch, während er sich tagsüber in seinem Lagerhaus und abends in Bars die Zeit vertrieben hatte, fragte ich ihn, ob er sich denn auch Gedanken zur Nachfrageflexibilität für sein Produkt gemacht habe. Ich fragte ihn das, statt ihm Geld zu geben. Als er die Kanzlei schließlich wieder verließ, versuchte er immer noch auf bemitleidenswerte Weise den Eindruck zu erwecken, daß er meine Frage verstanden hätte, und ich wandte mich wieder meiner Arbeit zu, die mich nach sechs Monaten bereits den ersten Schritt die Leiter hinauf hatte machen lassen.

Dennoch läßt sich nicht leugnen, daß seine Firma drei Jahre später zwölf Angestellte hatte, einen Bruttoumsatz von 2,3 Millionen Dollar und daß das Gerücht ging, er wolle an die Börse. Mr. Peters war vom Wirtschaftsteil unserer Tageszeitung porträtiert worden, und auf dem Foto trug er dieselbe Baseballmütze wie bei meiner Abschlußfeier und bei mir im Büro. Die Mütze schien tatsächlich eine Art Symbol für ihn geworden zu sein, wenn ich auch nicht weiß, was sie bedeuten sollte. Die magnetischen Ölstopfen waren zumindest von zwei maßgeblichen Handelsketten für Autoersatzteile ins Programm genommen worden, und wo immer ich hinkam, sah ich sie zum Verkauf angeboten. Ich wechselte sogar den Supermarkt, in dem ich für gewöhnlich einkaufte, weil ich sie eines Tages auch dort entdeckte. Die Firma meines Freundes hatte zudem einen Pannenkoffer aufgelegt, der vor allem bei Frauen Absatz fand und bald schon für ein gut Teil der Gewinne sorgte. Mr. Peters diversifizierte. Wir sprachen zwar nicht mehr miteinander, aber ich sah ihn mit einem blauen Chrysler *New Yorker* und hörte von alten Freunden, daß er ein Sechzehn-Zimmer-Haus in Hillsborough gekauft hatte und eine Villa mit Bootsanlegestelle am Lake Tahoe. Mittlerweile arbeiteten einige unserer alten Klassenkameraden von der High-School für ihn.

Ich selbst verdiente zu der Zeit durchaus nicht schlecht. Im Gegenteil, ich stand ziemlich gut da, und ich scheue mich nicht zu sagen, daß ich mein berufliches Fortkommen, ließ ich den Erfolg meines Freundes einmal außer acht, für rundum glücklich hielt. Mr. Emond, der Seniorpartner der Kanzlei, war auf mich aufmerksam geworden, und indem ich bis spätabends im Büro blieb und zusätzliche Abrechnungen übernahm, hatte ich ihm das Versprechen entlockt, innerhalb der nächsten fünf Jahre in die Partnerschaft aufgenommen zu werden.

An diesem Punkt beschloß ich zu heiraten. Zu der Zeit traf ich mich mit zwei Frauen. LeAnne und Scheherazade. LeAnne war die Assistentin meines Zahnarztes, und eines Morgens, als sie mir den dünnen blauen Papierlatz um den Hals legte – der Zahnstein sollte entfernt werden –, lud ich sie geradeheraus zum Abendessen ein. Ich verliebte mich sofort in sie. An einem unserer ersten Abende in einem mäßig teuren griechischen Restaurant erlitt ein Mann am Nebentisch einen Herzanfall, und ohne zu zögern, schob LeAnne das Mobiliar zur Seite und legte ihn auf den Boden, wobei sie ihm den Puls fühlte, bis der Krankenwagen kam. Diese Art praktischer Geistesgegenwart wirkte anziehend auf mich. Bei anderer Gelegenheit löste sich die Naht eines Rocks, den sie in einem Kaufhaus erstanden hatte, und LeAnne brachte ihn zurück, wobei sie nicht einfach nur mit dem Verkäufer zu verhandeln hatte, sondern mit dem obersten Geschäftsführer. Der versuchte sie einzuschüchtern und sagte, der Rock stamme aus dem Ausverkauf, doch LeAnne blieb fest und erreichte, daß sie ihr Geld zurückbekam. Es macht mir nichts zu sagen, daß diese Art Respekt für den Wert eines Dollars mein Herz ebenfalls für sie einnahm.

Gleichzeitig traf ich mich mit Scheherazade. In meiner Situation verspürte ich das Bedürfnis nach Objektivität, und die begann Scheherazade für mich zu verkörpern. Während ich sah, wie ich mich immer tiefer in LeAnne verliebte, ging ich öfter und öfter mit Scheherazade aus. Im Verlaufe eines unserer Abende kamen wir an den Schauplatz eines Autounfalls, und statt auszusteigen, um zu helfen, wie LeAnne es getan hätte, drängte mich Scheherazade zum Weiterfahren, der bloße Anblick ließ sie fast ohnmächtig werden. Die Überzeugung für meine Liebe zu LeAnne wuchs weiter. Zudem bestellte Scheherazade, wenn wir essen gingen, Räucherlachs als Vorspeise und Kuchen zum Dessert, was sie dann aber beides kaum anrührte. Natürlich hatte ich genug Geld für das ganze Menü, wenn sie es denn bestellt hätte, aber dennoch zeigte sich hier ein gewisser Unterschied zwischen ihr und LeAnne.

Tatsächlich gab es nur einen Vorfall, der mich Scheherazade ernsthaft in Betracht ziehen ließ. Wie auch mit LeAnne, so ging ich mit Scheherazade verschiedentlich ins Konzert. Ich war jedesmal stolz, dort mit LeAnne gesehen zu werden, denn sie trug elegante, aber schlichte Kleider und sah allen, die wir trafen, beim Sprechen in die Augen. Scheherazade kam manchmal in ärmellosen Pailletten-Roben und hochhackigen Schuhen, die Lippen sienarot und das Haar hoch aufgetürmt und mit einer Nadel festgesteckt, an deren Ende eine Perle saß. Ganz allgemein ging ich lieber mit LeAnne. Wie ich gesagt habe, hin und wieder träumte ich davon, Musikprofessor zu werden, und es war nicht ohne Bedeutung, daß LeAnne stets die Erläuterungen im Programmheft las. Sie wußte immer etwas aus dem Leben des Komponisten, um nach dem Konzert darüber sprechen zu können, wohingegen Scheherazade, die während des Konzerts oft zu träumen schien, ebensooft nicht einmal wußte, wer die Musik des Abends komponiert hatte.

Einmal jedoch, in der Pause, nachdem wir *Romeo und Julia* von Berlioz gehört hatten, wartete Scheherazade draußen auf dem Balkon, während ich mich an der Bar um eine Erfrischung bemühte. Als ich hinauskam, fand ich sie ans Geländer gelehnt, und im Licht des Platzes unter uns konnte ich sehen, daß sie weinte. Die Tränen strömten ihr nur so über die Wangen. Ich fragte sie, was denn sei, und sie schüttelte bloß den Kopf. Ich versuchte zu ergründen, was ihr womöglich zugestoßen war. Unsere zwei Gläser Sprudel in der Hand, fragte ich sie, ob mit ihrer Mutter alles in Ordnung sei. Ich fragte sie, ob bei der Arbeit oder mit einem ihrer Freunde etwas vorgefallen sei, fragte sie nach ihrem Bruder, der gerade erst nach New York verzogen war, fragte, ob sie Geld brauche. Schließlich überließ ich sie sich selbst. Ich stellte mich ans Geländer und überdachte eine Dokumentation zur Altersversorgung, an der ich am Morgen gearbeitet hatte. Da plötzlich kam mir der Gedanke, daß sie wegen der Musik weinte. Es beschämt mich nicht zu sagen, daß das einen Teil von mir ziemlich tief berührte, und ich empfand Dankbarkeit dafür, endlich begriffen zu haben. Ich selbst habe nie wegen etwas geweint, nicht im Kino, im Theater oder Konzert, und ich verstehe nicht, warum es mir gefiel, daß es bei Scheherazade anders war. Aber das war es. Es war nicht viel, aber ich glaubte nicht, daß LeAnne es auch getan hätte.

In dem Frühling, nachdem mir die Aufnahme in die Partnerschaft der Kanzlei versprochen worden war, entschied ich mich, LeAnne einen Heiratsantrag zu machen. Ich leistete eine Anzahlung auf einen anderthalbkarätigen Diamantring und machte mich an die Planung meines Antrags. Die Tage wurden länger, und wir unternahmen abends oft Spaziergänge durch die grünen Hügel südlich von San Francisco. Auf jenen Pfaden erfüllte mich das entschlossene Geräusch ihres Atems hinter mir mit dem Gefühl, daß die Zukunft uns gehörte. Alles steuerte auf einen Höhepunkt zu, und inmitten jener Hügel wurde mir schließlich bewußt, daß genau dort der Ort für meinen Antrag war. Am nächsten Abend nahmen wir einen neuen Pfad, und in der Entfernung sah ich einen kleinen, ebenen Platz, von dem aus man die gesamte Bucht von San Francisco und östlich davon die Gebirgsausläufer überblicken konnte. Ich tat so, als knickte ich um, und brachte LeAnne dazu umzukehren, bevor auch sie den Platz entdeckte. Genau dort, so beschloß ich, würde ich sie in zwei Wochen fragen, ob sie meine Braut werden wollte.

Doch kaum daß meine Entscheidung gefallen war, fing ich an, LeAnne in einem anderen Licht zu sehen. Plötzlich wurde ihre praktische Ader zu einer Art Boshaftigkeit. Ihr festes Auftreten wurde zu einer Quelle von Ärgernis und deutete darauf hin, daß sie in bestimmten Situationen unnachgiebig sein könnte. Meine Anzahlung auf den Ring hatte ich bereits aufgestockt und war auf dem besten Wege, den Kauf abzuschließen. Manchmal betrachtete ich LeAnne, und es war, als hätte ein Dämon von meiner Seele Besitz ergriffen. Ich sah ihre Kleinlichkeit und ihr unbeugsames Festhalten an ihren Überzeugungen. Plötzlich kam mir ihre Sparsamkeit ärmlich und ihre praktische Natur unweiblich vor. Schließlich machte sie bei einem Konzert die Bemerkung, daß die Eintrittspreise in der nächsten Saison sicher hinaufgehen würden, und ich fand mich in Gedanken an jenem Abend wieder, als Scheherazade auf dem Balkon geweint hatte.

Nun habe ich mich selbst immer für einen praktischen Mann gehalten. Dafür wird man in meinem Beruf bezahlt, nicht für die Ermutigung zu ungesicherten Geschäftsideen oder dafür, bei Konzertaufführungen zu weinen. Wenn ein Wirtschaftsfachmann eine Entscheidung überdenkt, extrapoliert er die Erträge und gewichtet Aktiva und Passiva. Dennoch zahlte ich zwei Wochen später die Schlußrate für den Ring und fand mich ihn Scheherazade anbieten und nicht LeAnne, und weitere sieben Monate später tanzten Scheherazade und ich im Ballsaal des Clift-Hotels auf unserer Hochzeit.

Ich muß hinzufügen, daß unsere Ehe nun schon seit beinahe dreißig Jahren besteht, und auch wenn die Leidenschaft gewichen ist, so wurde sie doch ersetzt durch einen Quell von Zärtlichkeit und Dankbarkeit, aus dem ich voller Ehrfurcht trinke wie ein Pilger. Trotzdem – ich habe das nie zuvor gesagt und sage es auch jetzt nur ungern – muß ich hinzufügen, daß ich am Tag unserer Heirat voller Trübsinn war. Als der Rabbi meiner Braut das Zeichen gab vorzutreten, geriet mein Herz in Panik, und als er dem Kantor beim Segen zunickte, fühlte ich mein Schicksal über mich hereinbrechen. Das ist ein Geheimnis, das ich bis ins neunundzwanzigste Jahr unseres gemeinsamen Lebens für mich behalten habe. Im übrigen haben mich vorsichtige Gespräche mit einigen meiner Kollegen während dieser Zeit ahnen lassen, daß auch in ihren Herzen bei der Eheschließung ähnliche Gefühle vorherrschten.

Es ist meiner Aufmerksamkeit nicht entgangen, daß Scheherazade meine düstere Stimmung womöglich gespürt hatte und aus diesem Grund anfing, wie ein Straßenräuber mit meinem Geld um sich zu werfen. Unfähig, sich auf eine Lösung für unsere Wohnzimmergardinen festzulegen, schaffte sie in einem Jahr drei verschiedene Ausstattungen an. Unser Wohnzimmer, sollte ich hinzufügen, ist groß – wie seine Fenster. Natürlich hätte ich auch zehn verschiedene Gardinen bezahlen können, aber darum geht es nicht.

Ich sprach das Geld ihr gegenüber nicht an, weil es meine Pflicht war, dafür zu sorgen, und genau das tat ich auch. Ich selbst gab wenig für mich aus. Das ist, wie jeder weiß, ein Wert, der einem als Kind eingeflößt wird, und ich muß meiner Mutter dafür danken. Wenn die Sohlen meiner Schuhe durchgelaufen waren, reparierte ich sie mit Vinylkleber, wie meine Mutter es mit denen meines Vaters zu tun pflegte, und wenn mein Friseur anfing, verstiegene Preise für seine Haarschnitte zu verlangen, ging ich anderswohin. Aber wenn ich auch vorgehabt hatte, unsere monatlichen Ausgaben auf diese Weise zu mindern, begriff ich doch schon bald, daß ich dazu nicht in der Lage war.

Es war, als versuchte sie zu verschwenden, was immer ich mich zu sparen bemühte. Ich fing an, während der Mittagszeit zusätzliche Kunden zu übernehmen, und Scheherazade kaufte auf einer Auktion eine kleine Radierung von Goya, vor der sie stand, als ich aus der Kanzlei nach Hause kam. Das Bild war nur wenige Zentimeter hoch, stellte eine Farm und ein paar Hühner dar, und doch hatte sie es in der Mitte unserer Wohnzimmerwand plaziert. Im Laufe der Monate stellte ich fest, daß sie immer wieder fähig war, eine halbe Stunde ununterbrochen davor zu stehen, und ich muß einräumen, daß ich mich meiner Frau bei derlei Gelegenheiten dem Verständnis nach nicht näher fühlte, als ich es bei einem Pygmäen getan hätte. Im Jahr darauf kaufte sie eine Terrakotta-Figur aus der Zeit der Han-Dynastie, kleiner als mein Daumen, die sie auf den Kamin stellte und die ich sie von Zeit zu Zeit in Händen halten sah, spät in der Nacht, wenn ich auf der Suche nach einem Mineralwasser bis nach unten vordrang.

Trotzdem gewöhnte ich mich schon bald an das Auf und Ab unseres Kontostandes, und in den zehn Jahren, bevor unsere Kinder geboren wurden, erreichten wir ein Gleichgewicht in unserer Ehe. Tatsächlich kann ich heute sagen, daß ich mich damals zum erstenmal rundum zufrieden fühlte. Donnerstags abends standen wir in der Pause draußen auf dem achteckigen Balkon des Konzerthauses, und während Scheherazade verträumt auf den Platz hinausblickte, ging ich in Gedanken einige der Steuernischen und Konkursmaßnahmen durch, die mittlerweile zu meinem Tagesgeschäft gehörten. Solche Abende waren für mich der Inbegriff des Glücks. Ich fühlte, daß ich kurz vor der Aufnahme in die Partnerschaft stand. Mr. Emond hatte mich darin neuerlich bestärkt. Mein Gehalt war so hoch, wie ich es nur je gehofft hatte, und rechnete man dazu noch meine Anteilsoptionen, konnte ich einem Dasein als einigermaßen wohlhabender Mann binnen einer weiteren Dekade entgegensehen.

Mr. Peters hatte sein Autoteilegeschäft in der Zwischenzeit allerdings auf vier Fabriken in drei Bundesstaaten ausgeweitet und eine Kette von Einzelhandelsläden eröffnet. Zudem war er aus irgendeinem Grund auf Baseball als Leitidee für seine Anzeigen verfallen, die in der Zeitung zu erscheinen begannen. Ich sehe nicht, welche Verbindung zwischen Autoteilen und unserem Nationalsport besteht, aber in der Ecke seiner Ankündigungen tauchte das Porträt eines lächelnden Eugene Peters mit Baseballmütze auf, begleitet von Slogans wie «Doubleheader-Ausverkauf» und «All-Star-Preise». Eines Abends mußte ich während der Sieben-Uhr-Nachrichten entsetzt feststellen, daß er jetzt auch mit Fernsehspots angefangen hatte und dabei selbst als Sprecher auftrat. Wieder trug er seine Baseballmütze. Unnötig hinzuzufügen, daß ich bald auch im Radio auf seine Werbung stieß, morgens auf dem Weg zur Arbeit, obwohl ich nicht mit Sicherheit sagen kann, ob er auch da der Sprecher war. Man muß kein ausgebildeter Psychologe sein, um zu erkennen, daß er damit Kompensation zu erlangen suchte für seine zwei Jahre in der High-School-Mannschaft, in denen er es weder als Schlagmann noch auf dem Feld zu stellaren Ausmaßen gebracht hatte.

Schon nach kurzer Zeit hatten eine Reihe ehemaliger Profispieler einen Kurzauftritt am Ende der Spots, unbedeutende Männer wie der Back-up-Catcher der Giants bei den Weltmeisterschaften von 1954 und ein auf allen Positionen eingesetzter Innenfeldspieler der Mannschaft von 1962, ohne daß ich hier jemandem mit irgendwelchen Namen in den Ohren liegen will. Trotzdem, nehme ich an, bedeutete es, daß er mit diesen ausgeschiedenen Sportlern auf gutem Fuß stand, und ich weiß nicht, warum, aber der Gedanke irritierte mich. Obwohl ich kein Verlangen danach verspürte, von seinen Erfolgen zu erfahren, fand ich mich doch bei der Lektüre bestimmter Dinge im Wirtschaftsteil wieder. Die tausend Dollar, nach denen er mich seinerzeit gefragt hatte, hätten mittlerweile gut ein kleines Vermögen sein können, und auch ich selbst würde mit diesen Spielern auf gutem Fuß stehen können, aber mit einem einfachen Willensakt war ich in der Lage, diesen Gedanken aus meinen Überlegungen zu verbannen.

Privat wurde Scheherazade mit Naomi schwanger. Ich werde den Tag, an dem ich erfuhr, daß ich Vater werden würde, nicht vergessen, weil meine Frau mich im Büro anrief, was sie selten tat, und weil ich, als ich an dem Tag heimkam, feststellte, daß sie sich eine Hermelinstola gekauft hatte. Ich scheue mich nicht zu sagen, daß der Anblick des Hermelins in unserem Schrank, als ich meinen Regenmantel hineinhängte, mehr war, als ich normalerweise toleriert hätte, aber Scheherazade hatte gerade angekündigt, daß ein Baby zu erwarten sei, und ich fühlte mich nicht in der Position zu protestieren. Naomi kam im Juni zur Welt.

Es war ungefähr zu dieser Zeit, daß Mr. Peters erneut in unser Leben trat. Wir erhielten einen Brief mit einer Einladung zum Abendessen, die ich annahm, obwohl seine Sekretärin den Brief geschrieben hatte. Ich mußte ans College für Naomi denken und war bereit, jedes Geschäftsangebot, das er mir machen mochte, in Betracht zu ziehen und dennoch umsichtig zu handeln. Naomis Geld war in Staatsanleihen angelegt. Mit dem Gefühl, daß er mich auch diesmal um eine Investition bitten würde, überschlug ich sorgfältig, wieviel ich mir leisten konnte, in einem Unternehmen wie seinem aufs Spiel zu setzen. Ich kam auf eine Summe, die, ich sage das geradeheraus, ihm gefallen hätte.

Mr. Peters, Scheherazade und ich trafen uns im Carnelian Room Restaurant des Fairmont-Hotels, wo wir ein umfangreiches Menü zu uns nahmen, mit einer Flasche Burgunder aus der Zeit des Zweiten und einer Flasche Portwein aus der des Ersten Weltkriegs. Auch wenn es sich erübrigt, darauf hinzuweisen, daß ich selbst derartige Jahrgänge nicht bestellt hätte, versuchte ich nach dem Dinner doch, dafür zu bezahlen. Aber Mr. Peters hatte offenbar bereits vorher verschiedene Dinge mit dem Kellner arrangiert. Ich habe die Ereignisse jenes Abends etliche Male in Gedanken Revue passieren lassen. Ich habe mich durchaus unterhalten, und ich denke, er sich ebenfalls. Allerdings bestellte Scheherazade am Ende, ohne zu zögern, zwei Desserts und aß nur eines davon, und das auch nur teilweise. Mr. Peters schien das nicht zu stören, er machte sogar Witze darüber. Ein Geschäftsangebot unterbreitete er mir jedoch nicht.

Kurz hintereinander kamen dann Rachel und Abba zur Welt. Ich war noch nicht in die Partnerschaft der Kanzlei aufgenommen worden, da Mr. Emonds Position vorübergehend geschwächt war, dennoch stand ich selbst immer noch ausgesprochen gut da und verdiente in zwei Monaten, was mein Vater für gewöhnlich im ganzen Jahr verdient hatte. Ich hatte eine recht erfolgreiche Technik entwickelt, neue Kunden anzuwerben. Ich lud sie zum Essen in ein nahe gelegenes Restaurant ein, mit dem die Kanzlei ein Arrangement unterhielt, brachte das Gespräch auf den Profisport oder, wenn ich bei meinem Gegenüber eine Tendenz ausmachen konnte, auf die gegenwärtige politische Situation. Bevor der Tisch nicht wieder abgeräumt war, kam ich mit keinem Wort aufs Geschäftliche zu sprechen. Schließlich erschien der Oberkellner, sprach mich mit Namen an und lud «seine Gäste» zu einem Aperitif ein. Das war, wie gesagt, so arrangiert, und obwohl ich immer um einen Grand Marnier bat, bekam ich statt dessen einen Scotch in einem Aperitifglas, das ich in einem Zug leerte. Der Whisky, darauf ließ sich bauen, verhalf mir innerhalb von Sekunden zu einer zeitweiligen geschwätzigen Leichtigkeit, die ich dazu nutzte, mich zu dem potentiellen Kunden hinüberzulehnen und mit einer Lässigkeit, die nach dem Cocktail wie von selbst kam, zu sagen: «Hören Sie, ich wette, die drücken Ihnen ganz schön was aufs Auge, wenn's ans Steuernzahlen geht.»

Jeder der Kanzleipartner hatte solch eine Methode, auf die eine oder andere Art, die zu Ergebnissen führte, und die Erfahrung vieler Jahre ließ mich feststellen, daß mein spezieller Vorstoß bei der Sorte Kunden ziemlich gut funktionierte, mit der ich vornehmlich zu tun hatte, vor allem Anwälten und Ärzten und eher selten Film- oder Fernsehschauspielern – Berufen, mit anderen Worten, die eine gewisse Leichtigkeit im öffentlichen Umgang erforderten. Natürlich konnte ich meine Taktik variieren. Wenn wir, wie es manchmal vorkam, mit den Finanzleuten großer Unternehmen zusammentrafen, versuchte ich es sicher nicht mit meinem «Ganz-schön-was-aufs-Auge-Drücken». In derlei Situationen waren selbstverständlich auch Mr. Priebe oder Mr. Emond anwesend, und das Angebot wurde in aller Förmlichkeit unterbreitet, bereits vor dem tatsächlichen Zusammentreffen, sorgfältig auf Konkurrenzangebote abgestimmt und im einzelnen genau dokumentiert.

Zusammengefaßt, meine Tätigkeit für die Firma war erfolgreich. Ich bezog ein gutes Gehalt, gute Boni und war auf dem besten Weg, in die Partnerschaft aufgenommen zu werden, wenn ich auch, wie ich annehme, einen anderen Vorfall erwähnen sollte, der sich vor einigen Jahren zutrug. Zu der Zeit firmierte die Kanzlei noch unter Priebe & Emond, da Paul Farmer noch nicht in die erste Riege vorgerückt war. Eines Morgens, bevor die meisten Angestellten an ihren Schreibtischen saßen und als noch keine der Sekretärinnen da war, erschien Mr. Priebe in meiner Tür und fragte mit gedämpfter Stimme, ob ich Zeit hätte, mit in sein Büro zu kommen. Dort setzten wir uns auf zwei gepolsterte Stühle in der Nähe des Fensters, von dem aus man im Norden die Bay Bridge und im Osten die Werften überblicken konnte. Da er sah, daß mich der Ausblick interessierte, schwatzte Mr. Priebe ein paar Minuten über die enormen Massen Beton, die in das Schanzkleid der Brücke gegossen worden waren, dann wandte er sich abrupt zur Wand und fragte mich, ob ich etwas darüber wisse, was in letzter Zeit mit den Sparkassen passiert sei. Da ich mit den Handelsblättern vertraut war, antwortete ich, daß ich über einiges von dem im Bild sei, was da derzeit vor sich gehe. Es ist wichtig anzumerken, daß dieses Gespräch zwischen Mr. Priebe und mir mindestens zwei Jahre, bevor der große Sparkassenkrach öffentlich wurde, stattfand. Mr. Priebe sah mir daraufhin in die Augen und fragte mich, was ich von einem Kollegen hielte, der ganz bewußt Bücher frisierte, um seine Geschäftspartner in einer regierungsgestützten Sparkasse zu schützen. Ich sah, daß es um meine Aufnahme in die Partnerschaft ging, und begriff gleich, daß es sich um einen Test meiner moralischen Prinzipien handelte. «Das würde ich mißbilligen», antwortete ich.

«Das habe ich mir gedacht», sagte Mr. Priebe, nickte und stand auf, um mir die Hand zu drücken, womit er signalisierte, daß die Unterredung beendet war. Zwei Tage später kam Mr. Emond zur Mittagszeit in mein Büro und sagte, er habe von dem Gespräch gehört und sei stolz auf meine Antwort. Ich selbst war es natürlich ebenfalls und ging meinen gewohnten Pflichten von da an in gesteigerter Erwartung meiner Beförderung nach. Allerdings war es dann Mr. Farmer, der binnen Monatsfrist in die Partnerschaft aufgenommen wurde.

Es ist fruchtlos für mich, darüber zu spekulieren, was da vorgefallen ist, auch wenn mir auffiel, daß Mr. Farmer vor seiner Beförderung verschlossener wurde, was seine Arbeit anging, und daß er oft bereits im Büro war, wenn ich morgens kam. Mehr will ich dazu nicht sagen.

Ohne irgend etwas Wichtiges auszulassen, springe ich nun in das Jahr, in dem Naomi fünfzehn wurde, Rachel dreizehn und Abba neun. Zu meiner Verwunderung hatte jedes der Kinder eine unterschiedliche Persönlichkeit entwickelt. Naomi war in jeder Hinsicht dunkel, ihr Haar, ihre Haut und der Blick ihrer Augen, und auch ihr Charakter hatte etwas Finsteres. Im Garten saß sie im tiefen Schatten des Pflaumenbaums, und bei Tisch aß sie, ohne zu sprechen. Sie hatte sich in eine natürliche Nähe zu meiner Frau gefunden, was mir durchaus gefiel, denn Naomi war mir die Liebste, dennoch muß ich sagen, daß ich manchmal den Eindruck hatte, die zwei verbündeten sich gegen mich. Sie gingen oft zusammen einkaufen und kamen bisweilen mit mehreren Tragetaschen zurück, in die sie mich nicht hineinsehen lassen wollten, lachten verschwörerisch miteinander und brachten die Taschen nach oben ins Schlafzimmer. Naomi saß zu Hause oft ganz allein da. Die vor sich hin brütende Art, die sie dann annahm, und die Zurückhaltung, mit der sie ihren Gefühlen Ausdruck gab, machten aus jedem gelegentlichen Liebesbeweis einen exquisiten Bissen, nach dem ich mich verzehrte. Manchmal, wenn ich an meinem Schreibtisch oben arbeitete, kam sie zu mir ins Zimmer, stellte sich hinter mich und legte mir ohne ein Wort die Hände auf die Schultern. Wenn ich dann etwas sagte, zog sie sich zurück, so daß ich statt dessen oft schweigend weiterarbeitete, den Blick in die Bücher von Ärzten und Anwälten vertieft, während die dunklen Hände meiner Tochter unbewegt am Rand meines Gesichtsfeldes lagen. Wir sprachen kaum je miteinander. Ich glaube, sie wußte, daß sie mein Liebling war, und aus einem Grund, den ich nicht verstehe, erregte das in ihr ein Gefühl von Ungerechtigkeit. Ihre Vorlieben waren wie die meiner Frau ausgefallener Natur.

Rachel dagegen war alles, was Naomi nicht war. Sie hatte blondes Haar und eine blasse, warme Haut, die rasch Farbe annahm, wenn sie erregt war, was oft vorkam. Während Naomi mit dreizehn kleine Perlenohrringe getragen hatte, waren es bei Rachel Jungen-Turnschuhe und über eine Woche dasselbe Paar Latzhosen. Rachel saß im offenen, sonnenbeschienenen Teil unseres Gartens, und im Wohnzimmer trainierte sie Hockey. Wenn ich von der Arbeit zurückkam, umschlang sie meine Beine und wollte auf meinen Füßen reiten, was ich sie öfter tun ließ, als es ihr abzuschlagen. Ich hielt sie bei ihren blassen Armen und schob sie mit ihren kleinen Turnschuhen auf meinen Oxfords, wobei es mir nichts ausmachte, diese später neu zu polieren, quer über den afghanischen Teppich. Sonntags staubte Rachel, ohne zu fragen, die Fensterbänke ab und leerte den kleinen, mit Einlegearbeiten versehenen Papierkorb in meinem Arbeitszimmer. Oft fand ich meine Bleistifte gespitzt und Büroklammern und Radiergummis in Reihen auf meinem Tisch arrangiert, und ich achtete darauf, Rachel dafür zu danken, wann immer es vorkam. Ich glaube, Rachel wußte, daß Naomi mein besonderer Liebling war, obwohl es schon seltsam ist, wenn man sich überlegt, daß Naomi sich deswegen in sich zurückzog und grüblerisch wurde, während es bei Rachel nur Überschwang hervorrief.

Was Abba angeht, so war er ein Sohn, und seine Kindheit verlief ohne die Probleme und ohne das Erstaunen, das meine Töchter in mir erweckten. Ich kaufte ihm Baseballhandschuhe und eine Footballkluft und war sicher, das würde genügen, um ihm durch sein Jungendasein zu helfen. Er hatte ein ausgeglichenes Temperament. Seine Stimme war sanft, und im allgemeinen bereitete ihm die Welt keine Schwierigkeiten. Er hatte keine Probleme mit seinen Freunden, auch mit seinen Lehrern nicht, und den Hang seiner Schwestern, mein Geld auszugeben, schien er nicht zu teilen. Im Gegenteil, ohne Scheherazade, glaube ich, hätte er sich womöglich nie etwas gekauft.

Wie gesagt, das traf auf meine Älteste nicht zu. Als Naomi sechzehn war, zum Beispiel, wollte sie ein Pferd. Ihre High-School hatte einen Reitkurs angeboten, und gegen meinen Willen hatte sie reiten gelernt. Bald danach schon kam sie eines Abends mit der Idee, selbst ein Pony zu besitzen, worauf ich nur schnauben konnte, selbst ganz wie ein Pferd. Mein eigener Vater hatte noch Armbanduhren verkauft, und ich erklärte Naomi, die Nachkommen solcher Leute besäßen nun mal keine Ponys. Einige von ihnen beschlugen sie, sagte ich, aber sie gehörten ihnen nicht. Naomi zog die dunklen Brauen zusammen. Ich dachte, damit wäre der Fall erledigt, aber einige Tage später drehte Scheherazade sich im Bett um und meinte, Naomi sei in einem grüblerischen Alter und vielleicht sollte ich ihren Wunsch noch einmal überdenken.

Wir kauften das Pony von einem jungen Mann, der auf einem Anwesen in Woodside lebte. Er trug Reithosen, die aussahen, als hätte er sie aus einem Katalog bestellt, und als ich ihm den Scheck gab, wollte er meinen Führerschein sehen. Naomi bestieg das Tier, und als sie oben saß, stampfte es mit den Hufen und blähte die achatfarbenen Nüstern. «Danke, Daddy», sagte sie und wandte sich ab, um eine Runde um den Ring zu drehen.

Das Tier hatte so viel wie ein Auto gekostet, und während sie um den Ring paradierte, den Rücken krümmte und die hohen Stiefel gegen die Flanken des Tieres preßte, überschlug ich schnell, was Futter und Stallgebühren aufs Jahr gerechnet ausmachen würden. Wir brachten es in einem Privatstall unter, und bald schon erwies sich, daß das Tier, wie Naomi, eine düstere Natur besaß, und wie auch Naomi brachte es die vor allem seinem Wohltäter gegenüber zum Ausdruck. Naomi nannte es «Dreamboat», was mir nicht gefiel. Ich glaubte zwar nicht, daß ein Pferd einen Unterschied zwischen Menschen machen kann, doch wann immer ich mich ihm näherte, blähte Dreamboat die Nüstern und schnaubte, und wann immer ich ihn ansprach, stampfte er mit den Hufen. Mir kam der Gedanke, daß er wußte, wer den Scheck für ihn ausgestellt hatte. Wenn Naomi, Rachel oder Scheherazade ihn dagegen ansprachen, schlug er mit dem Schweif und neigte den vorragenden Kopf, und wenn sie mit Hafer kamen, zwinkerte er wie ein Liebhaber. Was Abba anging, so kam er eher nach mir und schien das Tier nicht wahrzunehmen. Einige Monate lang ritt Naomi jeden Tag, dann nur noch ein paarmal in der Woche, und schon bald danach hörte sie ganz damit auf. Dreamboat zog sich an einem Bein eine Infektion zu. Antibiotika wurden notwendig, und als sie nicht halfen, ein Tierarzt. Bis zu der Zeit hatte ich geglaubt, es gäbe keine teureren Leute als Humanmediziner. Dreamboat erholte sich nicht, und ein Jahr später wurde er von seinem Leiden erlöst.

Ich werde keine weiteren Beispiele für das Verschwendertum anführen, das eine Sucht in meinem Haus war. Wie ich bereits erwähnte, haben wir irgendwann hinter unserem Haus einen Pool ausheben lassen, ein Ferienhaus in Strandnähe am Lake Tahoe gepachtet und eine Anzahl von Wohltätigkeitsvereinen unterstützt, mit denen meine Frau zu tun hatte. Während der ganzen Zeit hatte ich drei Kinder auf Privatschulen und mit den Alltagssorgen eines jeden Vaters zu tun. Scheherazade hatte nie gearbeitet, und ich mußte an ihre Sicherheit denken, sollte mir etwas zustoßen. Und nach der Schule würden unsere Kinder ein privates College erwarten.

Deshalb reagierte ich mit sorgfältiger Überlegung, als ich vor gut einem Monat erneut in Kontakt mit Eugene Peters kam. Ich arbeitete an meinem Schreibtisch bei Priebe, Emond & Farmer, als Mrs. Polaris, meine Sekretärin, mir über das Wechselsprechgerät mitteilte, daß Mr. Peters am Telefon sei. Natürlich war das eine Überraschung, da wir seit Jahren nicht miteinander gesprochen hatten, nicht seit jenem ergebnislosen Abendessen im Fairmont-Hotel. Ich ordnete die Papiere, mit denen ich mich gerade beschäftigte – die ziemlich komplizierte Gewinn-und-Verlust-Rechnung eines anspruchsvollen Kunden –, schloß die Steuerrechtsbände, die auf meinem Schreibtisch lagen, stellte sie an ihren alphabetisch zugeordneten Platz auf dem Regal, ging wieder zu meinem Stuhl, lehnte mich zurück und nahm den Anruf an. Allerdings war nicht Mr. Peters, sondern Mr. Peters' Sekretärin am anderen Ende. «Ich verbinde mit Mr. Peters», sagte sie.

Danach nichts mehr, und ich klingelte Mrs. Polaris an und bat sie, so lange in der Leitung zu warten, bis Mr. Peters sich meldete. Dann lehnte ich mich erneut zurück, ließ die Augen auf der Telefonanlage vor mir ruhen und verzeichnete mit Wohlgefallen die kühle Brise, die in diesem Moment durchs Fenster hereinwehte. Endlich, nach langer Pause, klingelte das Telefon und zeigte eine Gesprächsübergabe an. Mrs. Polaris stellte Mr. Peters zu mir durch. «Eugene», sagte ich, während ich den Hörer abnahm, «tut mir leid, dich warten zu lassen.»

«Ich habe einen Vorschlag», sagte er.

Ich brauche nicht zu erklären, daß in der Geschäftswelt ein Vorschlag oft nicht mehr als die Tarnung eines anderen ist, und als ich mich zurücklehnte und den Einzelheiten seiner Ausführungen lauschte, nahm ein Muster in meinem Kopf Form an. Er hatte angerufen, um mir etwas reichlich Lächerliches zu erzählen, nämlich daß er und ein paar Kollegen arrangiert hätten, im kommenden Januar ein Wochenende in Scottsdale, Arizona, in einem San Francisco Giants Fantasy Camp zu verbringen. Ich hatte von diesen Fantasy Camps in einem Artikel des *Wall Street Journal* gelesen, stellte aber dennoch einige Fragen, denn es gibt Momente im Geschäftsleben, da man so tun sollte, als sei man nicht im Bilde, und ich war mir wohl bewußt, daß sein Anruf ein Geschäftsanruf war. Ich ließ mir erklären, daß das Fantasy Camp Sportsmännern wie uns Gelegenheit biete, mit einigen der Giants-Stars vergangener Tage wie Tito Fuentes, Dick Dietz und Ken Henderson echten Baseball zu spielen. Das Essen sei erstklassig, sagte Mr. Peters, die Unterbringung exzellent, und abends gebe es Wirtschaftsseminare. Einer der Kollegen habe nun aber eine andere Verpflichtung wahrnehmen müssen, fuhr er fort, und kurz und gut, damit sei ein Platz frei geworden. Wollte ich einspringen? Er erwähnte, was es kostete, fast viertausend Dollar, und ich versicherte ihm, das sei für mich nicht von Bedeutung. Ich brachte einen schnellen Lacher hervor und sagte, ich würde nachmittags zurückrufen, wenn Mrs. Polaris Zeit gefunden hätte, meinen Terminkalender zu konsultieren.

Dann legte ich auf, saß da und dachte nach. Es sind Ausdrücke wie «ein paar Kollegen», nach denen es im Geschäftsleben Ausschau zu halten gilt, denn die paar Kollegen können am Ende durchaus eine Gruppe von Industriellen, Aufsichtsratsvorsitzenden oder Senatoren sein. Es ist nicht das gleiche, wie mit «ein paar Kumpels» zum Bowling zu gehen. Was nun in meinem Kopf Form angenommen hatte, während Mr. Peters und ich mit dem Austausch von Spitzen über seine alte Unfähigkeit beschäftigt waren, einen angeschnittenen Ball zu erwischen, sowie meine eigenen, gelegentlich unberechenbaren Würfe zur ersten Base –

obwohl, um das hier festzuhalten, mein Wurf ziemlich verläßlich ist –, war, daß er in Wirklichkeit darauf hoffte, das Baseball-Camp als Gelegenheit nutzen zu können, mir einen Geschäftsvorschlag zu unterbreiten.

Es macht mir nichts aus zuzugeben, daß ich leicht erregt war. Ich ging ins Vorzimmer meines Büros, blieb hinter dem Schreibtisch von Mrs. Polaris stehen, sah aus dem Fenster und ließ die knapp verpaßten Chancen Revue passieren, auf die Mr. Peters und ich in unserer Beziehung zueinander zurückblicken konnten. Als er das erste Mal an mich herangetreten war, hatte ich offensichtlich die richtige Entscheidung getroffen, denn in jenen Tagen war er ein ungebildeter Mann, weder mit dem Sinn noch der äußeren Erscheinung für Geschäfte, und er hatte keinerlei ernsthafte Marktanalyse betrieben. Daß er mit seinem Unternehmen Erfolg hatte, war nichts als Glück. Das zweite Mal hatte er natürlich bereits eine Art Reputation am Markt, und ich will die Tatsache nicht verbergen, daß ich bereit gewesen war zu investieren; doch während unseres Austausches im Fairmont-Hotel muß etwas vorgefallen sein, was ein Angebot ausschloß. Obwohl ich nicht genau weiß, was es war, sehe ich heute die Möglichkeit, daß der Irrtum darin lag, meine Frau mitzubringen. Es nützt jedoch nichts, darüber weiter zu grübeln.

Wie auch immer, dort am Fenster von Mrs. Polaris erschien es mir absolut möglich, daß eine weitere Gelegenheit bevorstand, und zwar vermutete ich, Mr. Peters beabsichtige, in diesem Fantasy Camp mit einem neuerlichen Investitionsangebot an mich heranzutreten. In Gedanken unterzog ich mein Portefeuille einer schnellen Revision; ich hatte es, angesichts des unsicheren Aktienmarktes, auf festverzinsliche Anleihen ausgerichtet, und das wiederum, angesichts der unsicheren Zukunft, auf Papiere mit eher kurzen Laufzeiten. Es schien wieder einmal so, und es freut mich, das zu sagen, daß ich Mr. Peters ein erfreuliches Angebot würde machen können.

Aber dann begriff ich plötzlich, daß Mr. Peters mein Geld nicht brauchte. Es macht mir nichts aus zu sagen, daß ich über die Jahre genug Interesse an seinen Geschäften entwickelt hatte, um zu wissen, daß er über eine ziemlich dicke Kapitaldecke verfügte, unbelastet von Kreditrückzahlungen – und eindeutig expansionsbereit war; und doch war es mir bis zu diesem Moment dort am Fenster von Mrs. Polaris nicht in den Sinn gekommen, daß er mich aus einem anderen Grund wollte. Jedes Geschäft fußt auf Wissenschaft und Intuition, und dieses war ein Moment der Intuition.

Mrs. Polaris saß da und tippte, und ich stellte mich hinter sie. Aus einer architektonischen Schrulle heraus hat sie von ihrem Fenster einen ungehinderten Blick auf die Bucht von San Francisco, während mein eigener vorübergehend durch die Rückseite eines neuerbauten Hotels behindert wird. (Selbstverständlich ist das Hotel keine vorübergehende Erscheinung, aber ich selbst werde bald ein anderes Büro beziehen.) Dieses Hotel hat wegen seiner brillanten Architektur in dieser Stadt ziemliches Aufsehen erregt, obwohl mit Sicherheit gesagt werden kann, daß sich die Brillanz strikt auf die Vorderfront des Gebäudes konzentriert; mein Blick auf die Rückseite beschränkt sich auf Lüftungsschächte, Reihen ausgesprochen schäbiger Flügelfenster, an deren Ecken bereits Rostflecken herunterlaufen, und das ständige Hin und Her von Bierkutschern, die ihre Fässer wuchten, Floristen, die in ihren Eimern voller Blüten herumpflücken, Inspektoren vom Gesundheitsamt in billigen Anzügen, Müllmännern mit den Schirmmützen umgedreht auf dem Kopf und Metzgern, die freitags morgens an der Bankettküche zusammenströmen und Schweinehälften wie Sporttaschen auf den Schultern tragen.

«Habe ich etwas übersehen, Mr. Roth?» fragte Mrs. Polaris.

«Beileibe nicht, Ina», antwortete ich.

Tatsache ist, daß ich meinen eigenen Ausblick, so wie er ist, voll von vieldeutigem, umtriebigem Hin und Her, dem von Mrs. Polaris vorziehe, der so angenehm und hübsch ist, daß er mir die Schande einer verfehlten Ambition suggeriert. Dennoch, um eine Frage abzuwägen, braucht man einen unverstellten Blick, und deshalb also stand ich am Fenster meiner Sekretärin. Schaumkronen sprenkelten die Bucht mit Kreide.

«Ina», sagte ich, «würden Sie glauben, daß ein erwachsener

Mann beinahe viertausend Dollar dafür ausgibt, eine Woche mit ein paar Baseballspielern seiner Kindheit zu verbringen?»

«Ja, das würde ich», sagte sie und begann wieder zu tippen.

Ich betrachtete sie. Mrs. Polaris ist eine matronenhafte Frau mit ordentlichem, bieder geschnittenem weißem Haar, die den klaren Eindruck hervorruft, betrogen worden zu sein. Ich weiß nicht, ob von einem Ehemann, ihren Kindern oder einem anderen Verwandten, auf den ich noch nicht gekommen bin, obwohl ich mich in ihrer Gegenwart nicht von dem Gedanken losmachen kann, daß ich es war. Nicht, daß sie irgend etwas sagen würde, das tut sie nicht, es ist bloß ein Gefühl, das ich von ihr empfange.

«Mir», sagte ich, «erscheint es lächerlich und eine törichte Geldverschwendung. Wenn jemand Baseball spielen will, soll er in den Park gehen. Will er Profispieler sehen, gibt es das Stadion. Für mich ist es so lächerlich, mit Tito Fuentes Baseball spielen zu wollen, wie es für ihn wäre, herzukommen, um seine Steuererklärung vorzubereiten.»

Ich hatte versucht, meiner Stimme nicht zu erlauben, lauter zu werden, aber ich fürchte, sie war es geworden. Mrs. Polaris schrieb weiter. Wieder hatte ich den Eindruck, in ihrer Gegenwart überreagiert zu haben: daß sie in gewisser Weise bereits ein Anschwellen meiner Stimme, einen unangenehm schrillen Ton in meinem Auftreten erwartete. Wie ich jedoch schon gesagt habe, gibt es ihrerseits keinen Grund für ein derartiges Gefühl. Im Eck des Fensterbildes erschien ein Luxusliner, der aufs Golden Gate zudampfte, und nachdem das Schiff ganz in den Blick gekommen war und Mrs. Polaris' Fensterabschnitt durchfahren hatte, um hinter dem Seitenpfosten zu verschwinden, ging ich um ihren Schreibtisch herum und stelle mich vor sie. Mit leiserer Stimme fuhr ich, an sie gerichtet, fort.

«Könnten Sie sich das vorstellen?» sagte ich kichernd. «Tito Fuentes kommt her, um seine Steuererklärung zu machen?»

«Nein, das könnte ich nicht», sagte sie.

«Lächerlich.»

Mrs. Polaris erhob sich von ihrem Schreibtisch, ging zum Fenster und veränderte die Stellung der Jalousetten, und als sie das tat, wandten sich meine Gedanken plötzlich der Tatsache zu, daß Scheherazade die viertausend Dollar für Perserteppiche ausgeben würde, wenn ich es nicht für Baseball tat.

«Allerdings», sagte ich, «mag es einen wichtigen geschäftlichen Grund für mich geben, an dem Camp teilzunehmen.»

Ich stand vor ihr, ein leichtes Lächeln auf den Lippen, und wenn ich mir auch gewünscht hätte, daß sie mich fragen würde, um was für einen geschäftlichen Grund es sich denn handele – denn ich bin nicht derart erfolgreich, daß es mir kein Vergnügen bereiten würde, einem geneigten Ohr von meinen geschäftlichen Siegen zu erzählen –, so tat sie es doch nicht, sondern setzte sich zurück auf ihren Platz und nahm ihre Schreibarbeit wieder auf. Ich ging zurück in mein eigenes Büro. Es war Freitag, und so sah ich auf die Gasse hinaus und wartete auf die Metzger mit ihren Transportern.

Als ich an jenem Abend nach Hause kam, spielten Scheherazade und Naomi in unserem Sonnenzimmer Backgammon, auf einem Elfenbeinbrett, das ich nie zuvor gesehen hatte. «Wo kommt das Brett denn her?» wollte ich wissen. «Und was denken die Elefanten darüber?»

«Worüber denkt der Gorilla nach?» sagte Naomi, was beide düster kichern ließ.

«Nun», sagte ich, «ihr kommt nie drauf, wer mich heute angerufen hat.»

Naomi hatte ein tragbares Radio an ihrem Gürtel, das mir erst auffiel, als sie sich an die Ohren griff, um die Kopfhörer zu verschieben.

«Ihr werdet es nicht glauben.»

«Wer?» sagte meine Frau.

«Du kommst nie drauf.»

Naomi würfelte und machte ihren Zug, und meine Frau lehnte sich über das Brett.

«Es war Eugene Peters», sagte ich.

Scheherazade sah auf. Ich habe bisher noch nicht erwähnt, daß meine Frau schön ist, und seit ich sie kenne, immer nur noch schöner geworden ist. Ihre Schädelform ist skandinavisch, und wenn das auch eine gewisse Härte ihrer Züge implizieren mag, wirkt ihre Schönheit doch zart durch den sanften Ausdruck ihrer Augen, die ständig verschleiert erscheinen.

«Er will, daß ich mit ihm Urlaub mache», sagte ich.

«Oh?»

«Obwohl ich so eine Idee habe, daß ein geschäftlicher Grund dabei mitspielen mag.»

«Ich würde es nicht tun», sagte sie.

«Ich glaube, mir ist klar, warum er mich dabeihaben will.»

«Er versucht dich zu demütigen.»

«Wie bitte?»

«Er versucht dich zu demütigen, und du siehst es nicht einmal.»

«Das ist ja lächerlich.»

«Denk daran, was letztes Mal passiert ist.»

An diesem Punkt zog ich mich in die Küche zurück, wo ich mich an den Tisch setzte und mir ein Glas Preiselbeersaft einschenkte. Ich sollte erklären, worauf sich meine Frau bezog. Sie glaubt, daß unser Dinner im Fairmont-Hotel von Eugene Peters als eine Art Spiel geplant war, mich hinsichtlich unserer unterschiedlichen Stellung in der Geschäftswelt zu verunglimpfen. Wobei nicht gesagt zu werden braucht, daß ich sie darauf hingewiesen habe, wie normal diese Art Dinner im Geschäftsleben ist und daß es eine Vielzahl von Gründen dafür geben kann, von einem dringlichen Anliegen über den Wunsch nach Aufklärung bis hin zu einer Freundschaftsbezeigung – eine Verunglimpfung sei sicher nicht beabsichtigt gewesen. Sie bestand jedoch in einer ganzen Reihe von Unterhaltungen darauf, daß Eugene Peters nur «an meiner Leine» ziehen wolle. Wobei nicht gesagt zu werden braucht, daß ich Scheherazade versichert habe, dem sei nicht so, auch wenn ich ihr gegenüber meine eigene Theorie nicht erwähnt habe, bei der es, wie bereits gesagt, um Desserts geht.

Da Scheherazade keine Anstalten machte, von ihrem Backgammonspiel zu mir hereinzukommen, trank ich meinen Preiselbeersaft aus und ging nach oben, um nach Rachel zu sehen. Sie war in ihrem Zimmer und flocht sich das Haar, und als ich eintrat, kam sie zu mir und nahm mich in den Arm. «Peanut», sagte ich, «du kommst nie drauf, wer mich heute angerufen hat.»

«Mr. Peters», sagte sie sofort. Sie setzte sich an ihren Frisiertisch und sah mich an. «Ich hab dich durchs Fenster gehört», sagte sie. «Was wollte er?»

«Er will, daß ich mit ihm Urlaub mache, und ich habe herausgebracht, warum.»

«Warum, Daddy?»

«Er will kein Investment, dazu hat er zuviel Kapital. Er will, daß . . .» Ich faltete meine Hände. «Er will, daß unsere Kanzlei seine Buchführung übernimmt.»

Das Vergnügen ist schwer zu beschreiben, das ich in jenen ersten paar Stunden empfand, nachdem wir das Flugzeug in Tucson verlassen hatten und in einem Kleinbus zu unseren Quartieren im Fantasy Camp chauffiert worden waren. Unsere Zimmer waren ruhig und luxuriös, und die Fenster gingen auf die gepflegte Spielanlage hinaus, auf der wir am Morgen ausschwärmen würden. Das Zischen und Klicken von Rasensprengern erfüllte die Luft. Wir würden nicht nur das Spiel spielen, das meinem Kinderherzen so lieb und teuer gewesen war – die Erinnerung daran kam unmittelbar und klar –, sondern ich empfand auch eine plötzliche berauschende Freude darüber, Mr. Peters' beruflichen Respekt gewonnen zu haben. Er war ein wohlhabender, einflußreicher Mann, und es war offensichtlich, daß er plante, mich um meine Dienste zu bitten. Es ist eine der Freuden des Lebens, daß gewissenhafte Studien und sorgfältige Arbeit am Ende belohnt werden.

Schwalben schossen über die dunkle Anlage. Auf dem Couchtisch stand eine Vase mit frischen Blumen und auf dem Nachttisch ein Teller mit Schokolade. Als ich den Schrank öffnete, fand ich meine Spielerkluft. Sie hing frisch gereinigt und in Plastik gehüllt auf einem Bügel, und ich will sie beschreiben. Die Paspelierung war orangefarben, die Nummer sowohl auf den Rükken als auch die Schultern genäht (meine war die 59, die ich mit keinem der Stars früherer Tage identifizieren konnte), und das sorgfältig ausgeführte Giants-Emblem neigte sich sanft und auf die traditionelle Weise, so daß es gerade erscheinen würde, wenn das Trikot erst einmal angelegt war. Die schwarzen Stutzen waren mit den Hosen verbunden, der Gürtel ins Hüftband eingenäht, und die Hose hatte die klassische eine Tasche, links hinten, für die Mütze. Ich legte die gesamte Kluft sofort an, was ich mich nicht scheue zuzugeben, da ich weiß, daß, wer überhaupt einmal eine getragen hat, die sentimentalen Gründe dafür verstehen wird – wenn wir auch erst am Morgen tatsächlich spielen würden. Ich überlegte sogar, ob ich gleich einmal über die Anlage spazieren sollte, denn ich konnte das frisch gemähte Gras riechen und empfand plötzlich das kindliche Verlangen, es in meinen Händen zusammenzuballen. Allerdings nahm ich an, daß die anderen Männer ebenfalls aus ihren Fenstern sehen würden, und so entschloß ich mich, drinnen zu bleiben. Ich legte meine Kluft wieder ab und schlief tief und fest.

Bei Tagesanbruch waren die Rasensprenger verstummt, und von meinem Fenster aus erschien die Anlage wie mit Diamanten bestreut. Ich saß auf der Fensterbank und stellte Betrachtungen über den Zustand der Welt an, wie man es oft in derlei Situationen tut. Wie hätte ich wissen können, daß unsere Wirtschaft in eine so langwierige, tiefe Rezession eintreten sollte und die Erträge unserer Kanzlei, die immer stabil gewesen waren, eine Berichtigung erleben würden? Es stand zu erwarten, daß Mr. Emond, der älteste der Partner, angesichts der veränderten Situation erneut geschwächt und meine eigene Beförderung ein weiteres Mal aufgeschoben werden würde. Die Gewinne von Mr. Peters' Unternehmen waren dagegen stabil geblieben, da es sich bei seinen Produkten um niedrigpreisige Waren wie den magnetischen Ölstopfen handelte, der in der Tat die Notwendigkeit zukünftiger kostspieliger Prozeduren herabsetzte, zum Beispiel auch von Ölwechseln. Tatsache war, wie ich begriff, während ich die glitzernde Anlage überblickte, daß er gut positioniert war – und wir nicht.

Ich ging zu meinem Aktenkoffer und nahm die Unterlagen heraus, die ich mitgebracht hatte, eine detaillierte Darstellung unserer Dienste und Honorarstaffeln bezüglich bestandsstarker, distributionsintensiver Unternehmen wie dem von Mr. Peters, inklusive mehrerer Neuerungen, auf die ich stolz bin, die ich aber hier nicht erläutern kann. Natürlich waren sie von Mr. Farmer und Mr. Priebe überprüft und gebilligt worden, und ihre Unterschriften standen unter meiner auf der vorletzten Seite des Angebots. Das gesamte Dokument war in das geprägte Leder gebunden, das die Kanzlei ihren wichtigeren Kunden vorbehält, und ich will zugeben, daß ich einen gewissen Stolz empfand, es mit mir zu tragen. Ich hatte nämlich noch nie jemandem ein derart großes Angebot gemacht, ohne einen unserer Eigner an meiner Seite zu haben.

Draußen erschienen die Platzwarte, zwei Mexikaner in weißen Hosen, und meine Gedanken kehrten zum Baseball zurück. Eilig harkten die Mexikaner das Innenfeld, spießten die Bases in den Boden und wandten ihre Aufmerksamkeit dann einem der rechten Abschnitte des Außenfeldzauns zu, der sich offenbar gelöst hatte. Während sie ihn ganz losschraubten und aus seiner Verankerung hoben, wurde ich in angenehmer Weise an die alten Zeiten der Major League erinnert, wenn die Platzwarte die Zäune weiter vor- oder zurücksetzten, je nach Schlagstärke der Gastmannschaft. Es erschien mir, daß trotz aller Fortschritte in der Gesellschaft in den nachfolgenden Jahren etwas verlorengegangen war. Plötzlich wurde mir mit Schrecken bewußt, daß ich fürs Frühstück bereits spät dran war.

Zum Nächstliegenden zurückkehrend, entschied ich nach kurzem Überlegen, für den Speisebereich bereits meine Kluft anzulegen, da ich annahm, daß die meisten anderen Männer es ebenso halten würden. Ich zog sie also an, rasierte mich schnell und ging dann nach unten, wo das Frühstück bereits in vollem Gange war. Tatsächlich hatte ich in der Kleiderfrage richtig entschieden: Staunend betrachtete ich zwei lange Tische mit ähnlich angezogenen Männern. An einem der Tische trug man die heimischen Farben und an einem anderen die der Gäste.

Ich selbst gehörte zu den Gastgebern, und es erleichterte mich, die Augen über den Tisch wandern zu lassen und dabei festzustellen, daß es Mr. Peters ebenso ging. Einer der Männer machte eine Geste in meine Richtung, und ich setzte mich auf den Platz neben ihm, den ich zunächst nicht als frei erkannt hatte. Der Mann stellte sich als Randall Forbes vor, schüttelte mir kräftig die Hand und erwähnte, daß auch er ein Freund von Mr. Peters sei, der uns gegenübersaß. Ein älterer Mann, der, wie ich später herausfand, zwanzig Jahre zuvor der Schlagtrainer der Cleveland Indians gewesen war, kam aus der Küche und stellte einen Teller mit aufeinandergetürmten Waffeln vor mich hin. Ich bemerkte, daß die meisten Männer schwiegen, also bedachte ich Mr. Peters und Mr. Forbes mit einer freundlichen Geste, rieb mir die Hände, um Hunger anzudeuten, und machte mich an mein Frühstück.

Es dauerte jedoch nicht lange, bis ich den Grund für die fast völlige Stille im Speisebereich erkannte. Es fand tatsächlich nur eine Unterhaltung statt, ein gedämpftes Gespräch an unserem Ende des Tisches, ganze zwei Plätze von mir entfernt, und erst nachdem ich eine meiner Waffeln gegessen und eine zweite in Stücke geschnitten hatte, warf ich einen Blick zur Seite und sah, daß einer der am Gespräch Beteiligten niemand anders als Willie Mays war.

Wie kann ich beschreiben, was es bedeutete, eine belgische Waffel zu essen und dabei einem solchen Mann so nahe zu sein. Natürlich hatte ich Spieler wie Dick Dietz und Tito Fuentes erwartet, aber nun saß zwei Plätze von mir entfernt der größte Spieler seiner Zeit, einer der größten überhaupt. Gleich zog sich mir die Kehle zusammen, und mein Mund wurde trocken. Ich glaube, daß ich meine Waffeln allesamt aufaß, wenn ich auch keine Erinnerung mehr daran habe. Ich fand bald heraus, daß es um die Schwierigkeiten ging, die der gegenwärtige Quarterback der 49er hatte, und ich will hier sagen, daß das genügte, um mich leise in mich hineinlachen zu lassen: daß Willie Mays über Football sprach. Aber natürlich, warum sollte er nicht darüber sprechen? Dennoch, obwohl es mir nicht ohne Ironie schien, erwiderte keiner der Männer mein leichtes Lächeln, als ich von meinem Teller aufsah.

Ich werde mir einen Moment Zeit nehmen, um Mr. Mays zu beschreiben. Sein Haar fing an zu ergrauen, und obwohl sein Gesicht breiter geworden war – es schien sich um eine Art allgemeine Verdickung seiner Züge zu handeln, die womöglich von seinem jüngsten Pech im Major League Baseball zeugte –, bewegte er sich und sprach er doch mit einem gelangweilten, katzenartigen Raumbewußtsein, das ein hohes Maß an ungenutzter Stärke vermuten ließ. Wenn er auch kaum etwas aß, kann ich doch sagen, daß sich seine Glieder wie ein Uhrwerk bewegten. Das soll heißen, als ob sie an verschiedenen Vorrichtungen in ihm verankert waren, die sich unabhängig voneinander bewegten. Er besaß die unverkennbare Aura von Größe. Ich glaube, daß alle von uns auf die eine oder andere Weise beobachteten, wie er sich bewegte – die Art, wie er sein Messer gegen die Innenseite des Handgelenks drückte, bevor er seine Waffel schnitt, oder wie er seinen Orangensaft oben am Rand des Glases ergriff –, und jede dieser Gesten war von einer Klarheit, die man bei einem Jongleur, einem Akrobaten oder Zauberer erwarten mochte. Von den Männern war allein Eugene Peters gänzlich unbefangen.

Gleich nach dem Frühstück begaben wir uns zum Warmmachen auf die Anlage hinaus, was damit begann, daß eine Gruppe von uns zwei Runden um den gesamten Komplex lief, der aus vier sich gegenüberliegenden Baseball-Innenfeldern bestand. Jedes hatte Mannschaftsgräben, einen überhängenden Fangzaun, eine kleine Zuschauertribüne und den niedrigen, gebogenen, asymmetrischen Zaun um das Außenfeld. Eines der Innenfelder war von einem größeren Zuschauerbereich umgeben, einer Tribüne mit fünfzig, sechzig Sitzreihen, die sich in einem Halbkreis bis zum weißen Arizona-Himmel reckte, und als wir daran vorbeikamen, schien es mir, daß wir ebensogut Profispieler hätten sein können, die zu ihren Positionen liefen. Ich will allerdings zugeben, daß ich, als Mr. Peters und ich schließlich die letzte Flagge im linken Feld passierten und wir den Rückweg antraten, mit keuchendem Atem und sich schwer über das Gras schleppenden Füßen, von dem Gedanken übermannt wurde, mein Geld an einen närrischen Traum verschwendet zu haben.

Die ganze einwöchige Anstrengung hatte dreitausendvierhundert Dollar im voraus gekostet, die Schläger nicht einberechnet, die wir selbst mitzubringen hatten. Ich persönlich hatte drei gekauft, denn wenn auch jeder einzelne von ihnen «unzerstörbar» war, so erinnerte ich mich doch, daß ich je nach Feuchtigkeit und Temperatur sowie dem Lockerungsgrad meiner Arme manchmal einen schwereren und manchmal einen schlanker zulaufenden Schläger bevorzugt hatte. Gemäß dem Stil der Zeit bestanden sie aus anodisiertem Aluminium statt aus Holz, und natürlich war die Grifffläche gummiert und nicht mehr mit einem Band umwickelt. Obwohl das Geld mir nicht wichtig war, will ich doch anmerken, daß jeder von ihnen fünfundvierzig Dollar gekostet hatte.

Weitere Männer kamen am Mannschaftsgraben zusammen. Diese Männer waren Finanzchefs, Ärzte und Anwälte. Einer stand auf den Stufen und starrte nach draußen, den Fuß oben auf der niedrigen Mauer, genau wie in meiner Erinnerung meine Helden dazustehen pflegten – die Alou-Brüder, Mickey Mantle und Willie Mays selbst –, obwohl dieser Mann wahrscheinlich in einem Büro arbeitete und heute nacht mit einer Wärmedecke schlafen würde wie wir übrigen auch.

Wir warfen an diesem ersten Tag, fingen und retournierten Aufsetzer und schlugen gegen den alten Mann, der das Camp leitete, einen Burschen namens Corsetti, der dreißig Jahre zuvor zwei Saisons lang als Pitcher gespielt hatte. Er war älter als wir. Ich schätzte ihn auf fast sechzig, er stand auf der Pitcher-Platte und warf mit der begrenzten, exzentrischen Bewegung der alten Garde. Er nahm das Bein nicht hoch. Die Arme trafen sich im Handschuh auf Brusthöhe, und dann war der Ball unterwegs. Mein erster kam schneller, als ich dachte, und ich schlug danach wie ein Mann, der mit bloßen Händen einen Vogel zu fangen versucht. «Verletz dich nicht», sagte der Catcher hinter mir durch seine Maske. Der alte Mann warf als nächstes einen Kurvenball, und ich fiel rückwärts aus dem Schlagraum. Ich hörte, wie der Catcher schnaubte. Aber dann schlug ich einen Line drive ins Centerfield. Nie werde ich das «Tock!» des Schlägers in meinen

Händen vergessen. Dennoch bin ich nicht zu eitel zu sagen, daß ich nach meinem vorherigen Schlag den Catcher ein Zeichen mit dem Handschuh hatte machen sehen, und ich glaube, der Wurf war womöglich gelobbt worden.

Zusammengefaßt war unser erster Tag wenig ereignisreich, bis auf die Tatsache, daß es von menschlichem Interesse ist zu bemerken, wie schnell man sich an die Gegenwart von Willie Mays gewöhnen kann. Als ich ihm beim Aufwärmen das erste Mal einen Ball zuwarf, bebte mein Arm vor Nervosität, aber mein Wurf war gut, und ich hatte keine Veranlassung, mich seiner zu schämen. Willie Mays fing ihn ohne Kommentar und schickte ihn weiter zum nächsten Spieler. Ich nehme an, daß sich das Camp um Verletzungen zu sorgen hatte und daß wir deshalb am ersten Tag Innen- und Außenfeldübungen liefen und jeder einmal den Schlagmann machte, ohne daß wir tatsächlich zu spielen begannen.

Abends hörten wir einen Vortrag zur bestehenden Steuergesetzgebung. Für den Fall, daß irgend etwas von Wert gesagt werden würde, hatte ich meine Aktentasche dabei, allerdings glaube ich, daß einige der Männer darüber gelacht haben mögen. Der Vortrag erwies sich als von eher grundsätzlicher Natur, wenn die Informationen auch ordentlich aufbereitet und größtenteils richtig waren. Anschließend wechselten wir hinaus in den Salon des Clubhauses, wo Limonade und Kekse gereicht sowie die Mannschaftspositionen fürs Wochenende bestimmt wurden. Mr. Peters und ich waren in derselben Mannschaft, wie ich angemerkt habe. Er wurde als Shortstop aufgestellt und ich an der dritten Base. Das war natürlich eine Beleidigung für mich, aber es machte mir nichts aus. Verschiedene Mitglieder der Mannschaft stellten sich einander vor, und ich wollte zu diesem frühen Zeitpunkt nicht gekränkt erscheinen. Es war schlimm genug, daß ich meine Aktentasche dabeihatte. Mr. Peters nahm seine Baseballmütze ab, schlug mir damit auf den Rücken und machte eine Bemerkung, daß es so wie in alten Zeiten sei. Natürlich mußte ich ihm zustimmen, obwohl ich nicht sicher war, ob er sich auf unsere Positionen bezog oder darauf, was jeder von uns in der Hand hielt. Er war gesprächiger Stimmung, und nach den Keksen wanderten wir über die Anlage zurück zum Hotel.

Wir gingen auf einen Drink in die Bar. Einige der Männer waren schon vor uns dort angekommen, und als wir eintraten, machten sie Witze über «Milch und Kekse» und die Tatsache, daß wir «im Training» seien, wobei sie gleichzeitig Cocktails aus den teuren Gläsern des Hotels schlürften. Die eine Sache, die ich an Mr. Peters seit unserer Kindheit bewundert habe, ist seine Ungezwungenheit im Umgang mit allen Arten von Leuten, und auch jetzt war ich beeindruckt, wie er sich in der Gruppe bewegte. Er schüttelte Hände, erzählte hier einen Scherz und lachte dort über einen anderen. Es ist mir nicht entgangen, daß hierin ein Schlüsselfaktor seines Erfolgs zu sehen ist, und vielleicht ist eine solche Ungezwungenheit im Endeffekt ebenso wichtig, wie es meine eigene harte Arbeit war.

Bald schon fand ich mich ohne Gesprächspartner, und da ich nicht wußte, was ich sonst tun sollte, trat ich mit meinem Glas ans Fenster und tat so, als starrte ich hinaus auf die Anlage. Der Raum spiegelte sich im Glas, und ich nutzte die Gelegenheit, Mr. Peters' Bewegungen unter den anderen Spielern zu studieren. Ich weiß nicht, ob sich ihm die Männer wegen seines Erfolgs am Markt zuwandten oder ob umgekehrt sein Erfolg aus der Tatsache resultierte, daß sich ihm alles zuwandte, aber es war klar, daß er Aufmerksamkeit einforderte. Ich selbst habe das nie getan. Viele der Anwesenden in dieser Bar waren selbst erfolgreich, einige ungemein, und doch hätte Mr. Peters sprechen können, mit wem immer er wollte.

Dennoch verging nicht viel Zeit, und er verließ die Gruppe, mit der er gesprochen hatte, kam direkt zum Fenster und stellte sich neben mich. «Ein schöner Blick», sagte er.

«Man sieht ein paar interessante Dinge von hier», antwortete ich.

Er machte eine Bemerkung zu meinem Line drive, und ich antwortete ihm mit einem Kompliment für ein Doppelspiel, das ihm gelungen war, wenn ich tatsächlich auch glaubte, daß er sich zu früh weggedreht hatte. Wir standen da, sahen auf die beleuchtete Anlage hinaus und ließen das Eis in unseren Gläsern klicken. Ich hatte ein Geschäftsangebot erwartet, und jetzt kam es dazu.

«Weißt du, Roth», sagte er, wobei er mir den Arm um die Schulter legte, «wir sind mit unseren Erbsenzählern nicht mehr zufrieden.»

Ich will zugeben, daß ich mehr mit einem Katz-und-Maus-Spiel gerechnet hatte und, das muß ich sagen, deshalb von ihm überrascht wurde. «Ja?» sagte ich.

«Nun, ich möchte, daß du mir ein Angebot machst. Ich möchte, daß Priebe, Emond & Farmer uns die Bücher führen. Kannst du das machen?»

Ich sah aus dem Fenster und versuchte, nachdenklich zu erscheinen, obwohl man sich die Befriedigung wird vorstellen können, die ich empfand, da sich meine Annahme als richtig erwies. Natürlich war ich jetzt dankbar für das Bestreben, immer bereit zu sein, das dazu geführt hatte, daß ich gerade in diesem Moment über meine Aktentasche verfügte. Ich schenkte Mr. Peters ein breites Lächeln, klopfte auf den Lederkoffer und erklärte ihm, daß ich bereits exakt so ein Angebot vorbereitet hätte.

Er lächelte zurück, zunächst heiter, dann skeptisch, dann anerkennend. «Natürlich, Roth», sagte er, gluckste und schüttelte den Kopf. «Du hast immer schon an alles gedacht.»

Tatsache war, daß ich wirklich immer an alles gedacht hatte, denn dafür wird man in meinem Beruf bezahlt, und als Mr. Peters vorschlug, am Abend des letzten Tages zusammenzutreffen, um über mein Angebot zu sprechen, stimmte ich dem mit Freuden zu. Es befriedigte mich in der Tat ziemlich, daß er übers Geschäft reden wollte, noch bevor wir nach Hause zurückgekehrt waren.

Auch wenn es der letzte Tag des Camps war, an dem die eigentlichen Verhandlungen dann stattfanden, ist es doch wichtig zu berichten, was sich vorher bei unseren Spielen zutrug.

Ich nehme nicht für mich in Anspruch, auch nur etwas mehr als ein Durchschnittsspieler zu sein, doch in den nachfolgenden Tagen geschah etwas mit mir, was ohne Zweifel nicht noch einmal geschehen wird und was, ich gebe es zu, auch noch niemals zuvor mit mir geschehen war. Ich denke, es begann im Bett, mit meinem Schlaf in jener zweiten Nacht. Er war tief und wohltuend, die Art Schlaf, die ich seit Jahren nicht mehr genossen hatte, und als ich an unserem ersten Spieltag aufwachte, hatte ich das Gefühl, wieder ein junger Mann zu sein. Unser Team bekam den Namen «Sluggers», und an jenem ersten Morgen spielten wir gegen die «Bashers». Die Bashers bestanden hauptsächlich aus einer Gruppe von Radiologen aus einer Gemeinschaftspraxis in Boulder, Colorado. Ich weiß nicht, wie eine Gruppe von Radiologen zu einer so guten Baseballmannschaft werden konnte, doch innerhalb von zwei Innings hatten sie sämtliche Bases erreicht und vier Läufe für sich verbucht, die Sluggers, also wir, nicht einen. Ihr Major-League-Spieler war Alan Gallagher, ein Allround-Innenfeldspieler, an den ich mich nur vage von vor Jahren erinnerte, unserer war Kent Powell, den ich mit nichts mehr verbinden konnte. Willie Mays würde, wie es schien, nicht mit uns spielen. Natürlich war das eine Enttäuschung, aber ich will hier nicht lange darauf herumreiten. Von einigem Interesse war die Tatsache, daß Mr. Gallagher in seinem Alter sehr wenig zum Erfolg der Bashers beitragen konnte – und Mr. Powell so gut wie nichts zu unserem. Er spielte ganz passabel an der ersten Base, griff aber kein einziges Mal zum Schläger. Die Bashers wurden statt dessen von einem Dr. Argusian angeführt, der einige Jahre zuvor für die Universität von Texas gespielt hatte und jetzt im linken Außenfeld stand. Ihm gelangen Läufe sowohl im ersten als auch im zweiten Inning, und auf seiner Position im Außenfeld fing er einen Ball, der hoch über seinen Kopf geflogen kam.

Offenbar war unsere eigene Schlagreihenfolge völlig willkürlich bestimmt worden, und so kam ich nicht vor dem dritten Inning zum Schlag. Zu der Zeit gaben wir uns bereits wie die Verlierermannschaft. Mr. Peters war ausgeschieden, nachdem ein dritter Schlag gegen ihn gegeben worden war, wie auch drei weitere der sechs Männer vor mir, und keiner unserer Spieler hatte eine Base erreicht. Deshalb empfand ich eine leichte Beklommenheit, als ich den Schlagraum betrat und zu Mr. Corsetti hinübersah, der das dritte Inning eröffnen würde. Wie ich jedoch sagte, hatte ich gut geschlafen, und als ich meine Spikes in den Boden grub und den Schläger locker auf meiner Schulter ruhen ließ, empfand ich eine Beweglichkeit in meinen Armen und eine Schärfe in meinen Augen wie seit Jahren nicht mehr. Kurz, ich schlug den ersten Wurf ins linke Innenfeld und schaffte es bis zur zweiten Base.

Obwohl ich nicht ganz herumgebracht wurde, gelang mir doch später im Feld noch im selben Inning an der dritten Base eine hübsche Sache mit einem Ball, der offenbar ins Loch geschlagen worden war. Mr. Peters klopfte mir auf die Schulter, und Kent Powell machte mir ein Kompliment von seiner Position hinter mir. Zudem stellte ich später fest, daß Willie Mays auf unserer Bank saß und das Spiel gesehen hatte. Unnötig zu sagen, daß ich zufrieden war. Zwei Innings später schlug ich einen schönen Ball ins rechte Außenfeld, und als ich die erste Base passierte, glaubte ich, aus dem allgemeinen Tumult auf der Bank ein besonderes Lob von Mr. Mays herauszuhören.

Zwar unterhielt er sich zwischen den Innings nur mit Mr. Peters, aber körperlich so in Form und in der Stimmung, in der ich war, machte ich mir nichts daraus, wenn mir auch kurz der Gedanke kam, daß sich Willie Mays und Eugene Peters früher bereits nähergekommen sein mußten.

Es wäre nicht unbedingt falsch zu sagen, daß mein Spiel die Sluggers inspirierte. Als wir wieder Schlagrecht hatten, gelang uns ein Lauf, und im nächsten Inning gab es zwei weitere, so daß wir gegen Ende des Spiels nur noch mit einem im Rückstand lagen und in jeder Hinsicht neue Kraft geschöpft hatten. In der Zwischenzeit hatte Dr. Argusian mit mir gleichgezogen. Im vierten Inning war es ihm gelungen, einen niedergehenden Line drive zu fangen, und im sechsten hatte er einen Ball ganz hinten ins linke Centerfield geschlagen. Es sind neue Höhen, zu denen uns ein Wettbewerb auf ganz natürliche Weise trägt, und im siebten Inning schlug ich einen Ball an genau dieselbe Stelle. Ich kann nur sagen, daß irgendein kleiner Wandel in mir vorgegangen sein mußte, ein Schnellerwerden der Reflexe und eine Schärfung des Blicks, die es mir erlaubten, den heranfliegenden

Pitch wie vor schwarzem Hintergrund auszumachen und ihn gleichsam mit Mordlust zu treffen. Der Ball prallte von meinem Schläger ab und senkte sich nicht, bevor er die Warnlinie hinten im linken Außenfeld erreichte, und da stand ich bereits an der zweiten Base und atmete das anregende Lehm-Aroma des Innenfeldes ein. Das Spiel ging Kopf an Kopf weiter. Unseren Gegnern gelang ein Lauf mitten im achten Inning, und wir antworteten mit zweien gegen Ende des Innings. Willie Mays schien sich auf unserer Seite zu fühlen, und als wir anschließend die Bank verließen, gleichauf mit den Bashers, schlugen er und Mr. Peters sich in die Hände, und Willie Mays sprach uns allen Mut zu.

Obwohl er darüber hinaus zu mir speziell nichts sagte, glaube ich doch, daß es zutrifft und also nicht unbescheiden ist zu sagen, daß das Spiel bis zum letzten Inning zu einem Zweikampf zwischen mir und Dr. Argusian geworden war. Viermal hatte er den Schlagmann gemacht und viermal sicher die Home-Base erreicht, und ich war bei dreimal auf den gleichen Prozentsatz gekommen. Ihm gelang ein Kabinettstück in der Verteidigung, und mir ebenfalls. Währenddessen hatte ich bemerkt, daß sich die Männer auf der Bank der Bashers offenbar um Dr. Argusian scharten, und obwohl das bei uns nicht der Fall war, war es doch ein leichtes zu sehen, warum. Willie Mays saß die gesamte zweite Hälfte des Spiels bei den Sluggers, und das war für uns alle so, glaube ich, als fänden wir uns in einem Taxi mit der Königin von England wieder.

Wenn es auch die Glaubwürdigkeit strapaziert, sich noch einmal ins Gedächtnis zu rufen, was am Ende dieses ersten Kräftemessens geschah, entwickelte sich das letzte Inning doch wie der wunderbare Traum eines Kindes. Gleichauf mit den Bashers, bekamen wir zu Ende des neunten Innings noch einmal das Schlagrecht, und Eugene Peters machte den Anfang. Er schaffte es sofort ohne Schwierigkeiten bis zur ersten Base, nachdem Mr. Corsetti zum erstenmal in diesem Spiel einen Ball aufgegeben hatte, und kam dann prompt auch zur zweiten, wo er blieb, während Schlagmann Nummer sechs ausschied und die Reihe an mich kam, mit, wie es das Glück wollte, der Möglichkeit, das Spiel für uns zu entschieden.

Wie gern würde ich berichten, daß ich zuversichtlich an den Abschlag trat, aber tatsächlich war es so, daß ich plötzlich die Nerven verlor. Ich schlug mir mit dem Schläger leicht gegen die Spikes und stellte bestürzt fest, daß all unsere Männer auf der Bank, Willie Mays eingeschlossen, aufgestanden waren. Das hätte mir Kraft geben müssen, aber nein, es saugte sie mir aus den Knochen. Mein Magen rumorte, und Mr. Corsettis erster Wurf brach so teuflisch über mich herein, daß ich den Schläger nicht mal von der Schulter zu bewegen vermochte. Ein Schlag wurde angezeigt. Gleich darauf folgte ein weiterer, und ich konnte ein leichtes Lächeln auf Mr. Corsettis Gesicht erkennen. Hinter mir wurden die Männer unruhig. Ich fing unerklärlicherweise an, über die Mißerfolge in meinem Leben nachzudenken, das vor meinen Augen zu einer Flut aus Bedauern und Fehlentscheidungen anzuschwellen schien, so daß ich, obwohl Mr. Corsetti bereits die Hände in seinem Handschuh zusammenbrachte, vom Abschlagspunkt zurücktreten und nach Atem ringen mußte. Mr. Peters zog sich in seine Position an der zweiten Base zurück, und sofort dachte ich an die Unterschiede zwischen ihm und mir: daß ihm ein großes, expandierendes Unternehmen gehörte, daß er sein Leben genoß, heute wie damals schon, daß er sich mühelos unter Männern bewegte und so weiter. Doch ich war immer ein Mann des Willens gewesen. Ich schöpfte Atem, und selbst in meinem geschwächten Zustand vermochte ich ein Quentchen Mut zu sammeln und erneut meinen Platz am Abschlag einzunehmen. Jenseits des diamantförmigen Innenfelds ging Mr. Peters erneut in Position. Ich bin bisher in meiner Beschreibung aufrichtig gewesen und will es auch weiter sein: Bevor noch der letzte Wurf des Spieles tatsächlich gemacht wurde, entschloß ich mich, den Schlag durchzuziehen, so oder so, und deshalb kann ich nicht sagen, daß es irgend etwas anderes als Glück war, als er scharf von der Keule zurücksprang, hoch mitten ins Centerfield flog und ich zur ersten Base lief. Mr. Peters passierte die Home-Base, und wir hatten gewonnen.

Sofort brach ausgelassener Jubel aus, mehrere der Spieler schlugen mir auf den Rücken, Eugene Peters drückte mich mit dem Arm um meine Schultern an sich, und Willie Mays zauste mir die Haare. Dann ging es unter die Duschen. Während wir unter den Wasserstrahlen standen und uns mit der nach Limonen duftenden Duschlotion einseiften, die das Management in großen Spendern zur Verfügung stellte, gingen die Gespräche in weiten Teilen um meine Heldentat. Natürlich genoß ich das, fühlte mich allerdings nicht ganz wohl dabei, wußte ich doch, daß mein letzter Schlag reiner Dusel gewesen war. Als einer der Männer einen Seifenspender schüttelte, als wäre es eine Champagnerflasche, und übermütig zu mir sagte: «Auf den besten Spieler», nickte ich einvernehmlich, verließ dann aber von mir aus den Duschraum so bald wie möglich und zog mich vor meinem Garderobenschrank wieder an.

Das war der Zeitpunkt, da Willie Mays den Raum betrat. Er ging an Mr. Peters vorbei, der aus den gekachelten Toiletten kam, nahm seine Mütze ab und setzte sich mir gegenüber. Ich grüßte ihn und fuhr mit dem fort, was ich gerade tat, nämlich meine Spielerkluft zusammenzulegen und in der Mannschaftstasche zu verstauen, die uns bei der Anmeldung zur Verfügung gestellt worden war. Sogleich scharten sich mehrere Männer auf den Bänken um uns zusammen, und wenn sie auch damit beschäftigt schienen, sich das Haar zu kämmen, die Socken hochzuziehen oder die Schuhe zuzubinden, wußte ich doch, daß sie tatsächlich unserem Gespräch lauschten.

Willie Mays sagte: «Sie hatten das Auge, mein Freund.»

Ich dankte ihm.

Er sagte: «Sie standen genau richtig.»

Ich dankte ihm wieder.

Willie Mays sagte: «Himmel, aber goldrichtig.»

Nicht sicher, wie ich auf diese Art Austausch reagieren sollte, und im festen Glauben, daß er wußte, was bei meinem letzten Auftritt als Schlagmann wirklich passiert war, war ich darauf aus, die Diskussion in eine leicht andere Richtung zu leiten. «Was halten Sie von den Würfen dieses Mannes?» sagte ich.

Willie Mays sagte: «Achten Sie auf sein Handgelenk, bevor er wirft. Er verrät sich, wenn er den Ball anschneiden will.»

«Das werde ich», sagte ich.

Willie Mays sagte: «Himmel, haben Sie da hingelangt, Bruder.»

«Himmel, ja», wagte ich mich vor.

Willie Mays sagte: «Dem haben Sie vielleicht 'n Scheitel gezogen.»

Ich sagte: «Ich wette, die drücken Ihnen ganz schön was aufs Auge, wenn's ans Steuerzahlen geht.»

Ich weiß nicht, warum ich das sagte. Das Lächeln wich nicht von Willie Mays Gesicht, aber es schien einzufrieren. In dem Moment dann kam ein anderer Mann aus dem Duschraum, und Willie Mays hielt ihm die offene Handfläche hin, damit er einschlagen konnte. Während Willie Mays das tat, drehte er sich von mir weg, und ich fand mich, meine Habseligkeiten zusammensuchend, in der Ecke des Umkleideraums wieder, hinter Willie Mays Rücken und ohne Möglichkeit, an ihm vorbei und durch die Tür zu kommen. Ich setzte mich auf die Bank, fühlte die Augen der anderen Männer auf mir, packte meine Spikes aus und klopfte den Schmutz von ihnen auf den Betonboden. Für eine Weile bohrte ich meine Fingernägel dazwischen und gab vor, sie zu reinigen, und als Willie Mays sich dann immer noch nicht bewegte oder mir, der ich hinter seinem Rücken saß, Beachtung schenkte, schützte ich Geschäftigkeit vor, indem ich das bißchen Schmutz zusammenkehrte, das ich auf dem Boden hinterlassen hatte. Ich beugte mich vor und las die Erde auf, die ich aus den Spikes herausgeschlagen hatte.

Es war Mr. Peters, der das Schweigen schließlich brach. «Gütiger», sagte er auf die lockere Art, die die Männer den Kopf zu ihm drehen ließ. «Die mögen Ihnen was aufs Auge drücken, Willie, trotzdem gäb ich alles dafür, wenn ich in Ihre Schuhe schlüpfen könnte, mein Freund.»

Willie Mays lachte, und in der allgemeinen Zustimmung, die folgte, gelang es mir, mich aus der Ecke zu schieben, mich fertig anzukleiden und zurück auf mein Zimmer zu gehen, wo ich zu mir zu kommen versuchte. Ich empfand noch immer einen Rest

Verlegenheit wegen dem, was vorgefallen war, und als ich mich ans Fenster setzte, wurde mir bewußt, daß meine Hände leicht zitterten. Ich betrachtete den Ausblick und versuchte mich zu beruhigen. Ich ließ meine Gedanken noch einmal den Tag durchwandern und meine Augen hier und da auf der Anlage ruhen – links, wo mein Schlag im siebten Inning gelandet war, und auf der neu gezogenen Auslinie, von wo ich im fünften einen scharfen Aufsetzer retourniert hatte. Die diamantförmigen Innenfelder waren wieder besprengt worden, und in der untergehenden Sonne glänzten die frisch geharkten Lehmpfade zwischen den Bases wie Flüsse. Es braucht nicht extra betont zu werden, daß ich Mr. Peters dankbar war für sein Eingreifen nach dem, was ich nur noch als meinen «Ausrutscher» sehen konnte, allerdings war mir unwohl bei dem Gedanken, welchen Effekt der Zwischenfall auf unsere Geschäftsbeziehungen haben könnte, die noch vor ihrem Anfang standen. An diesem Abend aß ich allein in einem Steakhaus in der Stadt.

Am nächsten Tag spielten wir erneut gegen die Bashers, und obwohl ich nicht wirklich ins Detail gehen will, möchte ich dennoch sagen, daß, welch übernatürliche Kraft mich auch tags zuvor heimgesucht haben mochte, sie wunderbarerweise am nächsten Morgen wiederkehrte. Kurz gesagt, am Abschlag traf ich drei von fünf Bällen und stand im Feld meinen Mann ganz ohne Fehler. Um fair zu sein, muß gesagt werden, daß auch Eugene Peters drei erfolgreiche Schläge hatte, obwohl er einen Wurffehler im zweiten und einen Feldfehler im dritten Inning machte. Was Dr. Argusian anging, so schien er, welche Art Anmut ihm zuvor auch zuteil geworden sein mochte, sie an diesem Tag verloren zu haben, und zu den Anstrengungen der Bashers trug er so gut wie nichts bei. Wieder schlugen wir unsere Gegner aus einem anfänglichen Rückstand heraus, und im Clubhaus anschließend war allgemeine Ausgelassenheit die vorherrschende Stimmung.

Damit war das Wochenende beendet, und am Abend aßen wir mit der Kameradschaft von Soldaten, wonach wir rund um den Tisch aufstanden und Trinksprüche ausbrachten. Wie man sich zweifellos vorstellen kann, mochte ich in einer solchen Situation meine Stimme nicht erheben, und als sich einer der Männer nach dem anderen erhob, um eine gutmütige Spitze und herzlichen Dank zu äußern, fühlte ich mich zunehmend unwohl auf meinem Platz. Endlich dann, zu meiner großen Erleichterung, stand Mr. Corsetti auf, trat ans Podium am Kopfende des Saales und kündigte an, daß es an der Zeit sei, die Preise zu verteilen. Hier sollte ich einfügen, daß ich bis zu diesem Moment die Möglichkeit nicht in Betracht gezogen hatte, zum «Besten Spieler» des Wochenendes ernannt zu werden.

Die Auszeichnungen wurden in unbeschwerter Atmosphäre verteilt. Zuerst stand Alan Gallagher auf, um den Preis für das «Rauhbein des Jahres» zu präsentieren, der an den ältesten Spieler der Gruppe ging, einen ehemaligen Senator in seinen Siebzigern, der beide Spiele allein von der Bank aus beobachtet hatte, wo er in seiner Spielerkluft angetreten war. Der Preis bestand aus Alan Gallaghers eigener Giants-Mütze, die er signierte und dem ehrwürdigen alten Mann überreichte, der mit einem Stock bis ans Podium kam. Daran anschließend erschien Kent Powell mit einem signierten Giants-Hemd für den «am stärksten verbesserten Spieler», das an einen der Radiologen ging, der offensichtlich schon seit mehr als einem Jahrzehnt am Camp teilnahm.

Dann erhob sich Willie Mays. Obwohl er ein Paar schwarzer Giants-Stutzen in Händen hielt, war sein Auftreten nicht – und hätte es auch niemals sein können – komödiantischer Natur. Dafür war er ein zu bedeutender Mann. «Ein Hallo in die Runde», sagte er ins Mikrofon, als der Applaus abgeebbt war. «Diese Stutzen hier sind für den ‹Besten Spieler› der Woche. Ich hab sie in meiner letzten Profisaison getragen.» Er ließ den Blick über uns wandern und wußte plötzlich nicht mehr weiter. Er sah hinunter auf seine Hände, und der Raum verstummte. Ich glaube, er war den Tränen nahe.

Ich erwartete nicht unbedingt, die Stutzen zu gewinnen, da mehrere andere Spieler sich ebenfalls gut geschlagen hatten, und ich bin sicher nicht jemand, der viel auf Vorahnungen gibt, aber als Willie Mays da so vor uns stand, mit leicht gesenktem Kopf und mit Händen, die an den Stutzen herumzupften, da begriff ich plötzlich mit absoluter Gewißheit, daß er in Diensten von Mr. Peters stand. Wie da mein Herz für einen Augenblick schwer wurde. Willie Mays war der größte Spieler seiner Zeit. Allerdings entstammte er jener Spielergeneration, die ihre Zeichen vor den astronomischen Einkünften unserer heutigen Stars gesetzt hatten, und somit, nehme ich an, hätte ich nicht erstaunt sein sollen, daß er sich auch nach Beendigung seines Berufslebens noch um sein Auskommen zu kümmern hatte. Zweifellos würde ich ihn bald schon in einem Fernsehspot für Autoersatzteile entdecken. «Da ich sehe, wie gern er in meine Schuhe schlüpfen möchte», sagte er mit sanfter Stimme, «sind diese Stutzen für ihn – Mr. Eugene Peters.»

Etliche der Männer sahen mich an, und obwohl ich dankbar war für ihre Geste, hob ich doch mein Glas und tat so, als tränke ich, während Mr. Peters rot wurde und sich vom Tisch erhob. Vorn am Podium schüttelte er Willie Mays' Hand, drehte sich der Menge zu und hielt die Stutzen hoch, in jeder Hand einen, wie Trophäen. Da stand ein Mann mit Kapital in vier westlichen Bundesstaaten, einer Villa am Lake Tahoe und einer beneidenswerten Position in einer ansonsten schrumpfenden Wirtschaft, und doch strahlte er sein Königslächeln, weil zwei Röhren schlaffen schwarzen Stoffs aus seinen Händen hingen, altersgrau gewordenen Stoffs, der in den Keilen dünn geworden war. Die Männer applaudierten, ich ebenfalls.

Nach der Zeremonie begaben sich mehrere von uns in die Lounge, wo sich das Gespräch zunächst um Major-League-Geschichten, dann um Politik und schließlich um die wirtschaftliche Lage drehte, die, wie ich hier ohne Verwunderung berichte, für viele der Anwesenden von Bedeutung war. Es kam zu einem Konsens dahingehend, daß Schrumpfen und Kostenreduzierung Vehikel durch die gegenwärtige Krise seien, und Mr. Peters bestellte eine weitere Runde Drinks. An diesem Punkt verließ Mr. Forbes die Gruppe für ein paar Minuten, und ich konnte sehen, wie er am anderen Ende der Halle mit dem Portier sprach und anschließend dessen Telefon benutzte. Er kehrte zurück, nahm erneut am Gespräch teil, und wenige Minuten später öffnete sich die Tür der Lounge, und drei junge Frauen kamen herein.

Mr. Forbes grüßte zu ihnen hinüber und winkte sie an unseren Tisch, wo er sie mit Stühlen versorgte und dem Barmann das Zeichen für eine Bestellung gab. Ich erhob mich, um vorgestellt zu werden. Ich bin ein Mann mit Kindern, und erst als ich stand, begriff ich, was da vor sich ging. Aus meiner erhöhten Position sah ich, daß eine von ihnen ziemlich nahe bei Mr. Peters auf der roten Lederbank saß und ihn sogar berührte. Ich fragte mich kurz, ob diese Art Verhalten das quid pro quo des uneingeschränkten Erfolges war, der Eugene Peters zuteil geworden war, und obwohl ich zugebe, in jenem Moment ein Aufflammen von Neid verspürt zu haben, begriff ich doch auch, daß Eugene Peters ohne Kinder vollkommen von dieser Erde verschwinden würde. Ich entschuldigte mich und ging hinaus zum Telefon, von dem ich Scheherazade anrief.

Ich sagte ihr, daß ich sie vermißte, und ließ dem einen Satz folgen, den wir in den frühen Tagen unserer Ehe oftmals benutzt hatten.

«Oh, Abba», sagte sie.

Danach sprach ich mit Naomi, die mich verdächtig begrüßte, mir dann aber von einem jungen Mann erzählte, der sie ins Kino eingeladen hatte, und von einem Partykleid, das sie gerade gekauft hatte. Abba kam an den Apparat, und wir sprachen über Baseball im allgemeinen sowie unsere Pläne, zu den Giants zu gehen, wenn ich wieder daheim war. Rachel kam zuletzt und sagte, daß sie mich vermißte. Sie brannte darauf zu erfahren, wie es mir im Camp ergangen war, und wollte alles über meine Schlagausbeute wissen, was mich, wie ich nicht ausdrücklich hervorzuheben brauchte, freute. Wir legten auf, und ich zog mich in mein Zimmer zurück.

Ich konnte mir keine Vorstellung davon machen, was derweil unten ausgebrütet wurde, argwöhnte aber, daß es für unser Gespräch am nächsten Tag von Bedeutung sein würde. Vielleicht war es meine Pflicht, mich wieder zu meinen Kollegen zu gesellen, in dem Sinn, daß ein Gefühl von persönlicher Verbundenheit die Zier jeder Geschäftsbeziehung ist. Andererseits mochte es besser sein, mich von alldem fernzuhalten, um meinen Ruf moralischer Stärke zu untermauern, der selbstverständlich integraler Bestandteil meines beruflichen Status war. Mir ist durchaus nicht unbewußt, daß es womöglich eine Enttäuschung bedeutet zu erfahren, daß ich an jenem Abend tatsächlich auf meinem Zimmer blieb. Ich nahm die Angebotsunterlagen aus meinem Aktenkoffer, las sie noch einmal auf Genauigkeit hin durch, legte sie in der richtigen Abfolge zurück und machte mich bettfertig.

Irgendwann, nachdem die Nacht in ihre volle Schwärze versunken und der Mond vor meinem Fenster aufgestiegen war, hörte ich den Aufzug, und ein ungestümes Gespräch schallte über den Gang draußen vor meinem Zimmer. Eugene Peters' Stimme krähte eindeutig mit den sanfteren Äußerungen einer Begleiterin einher, und ich empfand eine Welle von Abscheu für diesen Mann, der, obwohl erfolgreich, seine Tage mit Sportlern und seine Nächte mit Dirnen verbrachte. Entsetzt hörte ich ein Klopfen.

Ich ignorierte es zunächst, aber es erklang erneut, und ich konnte hören, wie die beiden draußen auf dem Gang wie zwei Waschbären vor einem Zelt herumstöberten. Ich stand schnell auf, durchquerte den Raum in meinem Pyjama und öffnete die Tür, Schläfrigkeit vortäuschend. Eugene Peters stand da, in bester Trinkerlaune, und neben ihm die Dirne, und ich will allein über die ersten Augenblicke unseres Gesprächs berichten, um dessen Natur klarzumachen.

«Sieh doch, Süßer», sagte sie, «jetzt hast du den Mann aufgeweckt.»

«Will nur sicher sein, daß du fertig bist fürs Geschäftliche – nicht, Abbot?»

«Das bin ich in der Tat», sagte ich.

«Bitte entschuldigen Sie uns», sagte sie und zog ihn am Arm.

«Abba muß uns nicht entschuldigen, ich kenn ihn seit vierzig Jahren, oder, Abba?»

«Nein, das muß ich nicht.»

«Abba und ich werden morgen ein Geschäft machen. Stimmt's, Abbot?»

Diese Art Peinlichkeit ging noch einige Minuten weiter, bis das Mädchen, das eine erstaunlich gute Kinderstube zu haben schien, ihn endlich von meiner Tür wegzuziehen und den Gang hinunterzuschieben vermochte. Ich kletterte zurück in mein Bett und war fähig, den Vorfall rasch zu vergessen, obwohl mir der Gedanke kam, daß Mr. Peters ein durchtriebener Verhandlungspartner und sein Auftritt womöglich der Versuch gewesen war, eine psychologische Vormachtstellung zu etablieren. Draußen schalteten sich die Rasensprenger ein. Ich erhob mich erneut und sah die Unterlagen noch einmal durch.

Morgens hatten wir unsere Verabredung. In der Annahme, daß zuviel besser war als zuwenig, zog ich mich an wie für die Kanzlei – gedeckter Anzug, gestreifte Krawatte – und schlenderte zu Mr. Peters' Suite hinüber. Mr. Forbes, selbst ähnlich gekleidet, empfing mich an der Tür und führte mich ins Foyer, von wo man in einen weiteren Raum mit einem Schlafsofa und einem Frisiertisch gelangte, neben den ein zusammenklappbarer Konferenztisch gestellt worden war. Dort nahm ich Platz. Mir waren mehrere geschlossene Türen aufgefallen, die vom Foyer abgingen, und ich vermutete, daß sie zu Mr. Peters' Schlafzimmer und höchstwahrscheinlich noch einem weiteren Wohnraum führten. Von der Frau, die ich nachts gesehen hatte, keine Spur. Wenn die Aufteilung der Suite meine eigenen Räume auch vergleichsweise winzig erscheinen ließ, kam ich doch zu dem Schluß, daß ich mein eigenes kleines Quartier bevorzugte. Mr. Forbes bot mir einen Drink von der Bar an, und ich stimmte einem Tomatensaft zu. Ich beglückwünschte ihn zu seinem Feldspiel vom Wochenende, und er nickte. Er machte keine Anstalten, sich gesprächig zu zeigen, und so öffnete ich meinen Aktenkoffer und tat so, als sei ich mit Vorbereitungen beschäftigt.

Plötzlich kam Mr. Peters durch eine Seitentür herein, in seinen Bademantel gekleidet. Er schüttelte mir die Hand, erklärte, daß er noch eine letzte dringende Geschäftssache zu erledigen habe, erkundigte sich nach meinem Befinden, dem Tomatensaft und so weiter und verließ den Raum durch die Tür, durch die er gekommen war. Dann kehrte Mr. Forbes zurück und füllte mit ziemlich mürrischer Miene mein Glas neu auf. Er ging hinaus, und ich wandte mich wieder meinen Papieren zu.

Nach einigen Minuten stand ich auf und trat ans Fenster. Die Morgensonne wurde von den Jalousetten in Prismen gebrochen, und weiter hinten auf der Anlage konnte ich eine Gruppe Männer sehen. Ich war überrascht, muß ich sagen, als ich begriff, daß es sich dabei um die Neuankömmlinge handelte, die uns ohne auch nur einen Tag Abstand nachfolgten. Einige der Männer standen auf dem Spielfeld und warfen sich den Ball zu, andere bereiteten sich mit dem Schläger an der Wurfmaschine vor, die direkt neben dem Aufwärmplatz stand. Das Licht und der Blick über die weitläufige Rasenfläche erinnerte mich an Fort Bragg, wo ich nach Ende des Koreakriegs ein paar Monate verbracht hatte. Der Mann an der Maschine verfehlte fast alle Bälle und produzierte lediglich ein paar verunglückte Aufsetzer, die in den Maschen hängenblieben wie Vögel, die gegen ein Netz ankämpften. Mir kam der Gedanke, daß Mr. Peters seinen Bademantel aus strategischen Gründen noch angehabt hatte, und ich zog mein Jackett aus und legte es über den Frisiertisch.

Zurück am Fenster, schlug der Mann, den ich beobachtet hatte, plötzlich eine Serie flacher, kraftvoller Line drives, die den Begrenzungszaun trafen und von ihm abprallten. In einem Spiel hätte das Team des Mannes so etliche Bases gewonnen. Doch so plötzlich die Serie begonnen hatte, hörte sie auch wieder auf, und nacheinander verfehlte er vier Bälle. Ich beobachtete die Vorführung mit einigem Interesse. Der Mann verließ den Abschlag und klopfte sich die Erde aus den Spikes, aber ich konnte sehen, daß er den Blick schweifen ließ, ob einer der anderen Männer seine Serie verfolgt hatte. Auf dem Feld neben ihm warfen sie sich weiter Bälle zu. Der Mann legte den Schläger zur Seite, schaltete die Maschine aus und lief ebenfalls aufs Feld hinaus. Er fing den Ball von einem der anderen Spieler. Dann schlenderte er zum Mann an der dritten Base hinüber und fing zwischen Würfen übers Feld eine Unterhaltung an. Wenige Augenblicke später deutete er zum Abschlagsplatz hinüber, und ich zog mich vom Fenster zurück.

In diesem Moment hörte ich etwas, was wie plötzliches Kichern klang, gefolgt von einem anderen, tieferen Geräusch, obwohl ich, kaum daß es vorüber war, nicht mehr sicher war, ob es draußen von der Anlage gekommen war, von anderswo im Hotel oder ob ich es überhaupt gehört hatte. Ich begann zu schwitzen. Es gab in dieser Suite sehr viel, was mir Unwohlsein bereitete, wenn ich auch nicht weiter darauf eingehen will. Ich tupfte mir die Stirn mit dem Taschentuch ab, trat zum Frisiertisch, warf einen beiläufigen Blick in den Spiegel und ließ mich auf dem Klappsofa daneben nieder. Mr. Peters war jetzt seit einigen Minuten verschwunden, und ich fing an, mich zu fragen, ob er tatsächlich noch etwas anderes zu erledigen hatte oder ob ihm daran lag, diesen Eindruck aus Geschäftsgründen hervorzurufen. Ein weiteres Mal überprüfte ich den Inhalt meines Aktenkoffers. Ich streckte meine Beine aus. Die Schublade des Frisiertisches war leicht geöffnet, und ohne nachzudenken, langte ich hinüber und zog heraus, was meine Hand berührte und was sich zufälligerweise als Kleidungsstück erwies. Ich glaube nicht, daß ich vorher wußte, ich würde auf einen der Stutzen von Willie Mays stoßen.

Und doch hielt ich nun genau den in der Hand, und obwohl ich annehme, ich hätte ihn gleich zurücklegen und die Schublade schließen sollen, konnte ich den Wunsch nicht unterdrücken, ihn mir näher anzusehen. Ich lehnte mich aufs Sofa zurück und hielt ihn in meinen Händen. Wenn er natürlich auch ziemlich mitgenommen war, so war er dennoch – und es macht mir nichts aus, das zu sagen – schön. Der elastische Bund oben war nach wie vor voller Festigkeit, und der Keil unten bestand aus einem anderen Material, ich glaube, aus Seide.

Und obwohl ich wußte, daß er die Stutzen letztlich gekauft hatte, mußte ich doch, wie ich so dasaß, erneut über die Unterschiede zwischen Mr. Peters und mir nachdenken – daß er mit Baseballspielern umging, daß er ein großes, expandierendes Unternehmen besaß, daß er talentierte, engagierte Männer beschäftigte und so weiter. Es fiel mir schwer zu begreifen, daß der faule Tunichtgut, mit dem ich als Junge zusammengewesen war, es zum Industriekapitän gebracht hatte, und während ich mit dem Stutzen in der Hand immer noch dasaß, versuchte ich mich zu erinnern, ob unsere Kinder- und Jugendzeit irgendeinen Hinweis auf unsere Zukunft enthalten hatte. Doch da hörte ich ihn erneut im Foyer, und ohne nachzudenken öffnete ich meinen Aktenkoffer und ließ seinen Stutzen hineinfallen.

Warum ich das getan habe? Ich kann nicht sagen, daß ich das wüßte. Ich hätte ihn ebensoleicht zurück in den Frisiertisch fallen lassen oder einfach weiter untersuchen können, was absolut innerhalb der Grenzen normalen Verhaltens gelegen hätte. Was mich beschäftigt, ist, daß meine Reaktion die eines Diebes war, den man auf frischer Tat ertappt hatte, obwohl mein ganzes Leben doch durch einen Beruf geprägt war, der in zweiter Instanz gerade solch ein Verhalten verhindert. Mir blieb wenig Zeit zu überlegen. Ich schloß meinen Aktenkoffer genau in dem Moment, als Mr. Peters den Raum betrat, und das diente ebenfalls der Untermauerung meines schrecklichen Gefühls, wie ein Dieb zu handeln, auch wenn ich, objektiv gesagt, nicht glaube, daß ich meinen Schrecken zeigte. Im Gegenteil, für eine flüchtige Sekunde überkam mich der bizarre Gedanke, daß ich in einem anderen Leben möglicherweise einen fähigen Dieb würde abgeben können.

Mr. Forbes kam mit herein. Die beiden schüttelten mir noch einmal die Hand, und wir nahmen am Tisch Platz, Mr. Peters mir gegenüber, Mr. Forbes neben mir. Ich legte die Aktentasche zwischen uns – und erneut überraschte mich mein eigenes Verhalten, denn man muß nicht viele Kriminalromane gelesen haben, um zu erkennen, daß dies genau die Art von Kaltschnäuzigkeit war, die zum Tagesgeschäft der kriminellen Klasse gehört. Es war ein außerordentlicher Akt von Selbstdisziplin, der es mir ermöglichte, mich auf das nun Folgende zu konzentrieren.

Ich hatte niemals mit Mr. Peters verhandelt und muß sagen, daß mich die Art, in der er begann, überraschte. Er hatte sich umgezogen, und jetzt war nur noch ich ohne Anzugjacke.

Nichtsdestoweniger eröffnete er die Diskussion, indem er auf alles, nur nicht das, was wir hatten diskutieren wollen, zu sprechen kam. Er sprach von Willie Mays und der 49er Mannschaft, bot redegewandtes Lob meiner Leistung vom Wochenende und flocht an einer Stelle ein, daß womöglich ich derjenige gewesen sei, der den Preis hätte gewinnen sollen. Natürlich freute mich das, und ich stritt heftig ab, daß ich ihn verdient hätte. Man kann sich vorstellen, was ich dabei empfand.

Ziemlich unvermittelt schlug Mr. Peters dann auf den Tisch, öffnete die Arme in mitteilsamer Geste und sagte: «Nun, Abba, dann laß mal sehen.»

Ich war für einen Augenblick ziemlich verwirrt, bis ich begriff, daß er das Angebot meinte. Ohne es zu wollen, hatte ich zwischendurch die Aktentasche vom Tisch genommen und mir auf den Schoß gelegt, denn dort fand ich sie nun vor. Ich nickte und hob sie erneut zwischen uns. Mr. Peters lächelte. Ich schob sie auf den Kirschholztisch, griff nach den Schlössern und zog die Tasche zurück auf den Schoß. Er lächelte noch immer, obwohl eine Art Spott in seinen Ausdruck getreten war. Ich überlegte, ob ich die Tasche auf meinem Schoß öffnen sollte, aber neben mir war Mr. Forbes, der, wie ich begriff, Mr. Peters' Handlanger war und fraglos hineinlugen würde.

Ich bin sicher, daß der Leser unter gleichen Umständen eine andere Handlungsweise gewählt hätte, doch bin ich ebenso sicher, daß er sich nie in solchen befunden hat. «Es tut mir leid, Eugene», sagte ich, «aber ich habe kein Angebot für dich.»

«Ich verstehe nicht», sagte Mr. Peters.

«Unsere Eigner haben beschlossen, daß es nicht in unserem Interesse liegt, deine Unternehmen zu vertreten. Wir haben nicht länger den Wunsch, dir die Bilanzen zu machen.»

«Wie bitte, Abba?»

Ich zögerte zu wiederholen, was ich gesagt hatte, denn ich stand im finsteren Wald und bewegte mich mit jedem Schritt weiter in ihn hinein. Kaum daß ich den Satz ausgesprochen hatte, begriff ich, wie gut möglich es war, daß Mr. Peters unsere Eigner um eine Erklärung angehen würde.

Mr. Forbes war aufgestanden und machte einen Schritt auf mich zu. «Sag das noch mal, Mann», sagte er.

«Wir sind nicht länger in der Position, euch die Bilanzen zu machen.»

«Ich dachte, du hättest euer Angebot längst fertig, Abba.»

«Nun, das habe ich nicht.»

Es ist schmerzvoll und vielleicht auch sinnlos, über den Rest unseres Treffens zu berichten, mir erneut vor Augen zu führen, wie ich durch Hervorbringen dieses einen Satzes einen Ruf zerstört habe, der mein Lebenswerk war. Mr. Peters forderte mich mehrfach auf, meine Position zu erläutern, und jedesmal war ich gezwungen, gegen alles zu argumentieren, auf das ich über so viele Jahre hingearbeitet hatte.

Natürlich würde ich der Wahrheit nicht gerecht, wollte ich behaupten, zu keinem Zeitpunkt an ein Geständnis gedacht zu haben. Während Mr. Peters diverse Erwiderungen auf meine Ablehnung formulierte, erwog ich den Gedanken, meine Aktentasche zu öffnen, zu versuchen, den ganzen Vorfall und meine Ablehnung als bloßen Witz abzutun und unsere Verhandlungen noch einmal neu zu beginnen. Vielleicht hätte ich genau das tun und auf mein Glück vertrauen sollen – der Gedanke an diese Möglichkeit will mich innerlich schier zerreißen. Aber wie dem auch sei, ich tat es nicht. Unser Treffen eskalierte in Drohungen und endete in Haß, und eine Stunde später saß ich im Flugzeug zurück nach San Francisco.

Verständlicherweise unternahm ich jede Anstrengung, den Vorfall aus meinem Denken zu verdrängen. Ich überlegte, was ich sagen würde, wenn Naomi mir ihr neues Kleid zeigte, was ich Rachel über das Camp erzählen würde, und als wir die schneebedeckten Gipfel der östlichen Sierras überquerten, beschloß ich, auf dem Weg vom Flughafen nach Hause einen kleinen Anhänger zu erwerben, den, wie ich wußte, Scheherazade ins Auge gefaßt hatte. Über dem Flughafen von San Francisco begaben wir uns in eine Warteschleife, und erst als wir den Südteil der Bucht umrundet hatten und der Steuerbordflügel auf die Nebelbänke in den Gebirgsausläufern deutete, fühlte ich mich in der

Lage, meine Situation noch einmal neu zu überdenken. Es schien tatsächlich so, daß ich dem Fortgang meines Lebens unwiderruflich Schaden zugefügt hatte, und das alles, weil ich in eine Unternehmung eingewilligt hatte, die mir nicht einmal als erstrebenswert erschienen war. Ich verfluchte den Tag, an dem ich mich entschlossen hatte, an diesem Camp teilzunehmen.

Doch bald schon faßte ich mich wieder. Das Flugzeug überquerte die Nordspitze der Bucht, und ich zog die Aktentasche unter dem Sitz hervor und auf meinen Schoß. Der Mann neben mir nahm keine Notiz von mir, und nachdem ich die Tasche eine volle Warteschleife dort gehalten hatte, wagte ich es, sie zu öffnen.

Der Stutzen lag auf meinen Unterlagen. Natürlich tat er das – wo sonst hätte er liegen sollen? –, obwohl ich gestehe, daß ich überrascht war, ihn dort zu finden. Die Ereignisse der vergangenen Stunden hatten in meinem Kopf eine traumgleiche Qualität angenommen, und vor Öffnen der Tasche hatte ich tatsächlich gehofft, daß sie irgendwie nicht wirklich stattgefunden hätten. Doch da lag der Stutzen, dunkel über meine Papiere gewunden. Ich warf einen Blick auf meinen Nachbarn, hielt den Stutzen vor mich in die Luft, bewegte ihn zwischen den Händen hin und her, zog ihn im Licht des Fensters auseinander und roch sogar daran, wenn auch der einzige Geruch, den ich daran feststellen konnte, der von Wäschereiseife war.

Plötzlich kam mir der Gedanke, daß der Mann neben mir annehmen mochte, es handele sich um einen Frauenstrumpf. Ich blickte zu ihm hinüber, aber er zeigte keine Reaktion. Ich räusperte mich und sagte: «Es ist nicht das, was Sie denken.»

«Wahrscheinlich nicht», antwortete er.

«Es ist zufällig der Stutzen, den Willie Mays in seiner letzten Saison in der Major League getragen hat.»

Er drehte sich mir zu, obwohl ich glaube, daß er sein Interesse lediglich vorgetäuscht haben mochte. «Wie sind Sie daran gekommen?»

«In einer Auktion.»

Er streckte die Hand aus, um ihn zu berühren, rieb ihn zwischen den Fingern wie ein Teppichhändler, übertrieb einen Seufzer des Beeindrucktseins und wandte sich wieder seiner Arbeit zu. Ich war froh, seinen Verdacht zerstreut zu haben, wenn ich auch zugeben will, daß mich seine Indifferenz nur noch mehr aufrüttelte, lag in meiner Hand doch eindeutig ein Stück dünnen schwarzen Gewebes, gegen das ich eben erst meine Karriere eingetauscht hatte.

Auf dem Weg vom Flughafen nach Hause kaufte ich den Anhänger für Scheherazade, wobei ich, als ich ihn ihr gab, allerdings erkennen mußte, daß er kleiner war als der, auf den sie jüngst ihr Auge geworfen hatte. Wie dem auch sei, sie schien erfreut, daß ich wieder da war. Rachel ritt auf meinen Schuhen durchs Wohnzimmer, und Abba erschien mit einem Baseball in der Hintertür, den wir uns anschließend hinter dem Haus für eine Weile zuwarfen. Nur Naomi war noch nicht aufgetaucht, und als sich der Nachmittag seinem Ende zuneigte, ging ich nach oben, um auszupacken.

Im Schlafzimmer setzte ich Reise- und Aktentasche ab, legte die Toscanini-Aufnahme von Berlioz' *Romeo und Julia* auf, polierte meine Schuhe, hängte Hemden und Hosen auf und legte meine Unterwäsche zusammen. Ich stellte die leere Reisetasche an ihren Platz zurück und setzte mich aufs Bett. Das Streicher-Crescendo des zweiten Satzes strebte seinem Höhepunkt zu, und ich ging zu meiner Aktentasche und holte den Stutzen heraus. Ich verstaute ihn hinten in meiner Strumpfschublade, holte ihn wieder hervor und legte ihn unter unsere Matratze. Bald darauf schon zog ich ihn erneut hervor und hängte ihn auf einen Bügel in den Schrank, wo ich ihn jedoch auch nicht ließ. Ich legte ihn neben mich aufs Bett. Ich dachte an Willie Mays, wie er sich bei den World Series 1954 vom Abschlag abwandte und ins Zentrum des Feldes sprintete, um dort über der Schulter den Line drive von Vic Wertz abzufangen. Ich sah ihn sich auf der Warnlinie herumdrehen und jenen legendären Wurf machen, der den Baserunner der Indians verwundert innehalten ließ. Ich griff nach dem Stutzen, dehnte ihn mit den Händen und dachte an Eugene Peters, wie er die Schublade öffnete, um zu packen.

Natürlich würde er mich im Verdacht haben, obwohl ihm keine Wahl blieb und er auch Mr. Forbes verdächtigen mußte, und ohne Geständnis würde es keinen Beweis geben. Ich dachte an Willie Mays im achten Inning vom 30. April 1961 und seinen vierten Home-Run in einem einzigen Spiel, und im schwächer werdenden Abendlicht, das aus dem Westen herüberschien, kamen mir meine eigenen Ziele plötzlich erbärmlich vor. Ich erkannte – und ich nehme an, ich wußte es im Grunde schon ziemlich lange –, daß ich es niemals zum Partner von Priebe, Emond & Farmer bringen würde. Die Position würde ohne Zweifel an einen jüngeren Mann gehen. Und obwohl das eine Enttäuschung für mich war, so war sie doch nicht groß, denn auch wenn es peinlich ist, muß ich doch eingestehen, daß ich immer schon den Trieb von Auflehnung und Aufruhr in mir verspürt habe.

Das ist selbstverständlich ein Geheimnis, das ich stets vor meinen Kollegen verborgen habe. Im Büro ist mir in der Tat schon der Gedanke gekommen – öfter, als ich vielleicht zugeben sollte –, daß ich ebensoleicht Additionskolonnen falsch zusammenrechnen, Zahlen durcheinanderbringen und Tabellen vermischen könnte, statt die sorgfältige Arbeit zu leisten, die über die Jahre zu meinem Markenzeichen geworden ist. Ein seltsames Bedauern erfüllte mich, wie ich da auf meiner Tagesdecke saß. Das alles hatte ich: eine schöne und kapriziöse Frau, eine vor sich hin brütende und eine überschäumende Tochter, einen Sohn von meinem eigenen Schrot und Korn, ein komfortables Haus und eine Karriere, die sich leidlich gut fortentwickelt hatte, wenn auch nicht unbedingt so, wie ich es mir gewünscht hätte. Das alles hatte ich nicht: Auflehnung und Aufruhr, ein Leben voller Musik und eine Zukunft, unbeschwert von der Vergangenheit.

Bald darauf hörte ich Schritte auf der Treppe und legte den Stutzen zurück in die Aktentasche. Einen Moment später öffnete sich die Tür, und Naomi kam herein. Sie begrüßte mich nicht, sondern ging zum Fenster hinüber, wo sie sich auf die Fensterbank setzte und auf den Hof hinaussah. Ich trat zu ihr und stellte mich hinter sie, obwohl ich ihre Stimmung nicht ergründen konnte und Angst hatte, meine Hände auf ihre Schultern zu legen oder etwas zu sagen.

«Du scheinst verändert, Daddy», sagte sie.

Ich ging zu meiner Aktentasche und holte den Stutzen heraus. Eine seltsame Überschwenglichkeit hatte Besitz von mir ergriffen. «Den habe ich gestohlen», sagte ich.

Sie wandte sich vom Fenster ab und betrachtete mich. Ich setzte mich zurück aufs Bett, drehte den Stutzen in meinen Händen und erzählte ihr die Geschichte, während die Sonne langsam hinter ihr versank. Auch wenn jeder Mann, der jemals Töchter gehabt hat, es verstehen mag, werden andere es zweifellos für traurig halten, wenn ich sage, daß ich bis zu diesem Zeitpunkt noch nie die volle Aufmerksamkeit meiner Tochter genossen hatte. Es war dunkler geworden, und ihre Augen, die fest in die meinen sahen, leuchteten wild.

«Ich bin froh, daß du's getan hast», sagte sie, als ich geendet hatte.

Ich lachte.

«Wirklich.»

«Red keinen Unsinn», sagte ich zu ihr. Der Abend war schnell hereingebrochen, und da mir die Dunkelheit in Gegenwart meiner Tochter plötzlich peinlich war, ging ich zum Tisch und schaltete die Lampe ein. Die Birne ist klein, und als ich in ihrem schwachen Licht stand, meine Tochter hinter mir, ergriff mich, wie es manchmal ist, Traurigkeit. Ich nehme an, ich fragte mich, auch wenn es mir fremd scheint, das zuzugeben, warum ich, bei all den Leben, die meines hätten sein können, das gelebt hatte, das ich beschrieben habe.

BÁTORSÁG UND SZERELEM

Im Januar 1973, dem Jahr, in dem sich alles in unserer Familie änderte, kämpfte mein älterer Bruder Clive um die Meisterschaft in Mathematik der William Howard Taft High School in Shaker Heights, Ohio. Der Wettbewerb wurde in der Sporthalle ausgetragen, wo Clive und drei weitere Finalisten an Metalltischen rund um den gemalten Taft-Tiger auf dem Hauptspielfeld saßen, vor sich den Aufgabenzettel. Ich saß mit unseren Eltern auf der Tribüne und beobachtete ihn.

Unsere Eltern hatten darauf bestanden, daß ich mitkam. Clives bester Freund Elliot war ebenfalls bei uns, und auf Wunsch unserer Mutter hatten wir einen Platz in der zehnten Reihe hinten auf der Kiefernholztribüne gewählt, was nah genug war, um Clives Fortkommen auf dem Antwortblatt zu verfolgen, und hoch genug, um nicht in sein Gesichtsfeld zu geraten, für den Fall, daß er aufsah. Clive hielt den Kopf gesenkt. Seine Füße arbeiteten in seinen Sandalen, während neben mir, den Atem immer wieder lange anhaltend, meine Mutter mit den ihren das gleiche tat. Wir beobachteten, wie Clives Antwortblatt dunkler wurde, mit sorgfältigen kleinen Diagrammen und Gleichungen, in denen allein die Plus- und Gleichzeichen klar zu erkennen waren. Zehn Reihen unter uns lehnte sich Sandra Sorento, seine Freundin, vor und nahm ihn von ihrem Platz aus fest in den Blick. Sie saß als einzige in der ersten Reihe. Die Augen unserer Mutter wanderten immer wieder zu ihr und sprangen dann zurück zu Clive. Selbst aus der Entfernung konnte ich sehen, daß Clive gut vorankam. Er war doppelt so schnell wie der Junge zu seiner Linken und strich nur einmal etwas durch, kurz bevor er seinen Test abgab.

Dann kam er die Tribüne herauf, um sich zu uns zu setzen, und ein paar Augenblicke später schlenderte Sandra zum Trinkwasserbecken auf der anderen Seite der Halle, tat so, als trinke sie, und kam dann ebenfalls herauf. Clive sagte kein Wort zu ihr, also versuchte ich für uns beide zu lächeln. Sie lächelte schwach zurück. Dann stellte sie sich zu Clive, der unseren Eltern eine der Aufgaben zeigte, die in der Mitte des Blatts stand, in verwischter lila Schrift:

«Lancelot und Gawain zahlen jeder einen Dollar Einsatz. Dann kämpfen sie um den Einsatz, indem beide ein Gebot aufschreiben. Wenn die Gebote offengelegt werden, gewinnt der höher Bietende den Einsatz und zahlt dem weniger Bietenden dessen niedrigeres Gebot aus. Sind die Gebote gleich, wird der Einsatz geteilt. Wieviel bietest Du, Lancelot?»

Unsere Mutter griente. Elliot pfiff und schüttelte den Kopf. Sandra berührte Clives Schulter. Ich betrachtete die Aufgabe und tat so, als dächte ich darüber nach, obwohl ich nicht verstand, wonach gefragt war. Unser Vater legte sich die Aufgabe auf den Schoß und sagte: «Grundlegend, mein lieber Watson.» Er begann, Diagramme zu entwerfen und wieder durchzustreichen, klopfte mit den Füßen und kratzte sich die Ohren, bis eine halbe Stunde später der Summer erklang und auch die anderen Teilnehmer ihre Blätter abgaben.

Später wurde der Gewinner bekanntgegeben, und unsere Mutter fragte Clive, wo er feiern wolle. Vom Rücksitz unseres Plymouth-Kombi sagte Clive etwas, das wie *«Bayosh ahdj»* klang. Elliot grinste.

«Bitte, Schatz?» sagte unsere Mutter.

Clive sagte das gleiche noch einmal, Elliot unterdrückte ein Lachen, und Sandra sagte schließlich: «Wie wär's mit dem House of Pancakes, Mrs. Messerman?»

Wir hatten immer schon angenommen, daß mit Clive etwas nicht stimmte, aber unsere Ahnungen wurden, besonders in jenen Tagen, von seiner Brillanz übertüncht. Er sagte nicht viel, und wenn, benutzte er Wörter wie «azygisch» oder «Chemismus». An dem Nachmittag, an dem die Küchenmaschine unserer Mutter drei Stunden vor ihrer Dinnerparty plötzlich stehenblieb, reparierte er sie mit Hilfe ihres Bügeleisens und eines Stücks Draht aus dem alten Kurzwellenempfänger unseres Vaters und lief dann durchs Haus und murmelte leise »verflüssigen, mixen, pürieren, pulverisieren, verquirlen» vor sich hin. Er hörte nicht auf. Er sang es wie einen kleinen Gitarrenlauf, ganz bis ans Ende – «mahlen, reiben, schnetzeln» –, selbst noch, als unsere Nachbarn aus der Throckmorton Street, die Goldmans und die Cubanos, mit uns um den Eßzimmertisch saßen. Clive schien nicht bewußt zu sein, wie peinlich sein Verhalten war, und in der Küche dann, wohin sie mich gebeten hatte, um ihr mit der Suppe zu helfen, schlug unsere Mutter vor, ich solle ihn darauf aufmerksam machen.

Früher waren die Dinnerpartys unserer Eltern ruhige Veranstaltungen gewesen, und Clive und ich hatten oben auf der Treppe gesessen und gelauscht, aber jetzt nahmen wir daran teil. Wir saßen bei unseren Gästen und wurden ermuntert, uns mit ihnen zu unterhalten, und bevor unsere Mutter den ersten Gang servierte, reichten wir uns alle die Hände über der wie ein Quilt gestückelten Tischdecke, schlossen die Augen und sprachen ein Gebet für den Frieden. Dazu sollten wir die Köpfe senken, aber an jenem Abend erwischte ich meinen Vater, wie er zu Mrs. Cubano hinübersah, und er zwinkerte mir zu. Ich zwinkerte zurück. Unser Vater hatte einen pensionierten Freund aus Navy-Zeiten, Colonel Byzantian, der mittlerweile in Kalifornien seinen eigenen Wein anbaute und uns davon schickte, und als die Goldmans und die Cubanos die Köpfe vom Gebet hoben, nahm unser Vater die letzte Notiz des Colonels zur Hand und las sie laut vor. «Die versonnene Elegie eines Zinfandel», sagte er und vertiefte seine Stimme, «das nahezu menschliche Sehnen einer Traube.» Er kicherte und schenkte ein. Dann, während die Cubanos und die Goldmans noch lachten, ihre Weingläser hoben und sich auf den Stühlen zurücklehnten, erzählte ich die Geschichte, wie mein Freund Billy DeSalz den gleichen Liebesbrief an drei verschiedene Mädchen von drei verschiedenen Schulen geschickt hatte. Mr. Cubano lachte plötzlich laut auf, und seine Frau, die ich für auserlesen schön hielt, sah ihn an. Ich fuhr fort: Aber diese Mädchen gehörten, wie sich herausstellte, zufällig derselben Kirchengemeinde an. Jetzt lachte Mrs. Cubano, und die Geschichte begann in meinem Kopf Gestalt anzunehmen. Ich erhob mein Glas Apfelsaft, beugte mich nach vorn über den Tisch und erzählte weiter und weiter, auf der Suche nach einem Handlungsfaden, der mich ans Ende geleiten würde, wobei ich mich abwechselnd den Goldmans und den Cubanos zuwandte, und von Zeit zu Zeit auch meinem Bruder, der schweigend seinen Braten aß.

Später, als alle nach Hause gegangen waren, setzte sich unsere Mutter zu mir aufs Bett und stellte mir Fragen über Clive. Sie fragte mich, warum er während des Abendessens immer schwieg und was die Mädchen an der Taft High von einem Jungen dachten, der wußte, warum sich Muskovit wie eine Diode verhielt. Sie fragte, ob er und Elliot in der Schule jemals die fremdartige Sprache benutzten, die sie bei uns zu Hause sprachen. Dann, wobei sie sich an die Schläfe faßte, bat sie mich, 3768, unsere Hausnummer, mit 216, unserer Telefonvorwahl, zu multiplizieren. «Das kannst du nicht, stimmt's?» sagte sie, die Brauen hochgezogen, als wäre es tatsächlich möglich, daß ich es könnte. «Es ist doch nicht normal, so was ohne Stift und Papier zu tun, oder?» Sie neigte den Kopf, um mich anzusehen, und als ich meinen schüttelte, lächelte sie.

«Mom», sagte ich, «die Sache mit Billy DeSalz hab ich fast ganz erfunden.»

Sie sah mich an, Spott in den Augen. «Ich weiß, mein Schatz», flüsterte sie. «Aber du sprichst Mädchen wenigstens auf englisch an.»

Nicht daß Clive gemein gewesen wäre, gefährlich oder besonders pflichtversessen, es war einfach so, daß er nicht verstand, sich wie die anderen Jungen zu benehmen. Als Junior hatte er im Abschlußtest zweimal die Bestnote erreicht, doch als es an der

Senior-High-School dann darauf ankam, rief Mr. Sherwood an, um uns mitzuteilen, daß Clive völlig versagt hatte. «Es verlangt ein Übermaß an Intelligenz, jede Frage falsch zu beantworten», sagte Clive an diesem Abend zu unserem Vater, der in der Küche stand und den Umschlag der Schul-Prüfbehörde auf die Anrichte schlug. Zu der Zeit waren unsere Eltern bereits an Anrufe vom Direktor gewöhnt. An einem anderen Tag im selben Jahr war Clive in der Schlange vor der Hamburger-Ausgabe der Schulkantine stehengeblieben und hatte geweint, während die übrigen Schüler links und rechts an ihm vorbeigingen.

Am nächsten Abend, als ich an einer Gipsnachbildung von Michelangelos *Pietà* für meinen Geschichtskurs arbeitete, kam ich hinter Clives Geheimnis. Ich war im Keller und formte meine kleine Statue auf einem Stück Sperrholz hinter der Tischtennisplatte unseres Vaters – ich kopierte die Form aus dem Band *Kunst im Lauf der Zeitalter* –, als ich aufsah und einen Lichtschimmer hinter dem Philco-Kühlschrank neben dem Heizkessel bemerkte. Als ich ein zweites Mal aufsah, war das Licht verschwunden. Mit Wasser strich ich die zusammengerollten Röcke meiner Maria glatt, ging in die Ecke hinüber, zog den Kühlschrank vor und fand in dem schmalen Raum dahinter ein Feldbett, eine Kerze und, auf Bügeln an der Elektroleitung baumelnd, Mädchenkleider. Die Verpackung unseres alten Fernsehers bewegte sich, und Sandra Sorento trat dahinter hervor. «Keinen Laut», flüsterte sie.

Sie stand vor mir, trug ein gelbes Trägeroberteil und einen paillettenbesetzten kastanienbraunen Rock, der bis auf den Boden reichte, an den Knien enger und zu den Knöcheln hin wieder weiter wurde, wodurch er aussah wie der untere Teil einer Meerjungfrau. Das Trägeroberteil gab den Blick auf ein sahnefarbenes Stück Taille frei. Bei ihr zu Hause stimmte es nicht, das wußte ich.

«Nun, Herr Neugierig», sagte sie, «jetzt weißt du Bescheid.» Sie setzte sich aufs Bett.

«Hast du mich beobachtet?» fragte ich.

«Ein bißchen.»

«Ich hab doch nichts Komisches gemacht, oder?»

«Nicht die Bohne.»

«Manchmal tu ich das», sagte ich.

«Nun, diesmal nicht.» Sie lächelte. «Du bist so süß», sagte sie schließlich. «Und so ernst.» Sie berührte ihre Ohrringe, erst einen, dann den anderen. Dann sagte sie: «Komm her, kleiner Bruder», und rutschte auf dem Bett ein Stück zur Seite. Sie senkte die Stimme. «Ich *mußte* herziehen», sagte sie. «Ich hatte keine andere Wahl.»

Ich nickte. «Ich höre dich», sagte ich. Das war einer von Clives Ausdrücken.

Sie sah mich an. «Das tust du wirklich, nicht wahr?»

Ich nickte wieder. Ihr Rock war an den Knien ganz abgetragen, und ich dachte daran, daß ihre Eltern geschieden waren.

«Weißt du», sagte sie, «ich werde dir ein Geheimnis verraten.» Sie zog ihr Haar nach hinten und ließ es wieder fallen. «Ich mag dich, kleiner Bruder.» Sie lächelte mich an. «Das ist das Geheimnis. Du und ich, wir haben diese Verbindung, weil du mehr weißt, als alle glauben.»

«Ich kann dir etwas zu essen bringen, Sandra.»

Sie atmete aus. «Das wäre wirklich cool, weißt du?» Sie stand auf, schob das kleine beschlagene Fenster neben sich auf, schüttelte eine Virginia Slims aus der Packung und steckte sie an. «Ich wünschte, Clive wär so cool wie du.» Sie legte die Zigarette in einen Aschenbecher auf der Fensterbank, so daß der Rauch in den Hof hinausstieg. «Das wünschte ich», sagte sie.

«Ich bin nicht so cool.»

«Doch, das bist du.»

«Vielleicht», sagte ich.

Sie zog wieder an der Zigarette. «Eine Frage», sagte sie und atmete den Rauch aus. «Geht Elliot dir manchmal auf die Nerven?»

«Mir?»

Sie sah sich um. «Mit wem, glaubst du, rede ich hier sonst noch?»

«Ich weiß nicht», sagte ich. «Nicht wirklich. Manchmal.»

«Nun, *mich* nervt er.»

«Tatsächlich?»

«Ja, Clive ist soviel besser. Clive ist ein Genie, und Elliot ist alles andere als das.» Für einen Moment dachte sie nach. «Wahrscheinlich gibt's ein extra Wort für das, was Elliot ist.»

«Ich höre dich», sagte ich.

Sie zog an ihrer Zigarette und bot sie auch mir an. «Übrigens», sagte sie und ließ den Rauch entweichen, «hat dir Clive je von uns erzählt?»

Ich tat so, als inhalierte ich. «Von wem?»

«Von sich und mir?»

«Nein.»

«Das hat er nicht?»

Ich stieß den Rauch aus. «Nein.»

«Du wirst doch deinen Eltern nichts von mir sagen?»

«Auf keinen Fall.»

«In Ordnung», sagte sie, «dann erzähl *ich* dir's.» Sie sah mir in die Augen. Dann blies sie einen Rauchkringel, und als er vor ihr aufstieg, schickte sie einen weiteren, kleineren, stark wirbelnden durch ihn hindurch. «Ich bin Clives Geliebte», flüsterte sie. Die Rauchkringel trieben hoch zur Decke, Galaxien gleich. «Es ist ein großes Geheimnis», flüsterte sie, «aber jetzt kennst du es.»

Es war das Jahr, in dem der Vietnamkrieg endete, Spiro Agnew zurücktrat und die Indianer Wounded Knee besetzten. Es war das Jahr, in dem sich vor den Tankstellen Schlangen bildeten und Henry Kissinger den Friedensnobelpreis gewann. Es war das Jahr, in dem unsere Eltern ihre Religion aufgaben, das Baseball-Reglement geändert und die Abtreibung legalisiert wurde und unser Vater Jeans mit Schlag und lila Krawatten trug. Es war das Jahr, in dem mein Bruder seine eigene Sprache sprach, eine Meisterschaft nach der anderen gewann und uns zu entgleiten begann, bis wir alle von der Furcht erfaßt wurden, daß er uns eines Tages, wie ein Ast im Sturm, ganz wegbrechen würde.

Unsere Eltern waren jetzt Quäker. Unser Vater kam aus einer

konservativen jüdischen Familie in Chicago, und unsere Mutter stammte von zionistischen Farmern ab, die aus der Wüste Negeb nach Cleveland ausgewandert waren, aber jetzt gingen die beiden zwei Abende in der Woche zu einem Quäker-Treffen. In dem Jahr hatten sie ziemlich viel Zeit damit verbracht, sich an die Änderungen zu gewöhnen, die überall auf sie zukamen, und zu Hause schien die Welt manchmal völlig verschieden von dem, was sie wenige Jahre zuvor noch gewesen war. Clive und mir hatten sie verboten, irgend etwas anderes als die Nachrichten im Fernsehen einzuschalten, und als sie uns in diesem Sommer eines Abends nach einem Friedensmarsch dabei erwischten, wie wir statt dessen *Mannix* guckten, fuhren sie mit uns in die Stadt, und Clive mußte aussteigen und den Fernseher einem Pennbruder in einem Hauseingang geben.

Danach hörten wir die Nachrichten im Radio. In dem Jahr war es schlimm. Bei den Olympischen Spielen tauchten Bewaffnete mit schwarzen Strümpfen über den Köpfen auf. Israel wurde überfallen. George McGovern, für den unsere Eltern von Tür zu Tür marschierten, gewann in Massachusetts und sonst nirgends. In Paris gab es eine lange Debatte über die Form der Friedensverhandlungen. Am Tag, an dem die Verhandlungen begannen, haute Vincent Jump, ein Berufsschüler, Clive derartig aufs Ohr, daß er blutete, und unsere Mutter, die eine Karte Vietnams auf dem Frisiertisch liegen hatte, bat Vincent zu einer eigenen Friedenskonferenz ins Haus. Clive war bereits dreimal zusammengeschlagen worden, und sie wollte wissen, warum. Clive und Vincent saßen an unserem rechteckigen Küchentisch, Gläser mit Grapefruitsaft und eine Schüssel mit Vollkornbrezeln vor sich, während unsere Mutter und Mrs. Jump sie vom Wohnzimmer aus beobachteten. «Ich kann mir nicht vorstellen, was er ihnen antut», sagte sie später am Abend zu mir. Sie saß wieder auf meinem Bettrand. «Warum hassen Amerikaner einen Jungen, bloß weil er Köpfchen hat?»

Unsere Mutter wurde niemals eine richtige Amerikanerin. Ihre Anti-Nixon-Transparente zusammengerollt in der Hand, wartete sie wochenends in langen Schlangen von Demonstranten auf den Greyhound, um zu Friedensmärschen in Columbus zu gelangen, aber wenn der Bus dann kam, stieß sie den Protestierer vor sich in den Rücken, damit er endlich einstieg. Sie hatte feuchte Augen, war moralisch, eigensinnig und von einem tiefen Empfinden für die Welt. Einmal, im Supermarkt, fuhr sie einen Soldaten in Ausgehuniform an, trieb ihn mit dem Rücken gegen einen der Gefrierschränke und schimpfte ihn mit lauter Stimme *«Chazer!»* und *«Gonef!»* – mit einer Stimme, die einen hebräischen Akzent bekam, wie mir peinlich bewußt wurde, während ich mich zwischen den Zeitungsständen versteckte und der Soldat, den ich bedauerte, mit flatternden Augenlidern vor ihr stand.

Aber wirklich verschrieben hatte sie sich meinem Bruder und mir. In Supermarktschlangen und auf Elternversammlungen, gegenüber Leuten, die sie kaum kannte, nannte sie uns ihre beiden Genies. Selbst später, als die Wahrheit über mich heraufdämmerte, bestand sie darauf. Wir waren die einzigen Kinder, die ich kannte, die mit den Geschichten der *Partridge Family* nicht vertraut waren, und die einzigen, die Kambodscha von Laos unterscheiden konnten. In beiden Badezimmern bei uns gab es Bücherregale, was mir ebenfalls peinlich war, und Clive und ich mußten pro Woche zumindest eine aktuelle Zeitschrift lesen. Ich las den *U. S. News and World Report*, und samstags morgens sprach ich mit unserer Mutter darüber und aß Weizenkeime, während sie versuchte – in der Rückschau sehe ich das –, mir die Voreingenommenheit der Darstellungsweise vor Augen zu führen. Clive las *High Times*, worin Anzeigen für Pfeifen und Zigarettenpapier standen sowie lange Artikel darüber, wie man Marihuana bei sich zu Hause im Schrank anbaute. Die Mittelseiten, auf denen Haschischwürfel und Schautafeln zerkleinerter psychedelisch wirkender Pilze abgebildet waren, schnitt er heraus und bewahrte sie zusammen mit seinen Gitarrenplättchen, seinem Kakerlaken-Anstecker und seiner Sammlung Metallfeuerzeuge in seiner Schreibtischschublade auf. Unsere Mutter versuchte ihn statt dessen mit einem Abonnement für den *Scientific American* zu interessieren, und manchmal saß sie auf der

Couch und sah ihm zu, wie er darin las. Ab und zu lächelte er bei der Lektüre eines Artikels, und einen Moment später lächelte sie ebenfalls. Sie nannte ihn gern «zerebral» veranlagt statt «clever», was seine Intelligenz für mich wie eine Art Wucherung erscheinen ließ, wie ein Zweig, der eines Tages einen Baum zu Boden ziehen würde.

In jener Woche versuchte ich Sandra zu vergessen, die unten im Keller saß, und doch verspürte ich das unnachgiebige Verlangen, mein Wissen preiszugeben. Um es dennoch nicht zu tun, erzählte ich unserer Mutter statt dessen von dem Malzlikör, den ich kurz zuvor im sizilianischen Laden hinter dem Busy-Bee-Markt gekauft hatte. Unserem Vater erzählte ich von Kelly Reed, die ich hinten auf den Ledersitzen des Cadillac DeVille geküßt hatte, den wir eines Abends aus der Garage von Billy DeSalz' Eltern geholt hatten; Billy saß vorn, den Kopf wie ein Chauffeur gesenkt, und später dann brachten wir uns auf der breiten, unbeleuchteten Straße um den Kalksteinbruch herum bei, den Wagen durch Schlingern abzubremsen. Clive erzählte ich, was ich im letzten Semester gestohlen hatte, Schokoriegel und Bier vor allem und hin und wieder eine Schallplatte. Aber was ich wirklich sagen wollte, was mich meine ganze Beherrschung kostete, nicht damit herauszuplatzen, war, daß ich seine Freundin gefunden hatte, glitzernd gekleidet, die sich im Keller unseres Hauses versteckte.

Dann versuchte ich Clive so weit zu bringen, daß er selbst darüber sprach. Er hatte schon immer ein vollständig geheimes Leben gelebt, über das er kein Wort verlor, dennoch tat ich mein Bestes, ihn in Bekennerlaune zu bringen. Es war schwer. Er erzählte nie etwas, weder von den Partys der Älteren, zu denen er ging, noch von den Bands, in denen er in den Garagen von Freunden mitspielte. Er gab mir nie Ratschläge, wie es andere Brüder taten: zu Mädchen, wie man sich anzog oder zu gemixten Drinks. Jeden Abend in jener Woche spülte ich nach dem Essen Töpfe und Pfannen mit ihm ab, und jeden Abend stand er mit hängenden Schultern neben mir, trocknete ab, ohne ein Wort zu sagen, und schlug mit nach außen gedrehten Füßen auf dem Boden einen Takt. Direkt neben ihm über das Waschbecken gebeugt, spürte ich, wie sich das vertraute Behagen zwischen uns einstellte, radargleich, und ich tat alles, daß wir ganz darin eintauchten, damit er zu sprechen begann. Doch das inspirierte ihn nur zum Schweigen. Zwischen zwei Töpfen lehnte er sein Knie gegen meines und spielte Gitarrensoli auf seinem Geschirrtuch, sagte aber nichts. Ich steckte meine Hände in das dampfende Wasser und erzählte ihm die halb erfundene Geschichte, wie meine Freunde ein Teleskop auf dem Dach der Sporthalle installiert hatten, mit dem sie durch das oberste, nicht milchige Fenster des Umkleideraums der Mädchen und in ihre Duschen sehen konnten, wie wir beim Multiple-choise-Test in Geometrie geschummelt hatten, indem wir die Füße auf bestimmte farbige Fliesen des Mathe-Raums stellten. Ich erzählte Geschichten und sah ihm in die Augen, ich erzählte und sah aus dem Fenster, aber egal, was ich tat, egal wieviel ich erzählte oder wie schweigsam ich zu bleiben versuchte, es gelang mir nicht, ihn dazu zu verleiten, von Sandra zu sprechen.

«Eine Geliebte», sagte ich leise dort am Spülbecken. Neben mir spürte ich Clives kleine Windungen und Drehungen. Natürlich waren er und Sandra Freund und Freundin, aber «Geliebte» war ein Wort, das ich nie zuvor in einem Gespräch gehört hatte, ein Wort, von dem ich mir nicht vorstellen konnte, daß es unsere Eltern, mein Bruder oder sonstwer je benutzen würde. Das Wort ließ es so aussehen, als sei das *alles*, was sie taten. Ich ließ das heiße Wasser laufen, bis die Fenster beschlagen waren. Dann sagte ich es wieder: «Geliebte», mit einem leicht französischen Akzent, aber Clive antwortete nicht.

Nach dem Essen beobachtete ich unseren Vater, wie er Kaffee trank, unsere Mutter, die sich über die Anrichte beugte, und Clive, der naturtrüben Apfelsaft einschenkte, aber all das zerstreute mich nicht, sondern ließ mein Geheimnis nur noch exquisiter werden. Ich fühlte, wie meine Brust sich weitete, als würde sie mit Helium gefüllt, und mich zum Geständnis drängte. Als Clive von einem Stück Apfelkuchen naschte, hätte ich ihm fast gesagt, daß ich Bescheid wußte. Unsere Mutter saß auf der Wohnzimmercouch und las ihre *Friends' News* – fast hätte ich es ihr erzählt. Unser Vater ging zurück in sein Büro, um etwas in den Büchern zu überprüfen. Unsere Eltern bewegten sich durchs Haus und erledigten ihre Pflichten, ohne zu wissen, daß Sandra da unten versteckt war, sie waren wie ein Körper, der nichts von seinem schlagenden Herzen wußte.

Später ging ich zu meinem Vater ins Büro und bat ihn, mit mir Pingpong zu spielen. «Mir ist ganz einfach danach», sagte ich. Wir stiegen hinunter in den Keller, wo er die Glühbirne in ihrer Fassung andrehte, die Schläger aus der Tonne holte und an seinem Hosenbein den Staub von ihnen wischte. Mit dem Ärmel seines Pullovers staubte er den Pingpongtisch ab.

«Ich weiß zwar nicht, was in dich gefahren ist, Seemann», sagte er zu mir und klopfte mir auf die Schulter, «aber es macht mir Freude, es zu sehen.»

Wieder erzählte ich es ihm beinahe. Dann jedoch hielt ich den Ball für einen Moment in der offenen Handfläche, lauschte auf das Klicken und das Quietschen der Deckenbalken, als unsere Mutter über uns durch die Küche ging, und schließlich sagte ich: «Aufschlag.» Ich schnitt den Ball an, er schlug ihn hart zurück in die Ecke und machte den Punkt. Der Ball sprang unter die Treppe, und ich holte ihn wieder. «Eins zu null», sagte ich. «Was macht Clive für einen Eindruck auf dich?»

«Null zu eins, Seemann. Was meinst du damit, was Clive für einen Eindruck auf mich macht?»

«Er benimmt sich in letzter Zeit seltsam, das ist alles.»

«Soll das eine Art Kurznachricht sein?»

«Ich dachte nur, ich sag's dir.» Erneut zeigte ich ihm den Ball. «Aufschlag.»

Er lachte, schlug ihn auf dieselbe Stelle in der Ecke und machte den Punkt. «Danke, Seemann», sagte er. Anschließend passierte er meine Rückhand.

«Was ist mit Elliot?» fragte ich.

«Elliot ist ein feiner Kerl, warum? Gibt es da etwas, was ich wissen sollte?»

Ich schlug auf, während er mir in die Augen sah, und überraschte ihn. «Nein. Nur so. Drei zu eins.»

«Eins zu drei.»

«Und Sandra?» sagte ich.

«Was ist mit ihr?»

Ich wartete einen Moment. «Was hältst du von ihr?»

Er ging in die Hocke, um meinen Aufschlag anzunehmen, wobei er den Schläger genauso hielt wie die chinesischen Spieler bei der Olympiade im selben Jahr, und hinter dem Kühlschrank hörte ich Sandras Bett knarzen. «Sie ist seine Angebetete», sagte er, als ich aufschlug, «wenn es das ist, was du meinst, aber er wird über sie wegkommen.»

Nachdem er den Punkt gewonnen hatte, waren sein Atem und das sanfte Anspringen des Heizungszünders die einzigen Geräusche im Keller. «Da bin ich mir nicht sicher», sagte ich.

Er lachte.

«Ich denke, sie ist wirklich hübsch», sagte ich.

«Hübsch, William?» Er schüttelte den Kopf. «Mag ja sein, aber auf eine billige Art. Es ist die Art von hübsch, die nicht lange hält. Das garantiere ich dir, Seemann. Schlag auf.»

Ich wartete einen Moment. Dann sagte ich laut: «Tut mir leid.»

«Was?» sagte unser Vater.

Als ich eines Nachmittags an Clives Zimmer vorbeiging, bemerkte ich einen kalten Luftzug, der unter seiner Tür durchstrich. Auf mein Klopfen erhielt ich keine Antwort, und als ich eintrat, fand ich Clive und Elliot auf dem Fensterbrett vor, das Fenster weit offen. Hemd und Hose hatten sie ausgezogen und saßen in ihrer Unterwäsche da, mit gekreuzten Beinen wie Indianer, die Gesichter auf den verschneiten Hof gerichtet. Ihre Mienen waren ausdruckslos, und keiner von beiden rührte sich, als ich eintrat. Eiszapfen hingen vom Dachvorsprung.

«Entschuldigung», sagte ich. «Hm, Sitting Bull?»

Elliot sah mich an und wandte sich dann wieder dem offenen Fenster zu. Brust und Arme waren ganz weiß von der Kälte, und die schwarzen Haare auf seinen Beinen hatten sich aufgerichtet.

«Ähm, ist das ein physikalisches Experiment?»

«Schschsch», sagte Clive. Er bewegte sich nicht.

«Jetzt verstehe ich. Ihr gefriertrocknet euch.»

Elliot hob seine Hand und untersuchte sie. Sie war gelblich-weiß, als sei alles Blut aus ihr gewichen, und ich konnte die Sehnen erkennen, die sich in ihr zusammengezogen hatten. Er ließ die Hand zurück in seinen Schoß fallen, wo sie ein Geräusch wie Holz machte.

Später erklärten sie mir, daß sie praktizierten, was bestimmte Mönche wußten. Diese Mönche, sagte Clive, lebten durch Disziplin. Sie vermochten so dazusitzen, ausdruckslos, unbekleidet, im Winter im Himalaya, bis sie zu Tode froren.

Clives Sprache hatte mit ein paar Worten angefangen. Eines Abends, als unsere Eltern aus waren, war ich in sein Zimmer gekommen, während er und Elliot Hendrix-Gitarrenläufe spielten und die Lautstärke voll aufgedreht hatten. Sandra lag auf dem Bett und untersuchte ihre Handfläche. Clive ging in einem Solo auf, bog den Kopf hoch zur Decke und verzerrte das Gesicht, wann immer ihn sein Fingerspiel den Hals seines Stratocasters ganz hinuntergleiten ließ. Er zog den Mund eng zusammen, während sich die schrillsten Trillernoten aus den Heath-Kit-Lautsprechern auf dem Bücherregal krümmten. Seine dünn gezeichneten Züge verloren sich fast in musikalischem Entzücken, und sein Haar flog ihm wild um die Schultern. Um die Augen freizuhalten, trug er ein Stirnband, wie Hendrix selbst. Elliot stand – wie alle Baß-Spieler – gelassen da und lehnte sich mit geschlossenen Augen zurück, während er eine tiefe Harmonie zupfte.

«Clive», sagte ich von der Tür her. Sandra ließ ihre Hand sinken. «Clive, könntet ihr das bitte leiser drehen?»

Ich trat in den Raum. Nur Sandra sah mich an. «Clive», sagte ich, «ich bin bei den Hausarbeiten.»

Die Gitarre hielt inne und nach ein paar weiteren Griffen auch der Baß. «Könntet ihr bitte ein bißchen leiser spielen?»

Clive berührte Elliot am Hals. «*Aideshen sereti*», glaube ich, sagte er, und die beiden lachten. Dann sagte Elliot etwas wie *«Maiz»*, und sie lachten wieder.

Sandra zuckte mit den Schultern. Ich sah sie eindringlich an. «Frag mich nicht», sagten ihre Lippen.

Und bald schon sprachen sie immer öfter so, in der Schule, im Auto und am Telefon, fremdartige Worte, die sich wie zackige prähistorische Felsen aus ihren englischen Sätzen erhoben. *«Kirahy»*, hörte ich, und *«Zenay»* und *«Birkahoosh»*. Eines Tages hörte ich auf der Toilette der William Howard Taft, wie ein paar Berufsschüler über Clive sprachen. Ich saß in meinem Verschlag. «Der Messermann», sagte einer von ihnen und öffnete die verschlossenen Heißwasserhähne mit seinem Schraubenschlüssel, «ist ein Genie. Ich hab gehört, er hat seine eigene Fremdsprache erfunden.»

Als ich aber unserer Mutter davon erzählte, zog sie die Stirn kraus. «Tut so was ein Genie?» sagte sie am nächsten Nachmittag, als sie das Ende von Clives Matratze anhob und eine Opiumpfeife und eine Flasche Vaseline auf den Boden kullerten. «Fängt Albert Einstein so einen Tag an?» flüsterte sie und zog die Vorhänge auf, so daß sich Clive endlich im hellen Licht bewegte und blinzelnd die Augen öffnete.

«Edj perts moolvah», sagte er.

Ich wartete, solange ich konnte. Zwei Nächte später schließlich ging ich nach unten und klopfte leicht gegen den Philco-Kühlschrank.

«Ich habe dich erwartet», sagte sie.

«Ich hab ein paar Apfelsinen mitgebracht.»

«William, der Herr der Apfelsinen.»

«Eigentlich sind es Mandarinen.»

«William, der Herr der Mandarinen.»

Sie lachte und ich auch, obwohl ich sie nicht verstand. Ich nahm die Mandarinen aus meinen Taschen, legte sie auf die Fensterbank und beobachtete, wie sie eine Virginia Slims aus der Packung schüttelte. «Also», sagte sie. «William.»

Ich fühlte, wie ich rot wurde. «Tut mir leid, was mein Dad

gesagt hat, Sandra. Ich dachte, es käme was Witziges dabei raus.»

«Kam's aber nicht.»

«Ich weiß.»

Sie schloß die Augen, blieb einen Moment so, öffnete sie dann wieder und sah mich an. «Macht nichts», sagte sie. Dann fügte sie hinzu: «Wir lieben uns auf eine Weise, die dein Vater nicht versteht, das ist alles.» Sie lächelte. «Sag's mir, William.»

«Sag dir was?»

Sie beugte sich zu mir herüber und klopfte mit ihrem Finger auf mein Handgelenk. «Sag's mir ganz einfach.»

«Es gibt noch mehr Mandarinen da, wo ich die hier herhabe.»

«Das habe ich nicht gemeint.»

«Habe ich auch nicht geglaubt.»

«Ich weiß, was du mir sagen willst. Ich warte nur drauf.» Sie sah mich an und lächelte. «Ich bin Hellseherin», sagte sie.

«Clive wird die Stadtmeisterschaften gewinnen», sagte ich.

«Das habe ich auch nicht gemeint.»

«Er könnte den ganzen Bundesstaat besiegen, wenn er nur wollte.»

«*William.*»

«Was soll ich denn sagen?»

Sie drehte sich um und sah aus dem Fenster in die staubige Nische voller Spinnweben draußen auf unserer Veranda. Mit dem Rücken zu mir, sagte sie: «Ist es wahr, daß du meinst, ich bin schön?»

Unsere Eltern versuchten, mit der Zeit zu gehen. Im Zweiten Weltkrieg war mein Vater auf dem Flugzeugträger Wisconsin durch den Pazifik gefahren, aber jetzt brachte er Clive und mich eines Abends auf die Carnegie Bridge und warf seinen alten Armeerevolver in den Cuyahoga. Um seine Versicherungsgeschäfte hatte er sich immer im Wohnzimmer gekümmert, doch jetzt, wo wir unseren Fernseher verloren hatten, zog er sich damit ins Arbeitszimmer hinten im Haus zurück und lauschte den Radioübertragungen der Cleveland Symphony. Unsere Mutter wollte keine Versicherungsunterlagen mehr im Wohnzimmer haben. In unserem alten Fernsehschrank stand eine schwarze Stahlkassette mit einem Zahlenschloß, in der unser Vater Karteikarten all seiner Kunden aufbewahrte, und wenn unsere Mutter nicht im Haus war, rief er mich – mehr als einmal – zu sich, klopfte auf die Seiten der Kassette und erklärte mir, nicht zu vergessen, daß da unser Haus drinstecke, unsere Familie, unser gesamter Besitz: die letzten zwanzig Jahre. 1973 fühlte er sich gezwungen, die ganze Zeit von Versicherungen zu sprechen.

«Die Leute *müssen* geschützt werden», sagte er eines Abends und rieb sich die Koteletten. Wir saßen mit den Cubanos in der Küche. Sie waren gekommen, um Clives Sieg bei den Mathematik-Meisterschaften der Taft sowie die anstehende Teilnahme an den städtischen Wettbewerben zu feiern. «Eine Versicherung ist in *erster* Linie eine Dienstleistung, die wir anbieten, und dann erst ein Broterwerb.»

«Warum die eigene Familie belügen?» fragte Clive plötzlich.

Unsere Mutter sah von ihrem Caesar Salad auf. «Es stimmt, Simon», sagte sie. «Wir wissen doch alle, was im militärisch-industriellen Komplex vor sich geht.»

Unser Vater legte seine Gabel zu Seite. «Seit wann», sagte er, «seit welchem Tag genau sind Versicherungsvertreter Teil des militärisch-industriellen Komplexes?»

Unsere Eltern hatten bereits über diesen Punkt gestritten, und die Cubanos sahen auf ihre Salatteller hinunter. Auf der anderen Seite des Tisches murmelte Clive: «Mahlen, reiben, schnetzeln, verflüssigen, reinigen.»

Schließlich lächelte unser Vater: «Anchovis!» sagte er, schlug sich auf die Hüfte und grub die Gabel in den Salat.

«Es schmeckt köstlich», sagte Mrs. Cubano.

«Ist auch ein Caesar», sagte unsere Mutter.

«Anchovis», sagte unser Vater, «kosten, wenn ich mich nicht irre, einen Dollar sechzig die Dose.» Er sah in die Runde und spielte den Überraschten. «Vielen Dank, Ohio Mutual.»

Mr. Cubano lachte. Unsere Mutter stand auf. «Wir hätten auch einen grünen Salat essen können», sagte sie.

«Richtig so», sagte Clive.

«Was sagst du da, junger Mann?»

«Das könnte Teil der Lösung sein, Dad», sagte ich mit einem Achselzucken zu meinem Bruder hin, «oder Teil des Problems.»

«Oder aufgegangen *in* der Lösung», sagte Clive.

Unser Vater betrachtete ihn, dann mich und sagte schließlich: «Bei einer Versicherung geht es um den Schutz des Bürgers.»

«Bei einer Versicherung geht es um den Profit des Unternehmens», sagte unsere Mutter.

Die Cubanos sahen einander an. Unser Vater stand vom Tisch auf, ging zum Fenster hinüber und sah auf den Hof hinaus. Clive summte einen Tusch und ließ die Schlaghand in Hüfthöhe wirbeln. Unsere Mutter goß Limonade in unsere Gläser, setzte sich wieder, strich sich den Hosenanzug glatt und sammelte sich. «Clive», sagte sie endlich, «William sagt, in der Schule sind sie ziemlich beeindruckt von dir.»

«Trinken wir», sagte Mr. Cubano und hob das Glas, «auf den Champion!»

«Ich habe gehört, einige von den Jungen sagen, du wärst ein Genie», sagte unsere Mutter.

«Sie wissen, wann sie eins vor sich haben», sagte Mrs. Cubano.

«Doofuses», sagte Clive.

«Ich glaube, es heißt *Doofi*», sagte unser Vater.

«Es waren Berufsschüler, Mom», sagte ich und wartete einen Pendelschlag lang. «Alles ist relativ.»

«Das ist es sicher *nicht*», sagte unsere Mutter. «Meine zwei Genies», flüsterte sie und lächelte uns an. Ich hob den Blick, um zu sehen, ob die Cubanos sie gehört hatten.

«Niemand hat was von William gesagt», sagte mein Bruder.

«Clive, dafür entschuldigst du dich sofort bei ihm.»

«'tschuldigung, William.»

Unsere Mutter biß die Zähne zusammen. Sie machte eine weitausholende Geste, und ihre Augen wurden feucht. «Ein Genie ist ein Prozent Eingebung», sagte sie, «und neunundneunzig Prozent Schweiß.»

«Thomas Edison», sagte unser Vater. Er wandte sich vom Fenster ab, um sie anzusehen, und kam dann zurück zum Tisch, wo er seine Hand auf ihr Bein legte. «Genies sind *Erfinder*», sagte er, fischte eine Anchovis aus seinem Salat und hielt sie mit der Gabel über den Tisch. «Das ist die wichtigste Sache: Ein Genie ist nicht jemand, der etwas gut gelernt hat. Ein Genie ist jemand, der die Welt betrachtet wie alle anderen auch und dabei etwas Neues entdeckt.»

«Oder *die* die Welt betrachtet», sagte Mrs. Cubano.

«Oder die», sagte unser Vater.

«Ein Genie muß die Welt neu erfinden», sagte unsere Mutter.

«Das stimmt», sagte Clive, «einem Genie kann man nichts beibringen.»

«Nun warte einen Moment», sagte Mrs. Cubano, «das ist sicher nicht der Punkt.»

«Genies studieren wie alle anderen auch, junger Mann«, sagte Mr. Cubano. Er verkaufte Traktoren für John Deere.

«Doofuses«, sagte Clive.

«Was bedeutet das?» fragte unsere Mutter.

«Diznaw», sagte er.

Sie sah mich an. «Und was bedeutet *das*?»

«Guter Salat, Mom.»

«Danke, William. Hinterher gibt's Makkaroni.» Sie dachte einen Moment lang nach. «Obwohl ich immer noch sage, daß wir auch ohne Anchovis hätten auskommen können.»

«Anchovis sind Geistesnahrung», sagte Clive.

«Der Punkt ist, daß wir's nicht getan haben», sagte unser Vater. «Der Punkt ist, daß wir *nicht* ohne sie ausgekommen sind.»

«Was ist Geistesnahrung?» fragte ich.

«Etwas, was du noch nicht gegessen hast, kleiner Bruder», antwortete Clive, und dann zwinkerte er mir zu.

Nachdem Clive und ich ein Jahr lang zur selben Schule gegangen waren, nahm unsere Mutter mich im Herbst beiseite. «Du und Clive, ihr seid verschieden», sagte sie eines Tages zu mir, als wir im Bad T-Shirts einfärbten. «Du mußt nicht die gleichen Dinge tun, die Clive getan hat.» Sie tunkte ein verknotetes T-Shirt in die Schüssel vor sich, die mit gelber Farbe gefüllt war.

«Wie meinst du das?»

«Clive ist ungewöhnlich», sagte sie. «Ich möchte nur, daß du das weißt. Ich bin sicher, du wirst andere Schulfreunde haben als er. Dein Bruder tut einige ungewöhnliche Dinge.»

«Was meinst du damit?»

«Vielleicht sollten wir jetzt Dunkelrot nehmen», sagte sie. «Was denkst du?»

Ich sah zu, wie sie das Gelb aus dem Stoff wrang. «Was?» fragte ich wieder.

«Oh, Dinge auf die wir nicht stolz wären. Dinge, die *du* nicht tun würdest. Du weißt schon, was ich meine.»

«Nein, tu ich nicht.»

Wir füllten die Wanne und hängten die verknoteten T-Shirts darüber. Ich beobachtete, wie das Gelb von ihnen heruntertropfte und sich im Wasser ausbreitete.

«Du und dein Bruder, ihr seid verschieden», sagte sie leise. «Das ist alles.»

Ich verknotete ein weiteres T-Shirt. «Eine Menge meiner Freunde klauen», sagte ich, mit dem Rücken zu ihr. «Billy DeSalz haben sie schon mal erwischt.»

Im Februar fand die Clevelander Meisterschaft statt, und unsere Eltern fuhren mit Sandra und mir zur Stadtbücherei, um Clive dabei zuzusehen. Wie sich herausstellte, war der Raum zu klein für Zuschauer, und wir mußten auf Plastikstühlen in einem Korridor im Keller der Bücherei sitzen. Hinter einer Metalltür mit einem kleinen Fenster arbeiteten Clive und sechs andere Schüler an einem langen Konferenztisch. Unsere Mutter stand am Fenster und sah hinein, bis sich die Tür öffnete und der aufsichtsführende Lehrer mit ihr sprach. Sie setzte sich zurück auf ihren Stuhl neben unseren Vater. «Warum ein Fenster haben, wenn man nicht hineinsehen darf?» sagte sie. Sie sah Sandra und mich an. «Warum vertretet ihr zwei euch nicht eine Weile die Beine?» sagte sie zu Sandra.

Sandra und ich wanderten durch den Keller der Bibliothek. Die Räume waren klein und muffig, jeder einzelne mit einem langen Metalltisch und Klappstühlen ausgestattet, wie die, auf denen Clive und seine Rivalen gerade saßen. In manchen Räumen gab es nicht ein einziges Buch, andere waren gerammelt voll damit. Sandra ging in einen, der von Reihen identischer Bände mit langweiligen grünen Rücken gesäumt war, und ich folgte ihr. Sie starrte auf eins der Bücher, also starrte ich auf ein anderes, einen dicken Wälzer, der *Die Thermodynamik des Übergangs flüssiger Stoffe zu Gas* hieß, von Walter Y. Chang. Ich zog ihn aus dem Regal und sah hinein.

Von der Seite her konnte ich den Blumenduft ihres Parfums riechen. Ich überflog die Kapitel des Buches, die nicht einmal gesetzt worden waren, gerade mal maschinengeschrieben, mit einem breiten Rand zur Bindung hin, und die Seitenzahlen standen jeweils ausgeschrieben darüber, aber ich verstand nichts von alledem. Auf einigen Seiten standen nur zwei oder drei Sätze, und der Rest bestand aus Gleichungen, gespickt mit Symbolen, die ich noch nie gesehen hatte. Sandra seufzte. Sie sagte «Wow!», und wieder wehte mich ihr Duft an. «Denk an Clive da drüben», flüsterte sie. «Mit Sachen wie diesen.»

«Einige dieser Gleichungen sind falsch, Sandra.»

«Was?»

«Einige dieser Berechnungen stimmen nicht.»

«Komm schon.»

«Tun sie nicht.»

«Erzähl mir nicht, *du* verstehst auch was von diesen Sachen, William.»

Ich schloß mein Buch. «Ist gar nicht so schwer», sagte ich, «wenn du die Gleichungen kennst.»

Sie lächelte mich an und schloß ihr Buch, dann betrachtete sie mich lange. «Meine zwei Genies», sagte sie endlich, lachte und verschwand auf den Flur.

Ich wartete eine Minute und schlenderte dann hinter ihr her. Der Gang vor mir war leer. Ich bewegte mich vorwärts, trat entschlossen in jeden Raum, ließ den Blick umherwandern und ging dann in den nächsten. Als ich mich schließlich dem Hauptkorridor näherte, an dessen Ende unsere Eltern warteten und Clive rechnete, ging das Licht in einem Raum vor mir aus.

«Genie», flüsterte mir Sandra von drinnen zu.

«Ich warf einen Blick durch die Tür. «Was?»

«Komm herein.»

«Wo bist du?»

«Mach die Tür zu. Siehst du mich?»

«Es ist stockfinster hier drin, Sandra.»

«Ich sehe *dich*, William.»

Ich starrte angestrengt ins Dunkel.

«Versuch mich zu finden, William.»

Ich machte einen Schritt vorwärts, stellte mir vor, wo der lange Tisch stand, und bemühte mich, die blassen Umrisse der Stühle zu erkennen. «Ich meine, Sandra, ich hab lediglich ein paar kleine Fehler in einigen der Gleichungen gefunden, sonst nichts. Wahrscheinlich Tippfehler.»

«Glaubst du wirklich, daß ich schön bin, William?»

Ich stützte mich auf den Tisch. «Ja.»

«Wie schön?»

«Sehr», sagte ich. «Ungeheuer.»

«Du kannst mich nicht mal sehen.»

«Das macht nichts.»

«Du hast das in dem Buch nicht wirklich kapiert, William.»

«Doch, hab ich.» Ich machte noch einen Schritt. «Also gut», sagte ich, «du hast recht. Ich hab's nicht kapiert. Ich hab nur so getan. Mir macht dieser ganze Kram keinen Spaß.»

«Welcher Kram?»

«Gleichungen. Die Dinge, über die Clive nachdenkt.»

Einen Moment lang sagte sie nichts. «Hast du mir auch sonst noch was vorgelogen?»

«Was zum Beispiel?»

Sie antwortete nicht.

«Daß du hübsch bist zum Beispiel, meinst du das?»

«Ja.»

Ich tastete mich seitlich in Richtung Wand. «Kein Gedanke», sagte ich. «Das doch nicht.»

Es war absolut still, und ich wartete, daß sich meine Augen weiter an die Dunkelheit gewöhnten. «Wie mach ich mich?» fragte ich. Noch ein Schritt vorwärts.

«Es wird wärmer.»

«Du bist unter dem Tisch, stimmt's?»

«Nein. Kälter, Genie – gut, wärmer.»

«Du liegst im Regal.»

Sie kicherte. «Und woran denkst du gerne, William?»

«Du mußt irgendwo bei ‹S› sein.»

«Wärmer. Heiß.»

Ich schob mich durch das Dunkel in Richtung Wand, die Hände vor mir ausgestreckt. Als ich das Regal erreichte, tastete ich nach einem der Bretter und hielt mich daran fest. Ich lauschte auf ihren ruhigen Atem, über mir und etwas nach links, wie ein Panther in einem Baum. Dann sagte ich: «Ich denke gern an dich, Sandra.»

Plötzlich war da Bewegung, das Plopp ihrer sanften Landung auf dem Teppich und dann, hinter mir, das Knarzen der Tür.

Als ich sie fand, saß sie bei Clive und unseren Eltern, die darauf warteten, daß auch die anderen fertig wurden. Ihr Knie lehnte an seinem. Clive erzählte, daß es bei den Cuyahoga-County-Meisterschaften, die in zwei Wochen stattfinden sollten, ein Publikum geben würde, und daß das ebenfalls die Aufgaben bekäme.

«Wir werden kommen», sagte ich und sah Sandra an.

«William kann nach Fehlern Ausschau halten», sagte sie.

«Die County-Meisterschaften sind gar nichts», sagte Clive. «Die Staats-Meisterschaften machen mir Sorgen. Da wird Sheshevsky dabeisein.»

«Wer ist Sheshevsky?» fragte unsere Mutter.

«Ein gerissener Bursche», sagte Clive. «Sonst nichts.»

«Sein Vater ist Physikprofessor», sagte ich. «Er soll ein Genie sein.»

«Dann seid ihr ja schon zu zweit», sagte Sandra.

«Zu dritt», sagte unsere Mutter.

Clive sah sich um. «Sheshevsky bedeutet Ärger», sagte er, «aber ich werde erst bei den Staats-Meisterschaften auf ihn treffen.»

«Vorausgesetzt, du kommst so weit», sagte unser Vater.

Unsere Mutter und Sandra lachten. Clive ebenfalls, und ich schließlich auch.

«Vorausgesetzt», sagte Clive.

Als ich am nächsten Tag aus der Schule kam, schallte Eric Clapton aus den Wohnzimmerlautsprechern, und ich hörte Clive sagen: «... und nun, Leute paßt gut auf.» Er saß mit unserem Vater auf der Couch, und Mr. und Mrs. Cubano saßen auf den beiden Polstersesseln. Clives Augen waren geschlossen, und er lehnte sich zurück in die Kissen und nickte mit dem Kopf. Unser Vater saß vorgebeugt da und nickte ebenfalls. Das Lied ging zu Ende, und Clive stand auf und drückte die Pause-Taste des Kassettenrecorders. «Ich mach den alten Herrschaften Clapton schmackhaft», sagte er.

«Nicht schlecht», sagte Mr. Cubano. «Und innovativ.»

Clive lächelte ihm zu. «Sie machen mich fertig, Mr. Cubano.»

«Nicht schlecht», sagte unser Vater. «Die Harmonien sind nichts Besonderes, aber die Melodien sind neu.»

«Ich bin gerade dabei, *euch* beizubringen, was *ich* weiß, Dad.»

«Ich denke, so ist es, junger Mann. Ich denke, so ist es.» Unser Vater zwinkerte Clive zu. «Ich muß zugeben», sagte er, «daß du ein oder zwei Dinge zu wissen scheinst.» Die Cubanos nickten. «Nun», sagte unser Vater und drehte sich dabei mir zu, «warum versuchen wir nicht alle die nächste Nummer. William, setz dich neben mich. Rose!» rief er in die Küche hinüber. «Rose, komm und hör dir das an.» Er schloß die Augen, und ich setzte mich neben ihn.

Ich rückte so nah an ihn heran, wie ich konnte. «Dad», flüsterte ich dann, «mein Zeugnis kommt morgen.»

Ohne die Augen zu öffnen, flüsterte er zurück: «Es ist *heute* gekommen, Seemann.»

Unsere Mutter erschien, und Clive startete das Band. Wir saßen da und hörten den *Bell Bottom Blues* und *Layla*, und unser Vater nickte von Zeit zu Zeit, immer noch, ohne die Augen zu öffnen. Mr. Cubano folgte dem Takt mit den Füßen. Mrs. Cubano schob ihre hin und her, und unsere Mutter saß im Segeltuchstuhl und sah aus dem Fenster in den Hof. Das Band schaltete sich am Ende der Seite ab.

«Nun?» sagte Clive.

«Mir hat die zweite Nummer gefallen», sagte unser Vater.

«Spitze», sagte Mr. Cubano ruhig.

«So ist's *recht*, Leute», sagte Clive und machte das Friedenszeichen. «Und du, Mom?»

Sie sah vom Fenster auf. «Ich habe Werte und Geschmack», sagte sie.

«Birkahoosh», sagte Clive.

«Bitte?»

«Schatz», sagte unser Vater zu unserer Mutter, «das hört man überall. Das ist die Zukunft.» Er stand auf und schob seinen Arm um ihre Hüfte. «Damit können wir uns ruhig mal beschäftigen.»

Sie sah ihm in die Augen. «Du kannst dir anhören, was du willst, Simon», sagte sie. Dann wandte sie sich Clive zu. «Und was hast du da gesagt, junger Mann?»

»Nadj a hoshaig ma», sagte Clive.

«Entschuldige, Schatz?»

«Nadjon melegem van.»

Niemand sagte etwas. Schließlich räusperte sich Mrs. Cubano. «Erklär uns, wie du das Problem mit dem Einsatz gelöst hast, Clive. Das klingt kompliziert.»

«Er braucht nichts zu sagen, wenn er nicht will, Liebling», sagte Mr. Cubano.

«Doch, das wird er», sagte unser Vater.

«Djerunk.»

«Schatz», sagte unsere Mutter, «die Cubanos verstehen dich nicht.»

Clive blickte auf. «Entschuldigung, Mr. und Mrs. Cubano», sagte er und sah dann zu mir herüber. *«Djerunk»*, sagte er wieder, als verstünde ich ihn. Ich senkte die Augen. Unvermittelt fing unsere Mutter neben mir an zu weinen, und als ich den Blick erneut hob, sah ich, daß unser Vater, direkt bei der Couch, die Schultern so verspannt hielt, wie er es früher zu tun pflegte, bevor er uns schlug. Aber dann ließ er sie wieder sinken. Er schloß die Augen, blieb eine Weile so, öffnete sie schließlich wieder, tätschelte unserer Mutter den Ellbogen, wandte sich den Cubanos zu und sagte: «Ist es nicht wunderbar mit der Jugend heute. Sie erfinden alles neu. Clive hat eine Sprache erfunden.»

«Bring uns ein paar Worte bei», sagte Mrs. Cubano, trat um ihren Stuhl herum und legte die Hände auf Mutters Schultern.

An jenem Abend ging ich nach dem Essen ins Arbeitszimmer meines Vaters, wo er W-104 hörte und nicht die Cleveland Symphony. *Afternoon Delight* begann, und ich setzte mich ihm gegenüber auf die Ecke seines Schreibtischs. Ich konnte mein Zeugnis offen auf seinem Rechnungsstapel liegen sehen. «Was hältst du von dieser Musik, William?» fragte er.

«Die ist in Ordnung.»

«Clive scheint ziemlich verrückt danach zu sein.»

Ich nickte. «Dad», sagte ich, «es war einfach ein schlechtes Halbjahr.»

«Komm nicht ins Schwitzen», sagte er. «Ganz ruhig.» Er rückte sich den Gürtel zurecht. Dann sagte er: «All diese Geschichten mit deinem Bruder, weißt du, die Dinge, die er tut – die Musik und die Sprache –, ich möchte, daß du weißt, er versucht einfach nur, sein Leben zu verstehen, das ist alles.» Er sah aus dem Fenster zum Haus der Cubanos hinüber, wo unten das Licht ausging und das auf der Treppe eingeschaltet wurde. «Verstehst du, was ich sage?»

«Ja.»

«Ich wußte, das würdest du.» Er griff sich an die Koteletten. «Nun, ich sage nicht, daß die Dinge, die er tut, schlecht sind. Und wenn du es eines Tages genauso machen willst, warum nicht, ist schon gut so.»

«Ist es das?»

«Ja. Weißt du, meine Generation kann von eurer eine Menge lernen.» Er öffnete seinen Gürtel und lockerte ihn um ein Loch. Er ging in eine Ecke des Raumes, stieß die Hände in die Taschen, zog sie wieder heraus und ging auf die andere Seite. Dann kam er zurück zu mir, und wir betrachteten uns in der Scheibe. «Ein fünfzigjähriger Mann mit lila Fliege», sagte er schließlich. «Sieh mich an, William – deinen Vater.»

Ich trug eins von meinen gelb-weiß gefärbten T-Shirts. Im Fenster sah es aus wie ein Ei mit geplatztem Dotter. Und ich versuchte mir das Haar über die Schulter wachsen zu lassen. «Sieh mich an, Dad», sagte ich, «deinen Sohn.»

Er lachte durch die Nase. «Welch edles Geschöpf der Mensch doch ist», sagte er und boxte mir gegen die Schulter. Er lachte wieder. «Dein alter Herr verkauft Versicherungen, wirst du ihm das je verzeihen?»

«Ich verzeih dir, Käpten.»

Er lächelte. «Ich dir auch, Seemann.»

Auf der anderen Straßenseite ging das Licht oben im Schlafzimmer der Cubanos an. Mrs. Cubano erschien in einem kastanienbraunen Abendkleid am Fenster. Sie sah herunter zu uns ins Arbeitszimmer, winkte und zog die Vorhänge zu. Der schwache Punkt eines Satelliten arbeitete sich am Himmel entlang, und als ich den Blick von ihm wandte, sah ich, daß unser Vater mich wieder in der Scheibe betrachtete.

«Ich möchte nur, daß du weißt, William», sagte er endlich, «daß Schulnoten nichts bedeuten. Ich möchte, daß du das weißt. Daß ich stolz darauf bin, daß du dir nichts aus ihnen machst.»

«Das bist du?»

«Sie sind nichts als eine äußere Bestätigung für etwas, was du sowieso für dich tun solltest.» Er legte seine Hand auf meine Schulter. «Richtig, Seemann?»

«Richtig, Käpten.»

Der Satellit hatte den Zenit hinter sich gelassen und bewegte sich die jenseitige Himmelswölbung hinunter. «In hundert Jahren werden wir nichts mehr davon wissen», sagte er. Er zog die Hand von meiner Schulter und lehnte sich näher ans Fenster, diesmal betrachtete er sich selbst. «Süßes Erbarmen», flüsterte er. «Wie mein Herz geblutet, Euch zu sehen, armer, *alter Mann*! Und Euer graues Haar, vom Schneewind reifbedeckt . . .»

«So schlimm ist es auch nicht.»

Er fuhr mir durchs Haar. «Samuel Taylor Coleridge», sagte er. «*Das* sind die wichtigen Dinge, William. Nicht dein Zeugnis.»

Das Cuyahoga-County-Finale fand im April statt, in einem Saal des Oberlin College, wo die drei Regionalmeister auf der Bühne saßen und sich durch die Aufgaben bissen. Die beiden anderen Mitbewerber trugen Krawatte und Jackett, und einer hatte sich eine Jarmulke im Haar festgesteckt. Clives Augen waren rot, sein Haar wurde von einem Lederstirnband zusammengehalten, und wie immer, wenn er arbeitete, hatte er die Sandalen abgestreift. Die anderen beiden beugten sich über ihre Tische und kritzelten Rechnungen aufs Papier, während Clive vor sich hin starrte, die Sandalen zurechtrückte und gelegentlich etwas notierte, dann wieder aufsah und weiter nachdachte. Mr. Woodless, Clives Mathematiklehrer, war ebenfalls unter den Zuschauern, genau wie Mr. Sherwood und die Cubanos, Elliot und Sandra, die neben mir saß. Nach jeder Aufgabe gab es eine Pause, in der die jeweils letzte Frage an das Publikum weitergegeben wurde.

Mr. Cubano pfiff durch die Zähne, als die erste Aufgabe die Reihe entlanggereicht wurde und bei ihm ankam. Er gab den Stapel Kopien weiter an unsere Mutter, die ihn betrachtete, aber keinen der Zettel nahm, sondern sie an Mr. Woodless weiterreichte, der einen zurückbehielt. Genau wie ich.

«Von zwölf Münzen ist eine gefälscht und wiegt entweder mehr oder weniger als die anderen, die alle das gleiche Gewicht haben. Finden Sie die Fälschung mittels einer Waage, auf der sich eine Seite gegen die andere auswiegen läßt, in drei Versuchen.»

Neben mir hielt Sandra die Hände gefaltet. Ich betrachtete sie und dachte über meinen Bruder oben auf der Bühne nach, wie seine Gedanken von Möglichkeiten durchwirbelt wurden und dabei tiefer und tiefer in die geheime Welt seines Seins eindrangen, wohin nie jemand von uns gelangen würde. Seine Augen flatterten und schlossen sich, und von meinem Platz aus wußte ich, daß er die Frage beantwortet hatte. Seine Augen öffneten sich wieder, und er schrieb etwas auf sein Blatt. Sandras Hände öffneten sich ebenfalls.

Am Ende des Nachmittags beurteilten die Punktrichter die einzelnen Aufgaben, während das Publikum in der Halle auf und ab lief und Limonade trank. Ich versuchte Sandra vom Doobie-Brothers-Konzert zu erzählen, bei dem Billy DeSalz gewesen war, und tat, als wäre ich selbst dagewesen, aber Sandra war ziemlich unruhig. Endlich ertönte die Glocke, und wir gingen zurück, um zu hören, wie uns der oberste Schulrat erklärte, daß in der Mathematik der wahre Gewinner immer der Geist sei, und unser Land und die Liebe zum Wissen, doch in diesem besonderen Fall heute sei, mit einem perfekten Ergebnis, Clive Messerman der Gewinner.

Am darauffolgenden Nachmittag füllte ich meine Taschen mit Mandarinen und klopfte an den Philco-Kühlschrank, aber als er zur Seite geschoben wurde, stand Elliot und nicht Sandra vor mir. Hinter ihm, auf Sandras Bett, saß Clive und hielt eine Rauch-Flasche aus Plexiglas in der Hand, die er im Werkunterricht gebaut hatte. Sie diente dazu, den Geruch eines Joints aufzufangen. «Sieh an», sagte er. «Seit wann weißt denn du von diesem Versteck?»

«Keine Sorge, ich habe niemandem davon erzählt.»

«*Servoos*», sagte Elliot.

«Wer sorgt sich denn?» sagte Clive.

«Dad sagt sowieso, seine Generation hat eine Menge von unserer zu lernen», sagte ich und duckte mich, um mich zu ihnen zu setzen. «Das hat er mir gesagt.»

Clive nickte. Sein Hemd war auf, und er langte hinein, holte einen Joint hervor und schob ihn in die Öffnung der Flasche. Er entzündete ihn mit einem Feuerzeug und betrachtete ihn dann. Der Rauch füllte das Innere der Flasche, aber entwich nicht in den Raum. Er hielt das Ganze vors Licht, damit wir es inspizieren konnten. «Wie 'ne Trommel», sagte er.

«Wie 'n Muschelarsch», sagte Elliot.

«Ich bin nur runtergekommen, um Sandra was zu essen zu bringen, Leute.»

Elliot lachte. «Das Monster füttern.»

Clive nickte, beugte sich dann vor, sog kräftig an der Flasche und klärte den dichten Rauch wie ein Vakuum. «Was hat Dad sonst noch gesagt?» krächzte er.

Ich überlegte einen Moment. «Er sagte, er denkt, du versuchst einfach, das Leben zu verstehen.» Clive lachte und stieß eine Rauchfontäne aus den Nasenlöchern, die er aus dem Fenster zu dirigieren versuchte.

«Ich höre dich», sagte er.

Elliot griff nach der Flasche, wartete, daß sich erneut Rauch darin sammelte, sog daran, wandte sich Clive zu und sagte: «Es stimmt, weißt du, William hat recht. Wir müssen unsere Eltern an all das hier ranführen. Wenn sie was nicht sehen, müssen wir's ihnen zeigen. Es ist unsere Sache.»

Clive schüttelte den Kopf. «Ist es nicht», sagte er.

Elliot reichte die Flasche an mich weiter, und ich tat so, als nähme ich einen Zug. Ich hielt den Rauch im Mund, ohne ihn zu inhalieren.

«Wir müssen sie erziehen», sagte Elliot.

«Drinhalten», sagte Clive.

Oben öffnete sich die Hintertür, und als die beiden nach draußen spähten, atmete ich schnell aus. «Ich nehme an, ihr habt euer eigenes Wörterbuch», sagte ich.

«Wer hat dir das erzählt», fragte Elliot.

«Hab ich in der Schule gehört.»

«*Kipihenni magayat*», sagte Clive.

«Nun, noch nicht, William», sagte Elliot. Er summte ein schnelles Jefferson-Airplane-Solo. «Aber wir nähern uns der Sache. Wir schreiben eins.» Er gab mir erneut die Flasche, und ich nahm einen schwachen Zug in den Mund.

«Ein ganzes Wörterbuch?»

«Yeah.»

«Wer ist *wir*?» fragte ich.

«Rede nicht», sagte Clive. «Halt's drin.»

Elliot sah ihn wieder an. «Wir müssen sie erziehen», sagte er.

«Wir müssen gar nichts», sagte Clive.

In jener Nacht, früh in der ersten Dämmerstunde des Morgens, wachte ich auf und sah Sandra auf dem Fußende meines Bettes sitzen. «Ganz ruhig, Tiger», flüsterte sie.

«Wie lange bist du schon hier?»

Sie legte die Hand auf die Decke über meinem Knöchel. «Nicht lange. Ich habe dich beobachtet.»

«Hab ich geschnarcht?»

«Du schläfst wie ein Engel.»

«Clive sagt, ich schnarche.»

«Nun, tust du nicht.»

Ich lehnte mich wieder zurück. Sie summte ein paar Noten. «William», flüsterte sie, «hast du deinen Eltern von mir erzählt?»

«Nie und nimmer.»

«Bist du sicher?»

«Absolut.»

«Trotzdem, ich glaube, deine Mutter weiß Bescheid. So wie sie mich ansieht.»

«Sandra», sagte ich. «Es ist absolut unmöglich, daß meine Mutter von dir weiß.»

Im Mondlicht sah ich ihr Lächeln. Dann hörte ich, wie ihre Schuhe auf meinen Teppich fielen, erst der eine, dann der andere. «Ich habe dir doch gesagt, daß ich hellsehen kann», sagte sie.

«Was denn?»

«Das hier. Ich wußte, daß es passieren würde.» Ich lächelte, und plötzlich lag sie neben mir, oben auf der Decke. Sie legte den Arm über meine Brust. «Süß von dir», sagte sie, «daß du ihnen nichts gesagt hast.»

«Danke.»

«Du riechst wie dein Bruder.»

«Tu ich nicht.»

«Doch, tust du.»

«Nun, dann hat er's von mir gelernt.»

Sie kicherte. Anschließend verfielen wir beide in Schweigen, und es kostete sie einige Zeit, während der sie dalag, zusammen mit mir die mondbeschienenen Wände betrachtete und, wie ich glaube, meinem Atem lauschte, bis sie unvermittelt den Kopf drehte und mich auf die Lippen küßte. Dann wandte sie sich wieder ab. «Wirklich . . .» sagte sie, «das war süß.»

Ich überlegte eine Weile, drehte mich und küßte sie zurück, energischer, und noch ein paar Augenblicke später ließ ich meine Hand zu ihrer Schulter wandern. Zwischendurch mußte ich unwillkürlich denken, wie ich Billy DeSalz das alles erklären würde, wenn ich ihn sah: *Sie roch nach Orangen.* Und: *Ihre Lippen waren weich wie Margarine.* Schließlich machte sie sich los. «Bitte nicht», flüsterte sie und schloß die Augen. «Jetzt noch nicht, William. Verdirb es nicht.»

Als sie gegangen war, stand ich auf und ging ins Bad. An Schlaf war nicht mehr zu denken. Ich putzte meine Zähne mit Clives Ultra Brite und verteilte eine Handvoll von seinem Rasierschaum auf meinen Wangen. Dann drehte ich das heiße Wasser auf, hielt seinen Rasierer darunter und strich in klaren, sanften Bahnen durch den Schaum auf meinem Gesicht. Der Spiegel beschlug, ich wischte über die Mitte und versuchte mich so zu sehen, wie ich Sandra angeblickt haben mußte. «Hallo, Süße», sagte ich mit tiefer Stimme und lehnte mich dem neu beschlagenden Spiegel zu. «Mein Name ist Ariel Sheshevsky.»

An dem Tag fing ich an, nach Clives Wörterbuch zu suchen. Ich suchte in seinem Zimmer, im Keller und hinten im Hof. Ich zog seinen Charakter ins Kalkül und überprüfte unwahrscheinliche Orte, sah mitten auf dem Bücherregal im Wohnzimmer nach und unter dem Silberbesteckfach in der Küchenschublade. Dann überlegte ich mir, daß es womöglich eine unwahrscheinliche Form hatte und nicht an einem unwahrscheinlichen Platz lag – sagen wir, daß es auf Streichholzbriefchen stand oder auf Band aufgenommen war. Ich durchkämmte seine Brieftasche und schüttete sämtliche Vitaminfläschchen in unserem Medizinschrank aus. In seinem Schreibtisch durchsiebte ich seine Kakerlaken-Anstecker, seine Feuerzeuge und Zigarettenetuis, seine Gitarrenplättchen, seine Artikel über Anbaumethoden zu Hause und Pflanzlichter, seine Rauchflaschen und Wasserpfeifen aus dem Werkunterricht. Hinter seinem Bücherregal fischte ich den Umschlag mit Liebesgedichten von Sandra hervor, die sämtlich von Shakespeare stammten, eng zusammengekritzelt. Aber es waren keine neuen dabei, und die alten hatte ich schon viele Male gelesen. Alles, was ich in seiner neuen Sprache finden konnte, war ein zerrissener Fetzen Papier, auf dem mit Bleistift «*bar, baratsag, barki*» stand und, auf der anderen Seite, in Schönschrift: «Wir müssen sie lehren, was sie nicht wissen.»

An einem Samstagmorgen im April gewann Clive in Columbus das West-Ohio-Finale und kam damit in die Staats-Meisterschaften. Nachmittags aßen wir Lammkeule, sein Lieblingsgericht, und danach ging unser Vater mit ihm nach oben, um Denksporträtsel zu lösen. Ich spülte die Töpfe, trocknete sie ab und ging schließlich ins Wohnzimmer, um meine Geometrieaufgaben zu machen. Als ich es nicht länger aushielt, ging ich zu ihnen nach oben.

Sie saßen auf der Fensterbank, *Die Moskauer Rätsel* aufgeschlagen zwischen sich, und unser Vater betrachtete etwas in der Ecke der Scheibe. Ich trat ein und räusperte mich.

«Ich sehe mir gerade die Leisten rund ums Fenster hier an, William», sagte er. Er hob den Blick. «Ist dir das jemals aufgefallen? Der Rahmen ist aus einer ganzen Anzahl genau ineinandergefügter Teile gemacht.»

Ich betrachtete ihn. «Herzlichen Glückwunsch, Clive», sagte ich. «Ich hab für dich abgetrocknet.»

«Danke, William.»

«Clive hat mir ein paar Worte beigebracht», sagte unser Vater plötzlich. «*Agglegeny*, sagte er und sah Clive an.

Clive nickte. «*Servoos.*»

«*Allat*», sagte unser Vater. Er blickte wieder aus dem Fenster.

«*Bayosh, birkahoosh, diznaw*», rezitierte er und starrte durch die Scheibe.

Clive blinzelte mir zu. «Kleiner Bruder», flüsterte er. «Der alte Herr hat gerade ’nen Joint probiert.»

«Ich sehe nicht, was Marihuana mit einem anstellen soll, William», sagte unser Vater.

«Du hast es probiert, Dad?»

«Ja, das hab ich, Seemann.» Er zwinkerte Clive zu. «Sieh dich vor, Sheshevsky!» sagte er. Dann blickte er vom Fenster weg und zuckte mit den Schultern. «Hau drauf!» sagte er. Manchmal wünschte ich, daß er ein anderer gewesen wäre.

«Ein Pfeifchen», sagte Clive.

Er langte hinter sein Bein, zog eine Wasserpfeife hervor und reichte sie mir. Er stopfte den Pfeifenkopf mit dem Ende des Feuerzeugs und brachte dann die Flamme ganz nah heran, als ich zog. Ich hielt den Rauch im Mund und tat dann so, als inhalierte ich ihn. Ich hielt ihn im Mund, bis ich nicht mehr konnte, stieß ihn dann langsam aus und nahm noch einen Zug. Schließlich trat ich bis ganz ans Fensterbrett vor, wo unser Vater mir den Arm über die Schulter legte, ein Bein ausstreckte und dabei mit dem Fuß beinahe Clives Kinn berührte. Wir betrachteten den Rahmen eine Weile, sahen dann aus dem Fenster, und unser Vater schlug mit den Fingern den Takt von Clives Solos. «Interessant», sagte er schließlich, «du hast nicht inhaliert.»

«Doch, das habe ich.»

«Das tut er nie», sagte Clive.

Beim Abendessen öffnete unser Vater noch eine Flasche von dem Wein, den Colonel Byzantian uns geschickt hatte. In dem Brief, den Vater dann vorlas, während er unserer Mutter und sich ein Glas einschenkte, lieferte der Colonel gleich die Geschichte seiner Rebsorten mit, die exakt das Klima und den Boden benötigten, den es nur an zwei Orten der Welt gab. «Deshalb bin ich hergekommen», schrieb er, «wegen der Farbe des Bodens. Zu viele Jahre auf Schiffen, und man vergißt den Geschmack von Frauen und Wein.» Statt mit freundlichen oder lieben Grüßen endete der Brief mit: «In der Erde werden wir die verborgene Quelle finden.» Unser Vater wiederholte den Satz, trank seinen Wein aus und ging zur Vitrine, um auch ein Glas für Clive zu holen.

«Nun», sagte er, nachdem er es gefüllt und sich auch selbst nachgeschenkt hatte. «Auf den Sieger. Und auf die verborgene Qualle.»

«Quelle», sagte unsere Mutter.

Unser Vater blinzelte mir zu, leerte ein weiteres Mal sein Glas, füllte nach und tat so, als sehe er im Brief nach. «Ich stelle fest, du hast recht, Liebes», sagte er. «Nun», er gähnte und lehnte sich auf seinen Stuhl zurück, «meine Frau hat recht, und mir bleibt nur noch ein Sohn.»

Einen Moment lang sagte niemand etwas. Dann fragte unsere Mutter: «Was soll das heißen, Simon?»

«Das weiß ich eigentlich auch nicht», antwortete er und spülte den Wein zwischen den Backen hin und her. «Das überrascht auch *mich*. Es kam einfach so raus.» Er schluckte den Wein hinunter, lächelte Clive und mich an und nahm noch einen Schluck. «Zu viele Jahre auf Schiffen, nehme ich an.»

«Du bist betrunken, Simon», sagte unsere Mutter.

«Ja, ich glaube, das bin ich», sagte er.

Aber später nach dem Essen kamen mir seine Worte erneut in den Sinn. Ich war im Wohnzimmer und zerbrach mir den Kopf über meine Geometrieaufgaben, als ich plötzlich begriff, daß Clive derjenige war, von dem er gesprochen hatte, und nicht ich. Es war Clive, den er als seinen einzigen Sohn betrachtete. Von oben hörte ich Gitarrenschläge, das Rauschen der Spülmaschine aus der Küche und die Cleveland-Symphony-Übertragung aus dem Arbeitszimmer meines Vaters. Ich hatte immer angenommen, daß mit meinem Bruder etwas nicht stimmte, daß etwas Gefährliches und vielleicht sogar Schändliches in ihm lauerte und daß meine Eltern und ich darin verbündet waren, es wieder in Ordnung zu bringen, aber jetzt saß ich auf der Wohnzimmercouch und sah es zum erstenmal von der anderen Seite: daß ich derjenige war, den sie weniger liebten, daß Clive sich abseits hielt, um ihrer Liebe zu entfliehen, ich hingegen eifrig darum bemüht war, sie zu gewinnen.

Ich war mitten in einer schwierigen Aufgabe, in der es um Flußströmungen ging und die ich wieder und wieder gelesen hatte. Ich schlug das Buch weiter hinten auf, wo verschiedene Tips gegeben wurden, warf einen schnellen Blick auf das schematisierte Diagramm eines Floßes auf einem Fluß, blätterte zurück und dachte weiter nach. Unter der Laterne draußen küßte Mario Ceref, ein Junge aus unserer Straße, ein Mädchen, seine Hände bewegten sich hinunter zu ihren Hüften. Clive hatte mir vor ein paar Wochen gezeigt, wie man mit genau diesem Problem umging: Das mathematische Verständnis war bei ihm wie ein Instinkt, genau wie bei unserem Vater, und ich verspürte einen neuen Anflug von Traurigkeit in der Brust. Doch ich verscheuchte ihn. Über mir hörte ich Clives Schritte auf dem Dielenboden, wie sich sein Fenster öffnete, das Scharren seiner Füße, als er sich aufs Fensterbrett setzte, und schließlich, wie er sie gegen die Wand baumeln ließ. Ich starrte nach draußen und wartete darauf, daß seine Marihuana-Asche vor mir auf den Rasen fiel. Am Ende des Blocks hatte das Mädchen den jungen Ceref stehenlassen, der nun so tat, als küsse er den Laternenpfahl.

Ich ging nach hinten und klopfte am Arbeitszimmer unseres Vaters. «Ich bin's, Käpten», sagte ich.

Er saß an seinem Schreibtisch und lehnte sich zurück, und als ich hereinkam, verlor er das Gleichgewicht und kippte beinahe mit seinem Stuhl hintenüber. Ich legte ihm die Hand auf die Schulter und ging dann in die Ecke, von der man auf unsere Veranda sehen konnte. Im Radio spielte wieder W-104.

«Nun, Seemann?» sagte er nach einer Weile.

«Ich fand's toll, was du gestern über Noten gesagt hast.»

«Das habe ich mir gedacht.»

Ich beobachtete sein Spiegelbild in der dunklen Scheibe, wie er die Lippen verzog und dann schwerfällig den Kopf schüttelte. «Dad», sagte ich schnell, «was würdest du sagen, wenn ich in Schwierigkeiten käme.»

«Welche Art von Schwierigkeiten?»

Ich ließ eine Pause entstehen. «Große Schwierigkeiten.»

Er verengte die Augen und dachte einen Moment lang nach. «Wirst du nicht, Seemann.»

«Woher weißt du das?»

Er hob die Brauen. «Woher ich das weiß? Ich tu's einfach.» Er stand auf und stellte sich zu mir ans Fenster. «Unser Charakter ist Schicksal», sagte er und sah hinaus auf den Hof. «Heraklit hat das gesagt, vor zweitausend Jahren.»

«Was, wenn ich meinen veränderte?»

Er lachte. «Das wirst du nicht», sagte er. «Das ist der Punkt.»

Der Diskjockey sagte die Zeit an und legte *Walk on the Wild Side* auf, und unser Vater und ich standen da und sahen aus dem Fenster in den Garten. Die Nacht war mondlos. Im Licht aus dem Haus der Cubanos beobachteten wir einen Waschbären, der von ihrer Seite aus oben auf unserem Zaun auftauchte, kratzte, um die Balance zu halten, und dann in unseren Garten hopste, zuerst auf die Vorderbeine, dann auf die hinteren, wie eine pelzbezogene Spielzeug-Metallspirale. Er spazierte zum Verschlag mit unseren Mülleimern. «Hmm», sagte unser Vater, «teurer Geschmack – er mag Anchovis.»

«Vielen Dank, Ohio Mutual.»

Mein Vater zauste mit das Haar, und ich fühlte mich besser. Der Waschbär langte nach dem Riegel, rüttelte daran, gab dann auf und kletterte zurück zu den Cubanos. Das Lied hörte auf, und unser Vater schaltete das Radio aus. «All diese Geschöpfe», sagte er, «die ihren Geschäften nachgehen.»

«Und welch edles Geschöpf der Mensch doch ist.»

Er lächelte. Plötzlich schepperten Mülltonnen auf dem Hof der Cubanos. Lichter gingen an, und der Wachbär schoß die Auffahrt hinunter. Einen Augenblick später kam Mrs. Cubano im Bademantel nach draußen, und unser Vater schaltete rasch das Licht aus. «Schsch», flüsterte er.

Wir standen da. Drüben klaubte Mrs. Cubano den Müll auf und ließ ihn zurück in die Tonne fallen. Ihr Atem stieg in Wolken auf, und sie zog ihren Bademantel enger zu. Schließlich setzte sie sich auf die Verandabrüstung und zündete sich eine Zigarette an. Sie rauchte und hielt den Blick zum Himmel gewandt, sah sich um, schüttelte ihr Haar aus, ließ es sich über den Rücken fallen und hob die Hand zum Gürtel des Bademantels.

«Zieh», flüsterte ich.

Unser Vater lächelte mich an. «Rühr dich nicht, Seemann», sagte er. «Wir könnten unseren Ausguck verlieren.»

Sie sah herüber zu unserem Haus.

«Höchste Wachsamkeit, Käpten.»

Wir beobachteten sie, reglos wie Bäume. Nach einiger Zeit stand sie auf, zog sich den Bademantel zurecht, warf ihre Zigarettenkippe zu uns herüber und ging zurück ins Haus.

«Na dann», sagte unser Vater.

Er schaltete das Radio wieder ein. «Weißt du, Käpten», sagte ich. «Clive hätte das nicht interessiert.»

«Was?»

«Was wir gerade gesehen haben.»

Er rubbelte mir über den Kopf. «Er ist kein Seemann», sagte er.

«Genau», sagte ich. Drüben bei den Cubanos ging das Küchenlicht an. «Dad», sagte ich, «wie warst *du* zu deiner High-School-Zeit?»

«Wie *ich* war?»

«Hast du dich vor der Arbeit gedrückt? Waren dir deine Noten wichtig?»

«Zu der Zeit war Krieg, William.» Er ging zu seinem Schreibtisch, holte sein Schlüsselbund hervor, warf es in die Luft und fing es wieder auf. «In Geometrie», sagte er, «haben wir Bombenflugbahnen studiert. Ja, meine Noten waren mir wichtig, William. Und dann ging es in den Krieg.»

«Du kannst schlau sein, ohne schlau zu sein», sagte ich.

Er nickte mir zu.

«Clive, William», rief unsere Mutter. «Nachtisch! Es gibt Kuchen!»

Ich wandte mich zur Tür, aber er rührte sich nicht. Er stellte den Klassik-Sender wieder ein und sah aus dem Fenster. Der

Waschbär war erneut unten an der Auffahrt der Cubanos aufgetaucht. «Du bist ein Seemann», sagte er. «Um dich müssen wir uns keine Sorgen machen.»

Die Musik schwoll an, und der Waschbär kletterte drüben auf die Veranda. «Erkennst du den Komponisten?» fragte unser Vater.

«Beethoven?» sagte ich. «Nein, einen Moment. Haydn?»

«Nein, Albinoni. Hör dir das an. Hör dir die Leidenschaft der Celli an.» Er drehte die Lautstärke auf, und als sich die Streicher zu einem Crescendo vereinten, schlossen sich seine Augen.

«Dad», sagte ich, «ich hab Sachen gestohlen.»

Er öffnete die Augen wieder. «Oh», sagte er, «ich denke, ich verstehe.» Er machte eine Geste aus dem Fenster. «Siehst du die Veranda, William?»

«Ja.»

«Die hat mich sechzehnhundert Dollar gekostet.»

«Ich weiß, Kommandant.»

«Nun, wie, glaubst du, habe ich das Geld verdient?» Ich deutete auf seine Versicherungsunterlagen. «Damit», sagte ich.

Er machte ein ernstes Gesicht. «Nun, dann weißt du auch, daß das, was ich dir über Noten gesagt habe, falsch war. Deine Noten sind so wichtig wie nur was.» Er schüttelte den Kopf. «Noten sind das einzige, wonach dich ein Arbeitgeber beurteilen kann. Das weißt du aber doch, William, oder? Daß das, was richtig ist, richtig ist. Daß das Rad, das quietscht, geölt wird. Du weißt doch, daß diese verrückten Zeiten vorübergehen?»

In jener Woche kam der Frühling, und Clive lud mich ein, mit im Steinbruch schwimmen zu gehen. Er, Sandra, Elliot und ich schlüpften unter dem Maschendraht durch und folgten dem steilen Pfad hinunter zum Wasser, das voll von feinem Steinstaub war. Der Wind hatte beides zu einem unirdischen Opalgrün vermischt. Steinblöcke lagen im seichten Wasser und am Ufer entlang. Clive, Elliot und ich machten die Oberkörper frei und legten uns hin. Sandra zog ihr T-Shirt aus und streckte sich in ihrem weißen Bikini zwischen Clive und mir aus. Elliot packte vier Stücke Karottenkuchen aus und verteilte sie. Ich aß meins auf und legte mich wieder hin.

Clive hielt sein Stück hoch und untersuchte es in der Sonne. «Elliot hat ihn gebacken», sagte er.

Ich nickte Elliot mit hochgezogenen Brauen anerkennend zu. «Er war gut», sagte ich.

«*Kituno gomba*», sagte Clive.

«*Saipen*», sagte Elliot.

Ich nickte noch einmal und lächelte. Ich ließ den Blick über die Wasseroberfläche wandern und hielt nach Bewegungen Ausschau, obwohl sicher schien, daß in diesem Gewässer nichts leben konnte. Ich warf einen Stein hinein. «Danke für die Einladung, Leute.»

«Kein Problem, kleiner Bruder.»

Ich legte mich wieder zurück. Nach ein paar Minuten beugte sich Clive zu mir herüber und sah mir ins Gesicht. «*Servoos*», sagte er. Er lächelte. «Das ist ein Gruß.» Er legte seine Hand auf meine Schulter. «*Servoos*», sagte er wieder.

«*Servoos.*»

«Wie fühlst du dich, kleiner Bruder?»

«Großartig.»

«Du hast unser Wörterbuch gefunden, stimmt's?»

«Nein. Ich hab ja nicht mal danach gesucht.»

«Meine Rede», sagte Elliot.

Clive sah mir in die Augen. «*Djerunk*», sagte er, ohne den Blick abzuwenden.

Elliot sah zu ihm hinüber. «Komm», sagte er, «wir gehen schwimmen.»

«Textilfrei», sagte Clive. Dann deutete er auf Sandra, die schlief. Er beugte sich nah zu mir. «Du mußt sie müde gemacht haben», sagte er.

Elliot griente. «Das Monster frißt 'ne Menge», sagte er.

Dann zogen sie sich aus, und als ich aufgestanden war, standen sie bereits bis zur Brust im milchig grünen Wasser, platschten über das Felsriff, das sich ein paar Meter vom Ufer bis knapp unter die Wasseroberfläche erhob, und sprangen von den halb herausragenden Felsbrocken ins Tiefe. Ich setzte mich und beobachtete sie, als sich plötzlich ein Schleier wie eine Decke über mich senkte. Noch eine Weile versuchte ich sie genau zu beobachten, dann legte ich mich zurück auf den Felsblock. Ich blinzelte aufs Wasser hinaus: Sie beachteten mich nicht. Neben mir hörte ich Sandra schnarchen.

«Dornröschen», flüsterte ich mit hoher Stimme und sagte dann in tieferem Ton: «*Servoos.*» Aber sie rührte sich nicht. Ich sah zum Himmel hinauf, und die Gedanken an Sandra begannen mich zu überschwemmen. Ich konnte sie nicht abschütteln – sah, wie sie in ihrem Versteck Rauchkringel ausgestoßen hatte, wie ihre Hand in meinem Bett direkt auf meinem Herzen ruhte.

Ich drehte mich, um nach Clive und Elliot zu sehen. Sie hatten draußen im Tiefen angefangen zu ringen, zogen sich gegenseitig unter Wasser und wanden sich, um wieder an die Oberfläche zu kommen. Sie trennten sich, tauchten dann beide unter, und ich hielt vom Ufer aus Ausschau nach ihren Silhouetten im wechselnden Grün. Sie kamen nicht wieder hoch. Ich setzte mich auf, und endlich erschien Elliot nahe beim Felsriff wieder an der Oberfläche. Einen Moment später kam auch Clive, schüttelte den Kopf wie ein Hund und spuckte einen Regenbogen aus. Ich sah die Farben in phantastischer Klarheit. Indigo und Violett fächerten von seinem wirbelnden Kopf und blieben in der Luft hängen. Sie bespritzten sich, und wieder sah ich kleine Farbjuwelen in ihrem Kielwasser, die dann verschwanden. Die beiden tauchten noch einmal unter. Ich starrte auf die Wasseroberfläche, wie sie sich beruhigte, still wurde und dann spiegelglatt, und schon brachen sie erneut aus der Mitte hervor.

Sie tauchten auf und standen am Ufer. Ich tat so, als schliefe ich, und als ich einen Schatten auf meinem Gesicht fühlte, öffnete ich die Augen und sah Clive über mir stehen. «*Servoos*», sagte er.

«*Servoos.*»

«Wie fühlst du dich, kleiner Bruder?»

«Großartig.»

Er sah auf mich hinab, die Backen verschmiert mit Ablagerungen des Steinbruchs, der fahlsten Spur hellen Opals. «Ich hab's dir gesagt, *bayosh*», sagte er und wandte sich Elliot zu. «Du hast sie zu lange gebacken.»

Sie trockneten sich mit ihren Hemden ab und flüsterten ein paar Worte in ihrer Sprache, während ich ihnen mit geschlossenen Augen zuhörte. Sandra schlief noch, wachte nur von Zeit zu Zeit auf, um sich auf die andere Seite zu drehen. Ich hörte, wie Clive und Elliot sich das Haar auswrangen und sich auf die Felsen legten und dann das leise, fortwährende Platschen von Kieseln, die ins Wasser geworfen wurden, und zwischen den Würfen, wie Clive ein Clapton-Solo summte. Lethargie überkam mich. In dem Moment, als ich in Schlaf fiel, war ich mir auch der leisesten Geräusche des Steinbruchs bewußt – des winzigen Geläuts leckender Wellen, des Summens meines Bruders, des gelegentlichen Stöhnens der Felsen, die sich in der Hitze regten, und des Plinkens der Kiesel im Wasser. Sandra schnarchte ganz leicht. Als ich aufwachte, war die Sonne verschwunden.

Clive, Elliot und Sandra waren ebenfalls verschwunden. Ich stand auf, rieb mir die Augen und sah aufs Wasser hinaus, das finster geworden war und sich im Wind kräuselte. Böen stoben wie Vogelschwärme darüber. Ich schlenderte an den Rand und sah mich um. Sie hatten auch ihre Kleider mitgenommen. Der Abend brach herein, die Enttäuschung ließ mich frösteln. Ich warf Steine ins Wasser, einen nach dem anderen, und beobachtete dabei, wie die kabbeligen grauen Untiefen schwarz wurden.

«Das Denk-Genie», sagte Sandra plötzlich hinter mir. Ich drehte mich um, und da stand sie und lächelte. «Ich bin herumgelaufen», sagte sie, «aber die beiden sind weg.»

«Wohin?»

«Gute Frage.» Sie kam näher, und ich sah, daß ihr T-Shirt völlig durchnäßt war. «Ich habe auf dich gewartet», sagte sie.

«Das denke ich mir.»

Sie kletterte auf ein flaches Stück Fels und klopfte auf den Platz neben sich. Ich setzte mich zu ihr. «Verrate mir etwas», sagte sie. «Was wirst du in zehn Jahren von mir denken?»

«In zehn Jahren?» sagte ich. «1983?»

«Schsch», sagte sie.

Diesmal glitten ihre Hände zu meinen Hüften, meinem Gürtel, und in diesem Moment wurde ich mir einer Linie bewußt, die ich nie überschritten hatte, und überschritt sie. Ich versuchte alles zu behalten, damit ich es Billy DeSalz erzählen konnte. Daneben versuchte ich ihr das Bikinihöschen die Beine herunterzuziehen, ohne ihre Aufmerksamkeit darauf zu lenken. Sie hielt inne, küßte mich und zog, ganz einfach so, ihr T-Shirt und Oberteil aus. Ihre Brüste – kleine blasse Geheimnisse – sprangen ins fahle Licht, und ich richtete mich auf und küßte sie. *Sie waren wie warme Melonen*, entschied ich mich, Billy zu erzählen. Sie schüttelte ihr Bikinihöschen ganz von den Beinen und trat es schließlich davon. Es flog durch die Luft und landete auf den Uferkieseln neben uns. Ich schob meine Hände auf ihren Bauch. *Ihre Haut war wie Sahne*. Ich zog auch mein Hemd aus, stand auf und stieg aus den Hosen, und als sie sich zurücklehnte, zuckte ich mit den Achseln, sah schnell auf sie herunter, um den Anblick später beschreiben zu können, und legte mich dann neben sie.

Am Wochenende danach kämpfte Clive mit Ariel Sheshevsky in Columbus um die Staats-Meisterschaft. Ariel war ein zierlicher, langhaariger Junge mit einem Lederstirnband und einem verächtlichen Ausdruck in seinen Zügen, und kaum daß ich ihn sah, wußte ich, daß er Probleme machen würde. Er sah aus wie Clive. Beide beantworteten alle Fragen, und obwohl der Vizegouverneur von Ohio darüber lachte, als er am Ende mit der Bronzeplakette auf der Bühne stand, die mein Bruder und Ariel sich irgendwie teilen mußten, brach unsere Mutter in Tränen aus. Einen Augenblick später fing auch Mrs. Cubano an und dann, neben mir, Sandra, der die Tränen Pfade durch den winzigen Glitter auf ihren Wangen schnitten.

«Es ist doch nur ein Mathe-Preis», sagte ich.

Es waren diese Tränen, an die ich mich abends erinnerte, wie sie durch ihre zarten Pfade tropften. Ich stand mit unserer Mutter in der Küche. Sie rührte den Teig für ihre Sieges-Kekse an. «Sandra wohnt unten im Keller», sagte ich.

Sie unterbrach ihr Rühren. «Jungs bleiben Jungs», sagte sie.

Ich stellte mich vor sie hin. «Ich meine, sie wohnt da schon das ganze Jahr. Sie geht nicht mehr nach Hause. Ihre Eltern wissen nicht, wo sie ist. Es ist ihnen egal. Sie wohnt hinter dem Heizungskessel.»

«Armes Mädchen.»

«Sie wohnt hinter *unserem* Heizungskessel.»

Unsere Mutter tunkte den Löffel in die Schüssel, drehte ihn und reichte ihn mir. Er war voller Teig. «Schatz», sagte sie. «Denkst du nicht, daß ich von Sandra weiß?»

«Du weißt Bescheid?»

«Natürlich. Ich bin doch kein Dummkopf, was dein Vater auch denken mag. Im übrigen find ich's romantisch.»

«Und Dad weiß es auch?»

«Nein, tut er nicht. Und ich glaube auch nicht, daß du es ihm erzählen solltest.»

Ich setzte mich und sah zu, wie sie wieder zu rühren anfing.

«Ich möchte dich etwas fragen», sagte sie schließlich, ohne von der Schüssel aufzusehen. «Sie ist seine Freundin, stimmt's?»

«Clives?»

«Ja.»

«Du meinst, ob die beiden *richtig* zusammen sind, sie und er?»

«Ja, das meine ich, Sie sind ... ein Paar?»

«Nun, ich weiß nicht. Ich glaube aber ...» Und dann sagte ich: «Ja.»

«Das habe ich auch angenommen. Ich hab nichts dagegen, wenn sie bei uns wohnen möchte.»

Später, als ich unserem Vater im Keller mit dem Pingpongschläger gegenüberstand, kam es mir plötzlich in den Sinn, daß Sandras Zuwendungen samt und sonders allein dem Zweck gedient hatten, sich ihrer Unentdecktheit zu versichern. Mittlerweile glaube ich das nicht mehr – ich denke, es war weit komplizierter –, aber an jenem Abend, als ich auf der einen Seite des heiteren grünen Tisches stand, tat ich es. «Aufschlag», sagte ich.

Unser Vater verschlug den Return, der hoch auf meine Vorhand zusegelte, und ich lehnte mich vor und schmetterte ihn mit voller Wucht zurück. Ich schlug ihn zu lang, und er traf den Tisch nicht, schlug einmal auf dem Betonboden auf und sprang dann durch den Spalt neben dem Philco-Kühlschrank in ihr Versteck. Unser Vater legte seinen Schläger hin und folgte ihm.

Manchmal denke ich, wenn sich der Frühling 1973 zehn Jahre später ereignet hätte, lebten wir womöglich heute noch in Frieden, wie wir es damals getan haben. Nach einigen Jahren wurde mein Bruder Physikprofessor am College, und ich selbst wurde Reporter und, kürzlich erst, Redakteur beim *Boston Globe*. Vor einem Jahr, als ich an der Küste von New Jersey Urlaub machte, begegneten mir auf der Strandpromenade zwei Frauen in mittleren Jahren, mit hohen Wangenknochen und gesunder Gesichtsfarbe, und als ich auf einer Höhe mit ihnen war, sagte die eine zu der anderen: «*Servoos!*» Ich blieb stehen und fragte sie, was für eine Sprache das sei, und ich nehme an, die Tränen in meinen Augen haben sie glauben lassen, daß auch ich über gewisse Kenntnisse des Ungarischen verfügte. Es war schwer, ihnen zu erklären, daß dem nicht so war. Am selben Nachmittag noch durchkämmte ich etliche Buchhandlungen, bis ich ein ungarisches Wörterbuch fand. Die folgende Nacht verbrachte ich damit, darin herumzublättern.

Aber da war es zu spät. Als Erwachsene waren mein Bruder und ich verständig und kameradschaftlich miteinander geworden, wie Soldaten, die in derselben Schlacht gestanden haben, und am Ende sprachen wir fast so zueinander, wie ich es immer gehofft hatte. Wir lebten in unterschiedlichen Städten, aber wann immer wir uns trafen, war das mit einer Leichtigkeit verbunden, wie ich sie mit niemand anderem auf dieser Welt empfand, und wenn wir uns zu Thanksgiving oder zum Passah-Fest an meiner Tür umarmten, drückte ich ihn mehr als nur einige Sekunden an mich und atmete seinen besonderen Geruch ein – einen Geruch, den ich seitdem, wie Sandra sagte, auch auf den Kragen meiner eigenen Hemden bemerkte –, und während meine Frau zur Tür trat, um seinen Geliebten – ein Wort, das ich zu gebrauchen gelernt habe – zu begrüßen, flüsterte er «*Servoos!*» in mein Ohr. Obwohl es da noch das einzige seiner Wörter war, das ich kannte, flüsterte ich es stets zurück.

Die Dinge änderten sich 1973 so schnell, daß ich meine Eltern für ihren Versuch bewundere, mit ihnen Schritt zu halten. Sie waren gutmeinende Leute, die akzeptierten, was sie vermochten, einen Bereich nach dem anderen, und ich glaube, es war eine schwierige Zeit für sie, besonders für unseren Vater. Was er fand, als er den Philco-Kühlschrank auf der Suche nach dem Pingpongball zur Seite zog, waren mein Bruder und Elliot, die auf Sandras zusammengefalteten Decken lagen, nackt und Arm in Arm. Einen Augenblick lang bewegte sich niemand. Dann zerrten sie an den Decken. Aber plötzlich beruhigte sich Clive, und Elliot sofort auch, und die beiden drückten die Rücken durch und sammelten sich, bis sie aufrecht vor uns saßen, ruhig und gelassen, so wie Mönche dasaßen, während sie erfroren.

«*Bátorság*», sagte mein Bruder.

«*Szerelem*», sagte Elliot.

Der Arm unseres Vaters schnellte vor, und Clive wurde von der Wucht des Schlages nach hinten geschleudert, schmetterte mit den losen Schwingen seiner Schultern gegen die Wand und fiel in sich zusammen. Elliot schlang die Arme um die Knie. Clive schüttelte den Kopf und ließ das Kinn herunterfallen, und dann drehte er sich zu mir, der ich hinter unserem Vater stand, mit dem Pingpongschläger in der Hand. Clives Zunge war blutverschmiert. Unser Vater hielt die rechte Hand in der Linken. Von oben rief unsere Mutter: «Clive, William, Abendessen! Es gibt Makkaroni.»

Dann ließ sich unser Vater schnell auf die Knie nieder, und obwohl, soweit ich wußte, niemand in unserer Familie je zuvor gebetet hatte, war es genau das, was er tat, er betete, vorgebeugt, die Hände in der Höhlung vor dem Hals gefaltet, die Augen geschlossen, die Knie auf einer zusammengerollten Decke. Und dann beugte sich auch mein Bruder, das Genie, der Kiffer und Sprachenverkleider, mein schwuler Bruder beugte sich vor, aber er brachte die Hände nicht zusammen. Er senkte den Kopf ganz leicht, und Elliot tat es ihm nach, und ihr Nicken sagte mir, daß sie weinten. Ich erkannte mit einer Tiefe, die der von Religion glich, daß dies ein Gezeitenwechsel in unserer Familie war und die große Wende im Leben meines Bruders, und obwohl ich ebenfalls niederkniete und den Schläger aus der Hand legte, fühlte ich doch keine Tränen. Alles, woran ich denken konnte, war, daß damit mein eigener Aufstieg begann. Bis dahin hatte ich nur geahnt, daß mit Clive einmal irgend etwas passieren würde, und nun war es passiert. Die Unvermeidlichkeit dessen war mir immer wie ein schlecht gehütetes Geheimnis vorgekommen, etwas, das sich in mir eingenistet hatte, ohne daß ich es hätte benennen können. Jetzt, da ich den Kopf beugte, erkannte ich es, tief in mir selbst – wie die flüchtige Gestalt eines Wunsches. Und deshalb, fünfzehn Jahre später, in einem stickigheißen Raum des Columbia Presbyterian Hospital in New York, dessen Ärzte mir geraten hatten, besser noch den Spätflug zu nehmen, um mich von meinem Bruder verabschieden zu können, deshalb weinte ich und weinte und weinte.

DER
PALASTDIEB

Ich erzähle diese Geschichte nicht mir selbst zur Ehre, denn davon gibt es nicht viel, und nicht als Warnung, denn ein Mann von meiner Berufung lernt schnell, daß alle Warnungen umsonst sind. Und ich erzähle sie auch nicht, um die St.-Benedict's-Schule zu entschuldigen, denn St. Benedict's bedarf keiner Entschuldigungen. Ich erzähle sie nur, um gewisse erzählenswerte Ereignisse aus dem Leben eines bekannten Mannes festzuhalten, für den Fall, daß die kurze Blüte seiner Tage dereinst unter den prüfenden Blick eines anderen Geschichtsinteressierten geraten sollte. Das ist alles. Es ist eine Geschichte ohne Überraschungen.

Es gibt natürlich jene, die sagen, ich hätte wissen sollen, was zwischen St. Benedict's und mir vorfallen würde, und ich nehme an, sie haben recht, aber ich habe diese Schule geliebt. Ich habe dort dem Geist dreier Generationen von Jungen gedient, und wenn ich erfolgreich war, das feine Muster ihrer Kultur in sie geritzt. Ihre Trägheit habe ich mit Disziplin bekämpft, ihre Flegelhaftigkeit mit Philosophie und die Überheblichkeit ihres Standes mit der Geschichte großer Männer vor ihnen. Ich habe die Söhne von neunzehn Senatoren unterrichtet. Ich habe einen Jungen unterrichtet, der ohne die rachsüchtigen Verunglimpfungen der Skandalpresse heute Präsident der Vereinigten Staaten wäre. Diese Schule war mein Leben.

Aus diesem Grunde, denke ich, nahm ich auch die Einladung an, die mir Mr. Sedgewick Bell Ende letzten Jahres schickte, obwohl ich es hätte besser wissen sollen. Ich denke, ich hätte mich daran erinnern sollen, was für ein Junge er einundvierzig Jahre früher in St. Benedict's gewesen war, statt meine Antwort so prompt in die Post zu geben und noch am selben Abend zu beginnen, meine Fragen auszuarbeiten. Ich spreche natürlich vom Sohn von Senator Sedgewick Hyram Bell, dem Demagogen aus West Virginia, der hinter seinem Haus in Washington, D.C., Pferde hielt und für Wendell Wilkie verschiedene Südstaaten gewonnen hatte. Der jüngere Sedgewick war ein schwerfälliger Bursche.

Ich traf zum erstenmal auf ihn, als ich in St. Benedict's gerade fünf Jahre Geschichte unterrichtet hatte, im Herbst nachdem sein Vater auf den Schultern südstaatlicher Patrizier, die voller Angst vor der Vergewerkschaftung der Stahl- und Minenarbeiter waren, in sein Amt getragen worden war. Sedgewick erschien im November 1945 in meinem Klassenzimmer, in einem Anzug mit kurzen Hosen. Wir waren mitten im Herbsthalbjahr, in dem ich die Jungen vom griechischen Idealismus in der Philosophie bis zum Reich von Handel, militärischer Macht und Gesetz führte, das Julius Caesar seine Vorherrschaft von Mazedonien bis Sevilla ermöglicht hatte. Meine Schüler waren natürlich erregt. Das ist ein trauriges Merkmal dieser Altersgruppe – der Überschwang, mit dem die Jungen das moralische Anliegen Platons hinter sich lassen, um die kraftvolle, pragmatische Hand des Augustus zu ergreifen. Die Sensibleren waren verstummt, und für etliche Wochen wurden Diskussionen in der Klasse von den martialischen Instinkten der gröberen Jungen beherrscht. Natürlich bedauerte ich das, aber ich war mir der Wichtigkeit dessen, was ich in St. Benedict's lehrte, durchaus bewußt. Unser Direktor, Mr. Woodbridge, machte uns fortwährend auf die Rolle aufmerksam, die unsere Schüler einmal in den Angelegenheiten unseres Landes spielen würden.

Selbst mein Klassenzimmer gereichte den hochfliegenden Idealen der Menschheit zur Ehre, was meine Jungen, wie ich hoffte, inspirierte, und gleichzeitig auch der flüchtigen Natur menschlicher Errungenschaften, was seinerseits, wie ich hoffte, ihren Ehrgeiz in Demut kleiden würde. Es war eine zweigleisige Taktik, der Mr. Woodbridge von ganzem Herzen zustimmte. Über dem Türrahmen hing eine Tafel – eine Halbjahresarbeit von Henry L. Stimson, der als Junge ebenfalls in St. Benedict's gewesen war –, die, wie ich hoffte, meinen Schülern die Ironie nahebrachte, mit der die Geschichte Ehrgeiz belohnt. In tönernen Buchstaben stand da:

«Ich bin Shutruk-Nahhunte, König von Anshan und Susa,
Souverän des Landes Elam.
Auf Befehl von Inshushinak
zerstörte ich Sippar, nahm die Stele von Naram-Sin und brachte sie zurück nach Elam,
wo ich sie als Gabe an seinen Gott aufrichtete, Inshushinak.
Shutruk-Nahhunte, 1158 v. Chr.»

Ich habe die Jungen am ersten Tage in meiner Klasse immer auf die Tafel aufmerksam gemacht, einerseits, um sie über ihre Vorgänger in St. Benedict's ins Bild zu setzen, andererseits, um sie an das große Ziel und die Eroberung zu erinnern, die schon Jahrhunderte vor ihrer Geburt vergessen waren. Anschließend ließ ich einen von ihnen Shelleys *Ozymandias* rezitieren, von der Wand, wo es über meinem Tisch hing. Es ist für jeden Mann von Bedeutung entscheidend, die eigene Nichtigkeit im Zeitenwandel zu begreifen, und genau das hat mein Klassenzimmer den Jungen immer verdeutlicht.

Als der junge Sedgewick Bell an seinem ersten Tag in St. Benedict's auf der Schwelle zu jenem Klassenzimmer stand, war jedoch offensichtlich, daß derlei Bemühungen bei ihm verloren sein würden. Ich konnte sehen, daß er nicht nur ein Dummkopf, sondern auch ungehobelt war. Die Jungen trugen zufällig Togen, die sie mit Bettlaken und Sicherheitsnadeln tags zuvor zusammengesteckt hatten, spreizten die Knie auf den hölzernen Bänken wie Mitglieder das Magistrats, und ich geleitete sie durch die Aufzählung der Kaiser, als Mr. Woodbridge neben dem untersetzten, rotgesichtigen Sedgewick den Raum betrat und ihn der Klasse vorstellte.

Ich unterrichtete bereits seit mehreren Jahren, wie ich erwähnt habe, und ich kannte den Ausdruck verängstigter, verzweifelter Bravour auf dem Gesicht eines neuen Schülers.

Sedgewick Bell hatte ihn nicht. Statt dessen demonstrierte er Verachtung. Die Jungen, fünfzehn insgesamt, waren augenblicklich eingeschüchtert, empfanden ihre improvisierten Gewänder als Torheit, und einer von ihnen, Fred Masoudi, der Anführer der Dummköpfe – wenn er selbst auch alles andere als einer war –, sagte unter mildem Gelächter: «Wo ist deine Toga, Junge?»

Sedgewick Bell antwortete: «Deine Mutter hat wohl heute deine Hosen an.»

Ich brauchte einen Moment, um die Aufmerksamkeit der Klasse wiederzuerlangen, und als Sedgewick ein Platz zugewiesen war, schickte ich ihn an die Tafel und ließ ihn die Kaiser aufschreiben. Natürlich kannte er den Namen keines einzigen von ihnen, und meine Jungen mußten sie nennen und wiederholt seine Orthographie verbessern, während er mit schludriger Hand schrieb: «Augustus, Tiberius, Caligula, Claudius, Nero, Galba, Otho» und sich darüber lustig machte, was seine neuen Klassenkameraden da trugen, indem er die Beine in seinen kurzen Hosen unablässig hob und wieder neu ausrichtete. «Junger Mann», sagte ich, «hier geht es um gewichtige Dinge, und ich erwarte, daß du den Unterricht ernst nimmst.»

«Wenn ich den Unterricht ernst nehmen soll, warum laufen dann alle in Kleidern herum?» antwortete er, wieder unter Lachen, auch wenn Fred Masoudi mittlerweile die Schnur um seine Taille gelockert hatte und sich die Jungen um ihn herum in ihren Togen hin und her bewegten.

Von jenem ersten Tag an war Sedgewick Bell ein Flegel und Schläger, ein Dämpfer für die Erleuchtung der lerneifrigen Geister meiner Jungen und ein Lieferant jenes übelgesinnten Humors, der in einer Schule wie unserer wie Kerosin wirkt. Was ich meinen Jungen in jenem Halbjahr abverlangte, war einfach, daß sie die Fakten lernten, die ich ihnen in einem «Abriß der Geschichte des Alten Rom» präsentierte, von mir selbst im Laufe meiner Lehramtsjahre auf exakt vier engbetippte Seiten zusammengeschnitten. Sedgewick Bell jedoch zeigte dazu keine Neigung. Er war ein schlechter Schüler, und in seiner ersten Prüfung konnte er mir nicht einmal sagen, wer es war, den Marcus Antonius und Octavian in Philippi aufgespürt hatten, geschweige denn, zu wem Octavian später wurde, wenn auch jeder einfache Holzbock im Boden meines Klassenzimmers das mit Leichtigkeit hätte tun können.

Des weiteren begann er eine ganze Serie von Kapriolen, kaum daß er angekommen war, mit Blasrohr, Klebstoff und Reißnägeln. Natürlich ist es normal für einen neuen Schüler, seine Kameraden auf derlei Weise für sich einzunehmen, aber Sedgewick Bell fügte seinen im übrigen knabenhaften Streichen das gefährliche Element natürlicher Führerschaft hinzu – die auf der physischen Kraft seiner Züge beruhte. Er organisierte die Jungen. So ließen sie nach genau fünfzehn Minuten der Unterrichtsstunde gemeinsam ihre Stifte fallen, husteten oder schlugen die Bücher zu, was meine Hand, während sie noch an der Tafel schrieb, in die Luft fahren ließ.

An einer Jungenschule wird natürlich die Kunst der Bestrafung gepflegt, und wann immer es zu einer dieser Eskapaden kam, rief ich Sedgewick Bell auf, damit er mir eine Frage beantwortete. Allgemeines Gelächter folgte gewöhnlich, wenn er nach Antworten fischte, und obwohl Sedgewick selbst darin einstimmte, erforderte es doch keine große Hellsicht zu erkennen, daß die Taktik Erfolg haben würde. Die organisierten Vorfälle begannen weniger zu werden.

Im nachhinein betrachtet, war meine Strategie jedoch womöglich ein Fehler, denn einen Jungen von seiner eigenen Dummheit zu überzeugen, das heißt wahrlich, einen Giftpfeil abzuschießen. Vielleicht wäre Sedgewick Bells Leben ehrbarer verlaufen, hätte ich seine Beweggründe sofort erkannt und ihn gleich zu Beginn anders behandelt. Aber das sind die müßigen Spekulationen eines Lehrers. Was unbestreitbar stimmte, war, daß er auch weiterhin in seinen Prüfungen schlecht abschnitt, obwohl sich sein Benehmen in gewisser Hinsicht gebessert haben mochte, und so bestellte ich ihn in mein Büro.

In jenen Tagen bewohnte ich ein kleines Zimmer am Ende der großen Halle, das einst als Sklavenquartier gedient hatte, als St. Benedict's noch das Anwesen des Philanthropen und Pferdezüchters Cyrus Beck gewesen war. Nach all der Zeit, die ich an der Schule war, wohnte ich nicht mehr im Schlaftrakt der Neuankömmlinge, der sich hinten an meinen Raum anschloß, sondern stand ihm vor, so daß ich die meisten Jungen nur in dringenden Angelegenheiten sah. Verlegen traten sie dann vor mich hin.

War mein Bett gegen die Wand geklappt, wurde der Raum zu meinem Büro, und eines Tages im Winter seines ersten Jahres, nach dem Abendessen, klopfte Sedgewick Bell also an meine Tür und kam herein. Gleich begann er das Gelände zu erkunden und ließ die Augen, die den gleichen patrizischen Schnitt wie die seines Vaters hatten, vom Schreibtisch zu den Regalen und zum hochgeklappten Bett wandern.

«Setz dich, Junge.»

«Sie sind nicht verheiratet, oder, Sir?»

«Nein, Sedgewick, das bin ich nicht. Wir sind aber hier, um über dich zu sprechen.»

«Und deswegen stecken Sie uns so gern in Togen, stimmt's?»

Offen gesagt, hatte ich nie zuvor einen Jungen wie ihn erlebt, der im Alter von dreizehn seinen Schulmeister beleidigte, ohne daß er Gleichaltrige zum Publikum hatte. Er starrte mich geradeheraus an, die Hand am Kinn.

«Junger Mann», sagte ich und spürte seine Beweggründe mit plötzlicher Klarheit, «wir machen uns Sorgen über deine Leistung hier, und ich habe einen Termin vereinbart, um mit deinem Vater zu sprechen.»

Tatsächlich hatte ich noch nichts mit Senator Bell vereinbart, aber in diesem Moment begriff ich, daß ich es würde tun müssen. «Was soll ich dem Senator erzählen?» fragte ich.

Ein Zögern trat in seinen Blick. «Ich werde mich stärker bemühen, Sir, von heute an.»

«Gut, Sedgewick, gut.»

Und in der Tat, in derselben Woche noch spielten die Jungen die zentralen Szenen aus *Julius Caesar* nach, und Sedgewick las seine Zeilen ganz passabel und trug, soweit ich sehen konnte, wenig zu den gelegentlichen Kicheranfällen bei, die unter den langsameren Jungen umgingen. In der Woche danach gab es einen Test zum Triumvirat von Crassus, Pompeius und Caesar, und zum erstenmal kam er durch, mit einer Drei plus.

Dessenungeachtet erklärte ich ihm, daß ich mit seinem Vater sprechen würde, und genau das war ich entschlossen zu tun. Zu der Zeit erschien Senator Sedgewick Hyram Bell regelmäßig in den Zeitungen und im Radio, durch seinen Kampf gegen Trumans Plan einer allgemeinen Krankenversicherung, und ich bat einen derart bekannten Mann nur ungern um ein Gespräch über das Verhalten seines Sohnes. Im Radio hatte er die Stimme eines Tabakpflanzers, was ihm überall in West Virginia populistischen Anklang verschafft hatte, obwohl seine Einstellungen sicherlich nicht dafür standen. Ich war zu der Zeit Ende Zwanzig, und war ich auch mit Skrupeln und einer Ausbildung gewappnet, zitterten meine Hände doch, als ich die Nummer seines Büros wählte. Zu meiner Überraschung wurde ich gleich durchgestellt, und mit dem Schleppen in der Stimme, das ich gleich erkannte, willigte Senator Bell ein, mich an einem Nachmittag der nachfolgenden Woche zu empfangen. Der Mann genoß natürlich bereits landesweites Ansehen, und wenn auch jeder andere Vater zweifellos seinerseits die Reise nach St. Benedict's unternommen hätte, will ich doch zugeben, daß mich die Aussicht, den Mann in seinem Büro zu sehen, faszinierte. Also fuhr ich in die Hauptstadt.

St. Benedict's liegt inmitten der bukolischen Pferdeweiden des ländlichen Virginia, näher dem Geist der Carolinas als dem Marylands, obwohl man für die Fahrt nach Washington kaum mehr als eine Stunde benötigt. Der Bus folgte dem nebligen Serpentinenkurs des Passamic, kam dann in das Marschland, in dem sich heute die aus falschem Ziegel errichteten Vororte Washingtons ausbreiten, und setzte mich zuletzt in der Innenstadt ab, von wo ich den Rest meines Weges zu Fuß unternahm. Ich erreichte das Gebäude mit den Senatsbüros, als sich die Sonne bereits tief auf die kahlen Kirschbäume am Boden zubewegte. Ich hatte Angst, war jedoch entschlossen und redete mir zu, daß Sedgewick Hyram Bell Senator war, aber auch Vater, und ich kam mit einer Angelegenheit, die seinen Sohn betraf. Das Büro war grandios wie das eines Herzogs.

Ich hatte noch nicht lange im Vorzimmer gewartet, als der Mann selbst erschien. Lebhaft wie ein Kampfhahn platzte er durch eine Seitentür in den Raum, schlug mir auf die Schulter und drängte mich vor sich her in sein Büro. Natürlich war ich damals ein Novize in der Welt der Politik und hatte noch nicht begriffen, daß derlei Männer vor allem sympathisch waren. Er setzte mich in einen Ledersessel, bot mir eine Zigarre an, die ich ablehnte, und zeigte mir dann – mit wirklicher oder gekünstelter Verwunderung: vielleicht machte er dergleichen mit allen seinen Besuchern – ein antikes Seitengewehr, das ihm am Morgen von einem Wähler geschickt worden war und das einst, wie er sagte, dem Kutscher Robert E. Lees gehört hatte. «Sie sind doch in der Geschichte bewandert», sagte er. «Richtig?»

«Ja, Sir.»

«Dann nehmen Sie's. Das Ding gehört Ihnen.»

«Nein, Sir, das könnte ich nicht.»

«Nehmen Sie das verfluchte Ding.»

«Also gut – wenn Sie es so wollen.»

«Nun dann, was bringt Sie in dieses trübsinnige kleine Büro?»

«Ihr Sohn, Sir.»

«Was zum Teufel hat er jetzt wieder getan?»

«Sehr wenig, Sir. Wir sorgen uns, daß er den Stoff nicht lernt.»

«Und der wäre?»

«Wir beschäftigen uns im Moment mit den Römern, Sir. Die Republik haben wir hinter uns gelassen und befinden uns nun im Kaiserreich.»

«Ah», sagte er. «Seien Sie übrigens vorsichtig damit, das hat immer noch Zunder.»

«Ihr Sohn scheint dem allein keine Beachtung zu schenken, Sir.»

Er hielt mir noch einmal die Zigarren quer über den Schreibtisch hin und biß dann von seiner eigenen das Ende ab. «Sagen Sie mir», setzte er neu an und paffte dabei an dem Ding, bis es plötzlich brannte, «was ist der Nährwert von dem, was Sie den Jungs beibringen?»

Das war eine Frage, auf die ich gut vorbereitet war, glücklicherweise, da ich gerade erst einen kurzen Artikel im *St. Benedict's Crier* geschrieben hatte, in dem ich auf genau diese Herausforderung antwortete, die ein Junge dort anonym vorgebracht hatte. «Wenn sie von der Herrschaft des Augustus Caesar lesen», sagte ich ohne Zögern, «wenn sie lernen, daß sich seine Regentschaft auf den Handel stützte, auf ein Postsystem und die Künste, auf die Reformierung des Senats und die Verbesserung eines ungerechten Steuersystems, wenn sie die Auswirkungen des wissenschaftlichen Fortschritts durch den Zensus und das beneidenswerte Netz römischer Straßen erkennen, wenn sie erkennen, wie diese Fortschritte die Menschheit aus einer Welt brutaler Rivalitätskämpfe von Potentaten in die zwei Jahrhunderte einer Pax Romana geführt haben, dann verstehen sie auch die Bedeutung von Charakter und hohen Idealen.»

Er paffte an seiner Zigarre. «Na, der Gaul kann reden», sagte er. «Und Sie wollen mir sagen, mein Sohn Sedgewick steckt mit dem Kopf irgendwo in den Wolken?»

«Es ist meine Aufgabe, Sir, den Charakter Ihres Sohnes zu formen.»

Er dachte einen Moment lang nach und fingerte dabei träge nach einem Streichholz. Dann wurde sein Blick streng. «Es tut mir leid, junger Mann», sagte er langsam, «aber das werden Sie nicht tun. Ich werde ihn formen. Sie unterrichten ihn nur.»

Das war das Ende meiner Befragung, und mir wurde freundlich die Tür gewiesen. Ich war natürlich aufgewühlt und fand mich bereits im Aufzug, bevor ich überhaupt konstatieren konnte, was vorgefallen war. Senator Bell war durchaus sympathisch, wie ich bereits bemerkt habe, aber er hatte mir ohne Zweifel eine Abfuhr erteilt, und als ich zurück zur Bushaltestelle lief, die Waffe tief in meiner Aktentasche verstaut, überdachte ich, was es bedeuten mochte, von solch einem Tyrannen großgezogen worden zu sein. Meine Gefühle für den jungen Sedgewick wurden etwas wärmer.

Zurück in St. Benedict's, erkannte ich darüber hinaus, daß meine Worte offenbar auf den Jungen gewirkt hatten, denn in den nachfolgenden Wochen setzte er seinen mühevollen Aufwärtskurs fort. Er bestand zwei weitere Prüfungen, eine mit einer Eins minus. Als Halbjahresaufgabe baute er eine zulängliche Papiermaché-Nachbildung des Hadrianstors, und im Unterricht wirkte er unter der Gruppe der Nichtstuer, in der er saß, weniger als Störenfried, wenn er nicht sogar aufpaßte.

Das ist es natürlich, woraus ein Lehrer den Nektar seiner Existenz saugt: daß er einzelne Schüler von der Dunkelheit ins Licht führt, und ich gebe zu, daß ich mich in jenem Halbjahr besonders um Sedgewick Bell gekümmert habe. Wenn ich bei seinen Prüfungen im Zweifel für ihn entschied und er gleich zwei Noten übersprang, wenn ich anfing, ihn im Unterricht nur bei den Fragen aufzurufen, bei denen ich Grund zu der Annahme hatte, daß er sie beantworten konnte, dann bemühte ich mich, die aufkeimende Neugier eines Jungen zu ermutigen, der tapfer dem formidablen Schatten seines Vaters zu entkommen suchte.

Das Herbsthalbjahr neigte sich langsam dem Ende zu, und die Schüler hatten aufgeregt mit den Vorbereitungstests für den jährlichen «Mr.-Julius-Caesar»-Wettbewerb begonnen. Und auch hier, nehme ich an, kümmerte ich mich auf meine eigene Weise um Sedgewick. «Mr. Julius Caesar» ist eine Tradition in St. Benedict's, verehrt von den Jungen und jene Art mythischen Rituals, die den Lebensnerv einer Schule wie unserer darstellt. Es ist ein Wettstreit in zwei Stufen. Zunächst gibt es ein Auswahlmanöver in Form eines Dutzends Prüfungen, aus denen drei Jungen des ersten Jahrgangs als Sieger hervorgehen. Darauf folgt ein öffentliches Turnier, in welchem diese drei vor versammelter Schülerschaft die Bühne besteigen und Fragen über das alte Rom beantworten, bis einer den Triumph davonträgt wie einst Caesar gegen Crassus und Pompeius. Eltern und Ehemalige füllen das Auditorium. Vor Mr. Woodbridges Büro hängt eine Tafel mit den Preisträgern der ersten Hälfte dieses Jahrhunderts – eine Liste, die mit John F. Dulles im Jahre 1901 beginnt –, und mag das Ritual auch jenen, die nicht in St. Benedict's waren, kurios erscheinen, so kann ich doch nur sagen, daß man an einer Schule wie der unseren die Bedeutung solch eines öffentlichen Turniers gar nicht überschätzen kann.

In jenem Jahr hatte ich drei klare Anwärter: Fred Masoudi, der, wie ich andeutete, in gewisser Weise eine Begabung war, Martin Blythe, einen eifrigen Charakter, und Deepak Mehta, den Sohn eines Bombayer Mathematikers, der schrecklich ruhig war, aber eindeutig mein bester Schüler. Deepak hatte sich ganz für sich außerhalb des Unterrichts mit den verschiedenen Völkern beschäftigt, von den Karthagern bis zu den Ägyptern, die von den Römern unterworfen worden waren.

Gegen Ende der Vorausscheidung kam es jedoch zu einer überraschenden Konfiguration: Sedgewick Bell hatte sich um wenige Punkte bis an den Dritten herangearbeitet.Und jetzt machte ich meinen ersten Fehler. Obwohl ich es zweifellos hätte besser wissen sollen, war ich von Sedgewicks Anstrengungen beeindruckt genug, um eine der Grundregeln des Unterrichtes zu brechen: Ich gab ihm eine Eins für einen Test, der nur eine Zwei verdient hätte, und indem ich das tat, ließ ich ihn Martin Blythe überspringen. Am fünfzehnten März, als die drei Finalisten ihre Plätze auf der Bühne vor der versammelten Schule einnahmen, war Sedgewick Bell unter ihnen, und sein Vater war unter den Zuschauern.

Die drei Jungen hatten für den Anlaß ihre Togen angelegt und waren um das Podium arrangiert, auf dem ein Zinkteller den Siegerkranz aus grüner Seide darbot, den ich am Ende des Morgens über die Braue des Siegers senken würde. Als Fragesteller stand ich in der Mitte der ersten Reihe, neben Mr. Woodbridge.

«Welche Sprache sprachen die Sabiner?»

«Oskisch», antwortete Fred Masoudi, ohne zu zögern.

«Wer bildete das zweite Triumvirat?»

«Marcus Antonius, Octavian und Marcus Aemilius Lepidus, Sir», antwortete Deepak Mehta.

«Wer wurde in Philippi geschlagen?»

Sedgewick Bells Augen zeigten keinerlei Erkennen. Er senkte den Kopf in die Hände, als strenge er seinen Geist bis aufs äußerste an, und in der ersten Reihe sank mir das Herz. Einige

Jungen im Publikum fingen an zu flüstern. Sedgewicks Bein unter seiner Toga begann zu zittern. Als er wieder aufsah, fühlte ich, daß ich es war, der ihn in diese unhaltbare Situation gebracht hatte, ich, der eine zarte Knospe zu früh der Hitze ausgesetzt hatte, und ich fragte mich, ob er mir je vergeben würde, aber dann, ohne Vorwarnung, lächelte er leicht, faltete die Hände und sagte: «Brutus und Cassius.»

«Gut», sagte ich instinktiv. Dann sammelte ich mich wieder. «Wer setzte Romulus Augustulus, den letzten Kaiser des Westreiches, ab?»

«Odoaker», sagte Fred Masoudi und fügte dann noch hinzu: «Im Jahre 476.»

«Wer führte die Berufsarmee in Rom ein?»

«Gaius Marius, Sir», antwortete Deepak Mehta und fügte dann seinerseits hinzu: «104 vor Christus.»

Als ich Sedgewick seine nächste Frage stellte – «Wer war der führende karthagische General im zweiten Punischen Krieg?» –, empfand ich eine Art Unbehagen, da die Jungen im Auditorium zu spüren schienen, daß ich ihn mit einer leichteren Frage bevorzugte. Dennoch sank sein Kopf erneut in seine Hände, und wieder schien er bis an die Grenzen seines Gedächtnisses vorzudringen, bevor er aufsah und die eindeutig richtige Antwort hervorbrachte: «Hannibal.»

Ich war entzückt. Er bewies nicht nur, daß es das Risiko wert gewesen war, auf ihn zu setzen, sondern er zeigte den flüsternden Jungen im Publikum auch noch, wie, wenn man unter Beschuß genommen wurde, Disziplin genaues Denken ermöglichte. Mittlerweile waren sie verstummt, und ich hatte plötzlich die ermutigende Vorahnung, daß Sedgewick Bell uns nach allem noch überraschen würde, daß seine schildkrötengleiche Bedachtsamkeit ihn am Ende des Morgens den Lorbeer würde gewinnen lassen.

Die nächsten Fragerunden liefen ganz nach der Art der ersten beiden ab. Deepak Mehta und Fred Masoudi antworteten, ohne zu zögern. Sedgewick Bell erst nach einer langwierigen, bewußt gewählten Bedenkzeit. Was ich feststellte, war im übrigen, daß sich sein Stil ausgezeichnet fürs Theater eignete. Die Eltern waren, wie ich sehen konnte, beeindruckt, und Mr. Woodbridge neben mir, der ohne Zweifel bereits an die nächste jährliche Betteltour dachte, lächelte breit.

Nachdem ein Junge aus dem zweiten Jahrgang jedem der Wettbewerber ein Glas Wasser gebracht hatte, ging ich zur nächsten Stufe von Fragen über. Sie waren wegen ihrer Schwierigkeit ausgewählt worden, und in der ersten Runde schied Fred Masoudi aus, der nicht wußte, wie die Kinder von Augustus hießen. Er verließ die Bühne und bewegte sich zurück unter seine dumpfen Anhänger im Publikum. Entsprechend der Regel im Uhrzeigersinn weitergegeben, ging die Frage an Deepak Mehta, der sie korrekt beantwortete, gefolgt von der nächsten, die König Jugurtha von Numidien betraf. Dann mußte ich, da mir keine Wahl blieb, Sedgewick etwas Schwieriges fragen: «Welcher General genoß die Unterstützung der Patrizier im Bürgerkrieg von 88 vor Christus?»

Zur Seite hin konnte ich sehen, wie etliche Eltern die Lippen vorschoben und ihre Brauen zusammenzogen, aber Sedgewick schien den höheren Schwierigkeitsgrad der Frage nicht einmal zu bemerken. Wieder ließ er den Kopf in die Hände fallen. Mittlerweile erwartete das Publikum, daß er sich bedachte, und alle saßen ruhig dar. Man konnte das Summen der Belüftungsanlage und das Tropfen der Eiszapfen draußen hören. Sedgewick Bell ließ die Augen nach unten fahren, und in diesem Augenblick begriff ich, daß er betrog.

Ich hatte meine Anstellung direkt nach meinem Abschluß am Carlton College angetreten, mit einundzwanzig, war wegen Kurzsichtigkeit am Armeedienst vorbeigekommen und trug in mir die Hoffnung, meinen Jungen jene bedeutendere Vision vermitteln zu können, die ich meinen klassischen Studien verdankte. Ich wußte, daß sie auf Herausforderungen am besten reagierten. Ich wußte, daß sie ein Lehrer, der sie in diesem Alter verhätschelte, nur zurückhielt, daß er sie so lang am Busen ihrer Mütter hielt, daß sie willensschwach durch die Schule gingen und später auch durchs College. Die besten meiner eigenen Lehrer waren Tyrannen gewesen. Ich erinnerte mich gut daran. Und doch empfand ich in jenem Moment unerklärliches Mitleid mit diesem Jungen. War es einfach die Demütigung, die wir beide durch seinen Vater erfahren hatten? Ich starrte durch meine Brille auf die Bühne und wußte gleich, daß er den «Abriß der Geschichte des Alten Rom» innen an seiner Toga befestigt hatte.

Ich weiß nicht, wie lange ich dort stand, zwischen der Schule, die hinter mir versammelt war, und den beiden Jungen vor mir, aber nach einer Zeit innerer Einkehr, während derer ich aufkommendes Murmeln im Publikum vernahm, beschloß ich, daß es für Sedgewick Bell auf lange Sicht besser sein würde, ertappt zu werden. Oh, die Schlacht verloren wegen einer einzigen versagenden Muskete! Ich lehnte mich zu Mr. Woodbridge neben mir und flüsterte: «Ich glaube, Sedgewick Bell betrügt.»

«Ignorieren Sie's», flüsterte er zurück.

«Was?»

Natürlich hatte ich großen Respekt für das, was Mr. Woodbridge während der Jahre, die er unter uns war, für St. Benedict's tat. Die Welt eines Rektors ist weit komplizierter als die eines Lehrers, und es ist historisch inopportun, einem einzelnen Ereignis in der Kindheit die Schuld für ein ganzes verkorkstes Leben zuzuschieben. Dennoch hätte ich selbst zu unseren Prinzipien gestanden, hätte Mr. Woodbridge an diesem Punkt nicht gesagt: «Ignorieren Sie's, Hundert, oder suchen Sie sich einen neuen Job.»

Selbstverständlich verblüfften mich die Worte des Rektors für einen Moment, aber da ich mit den Notwendigkeiten einer Jungenschule vertraut war und mir erst kurz zuvor meine ersten Gedanken darüber gemacht hatte, selbst einmal Rektor zu werden, nickte ich nur, als Sedgewick Bell die richtige Antwort hervorbrachte: «Lucius Cornelius Sulla.» Dann ging ich weiter zur nächsten Frage, die Scipio Africanus Major betraf. Deepak Mehta beantwortete sie korrekt, und ich wandte mich erneut Sedgewick Bell zu.

In einer Position moralischer Führerschaft gebiert ein Kompromiß immer weitere, natürlich, und wenn ich das heute auch aus eigener Erfahrung weiß, so tat ich es damals nur aus dem Studium der Geschichte. Vielleicht verspürte ich deshalb erneut unhaltbares Erbarmen, das mir die Gedanken trübte. Welche Art von Verzweiflung brachte einen Jungen dazu, auf offener Bühne zu betrügen. Sein Vater und seine Mutter saßen weit hinten im Saal, aber als ich hinter mich blickte, fand mein Auge sie sofort, ganz so, als wären sie meine Eltern, aus Kansas City herübergekommen. «Wer waren die ersten Kaiser, die das geteilte Reich regierten?» fragte ich Sedgewick Bell.

Wenn man den Trick des Zauberers kennt, liegt das Erstaunliche nur noch in seiner Offensichtlichkeit, und als Sedgewick Bell diesmal den Kopf senkte, sah ich klar das nervöse Flattern seines Blicks, der sich in die Toga richtete. Ja, ich stellte mir vor, wie er den gesamten, in den Körper geklebten «Abriß» überflog, von Augustus bis Jovian, bis er die Antwort fand, die er dann, Nachdenken vortäuschend, laut aussprach: «Valentinian I. und Valens.»

Plötzlich rief Senator Bell aus: «Das ist mein Junge!»

Die Menge toste, und mich kam das unvermittelte unentschuldbare Verlangen an, den Wettbewerb zugunsten des jungen Sedgewick Bell zu beeinflussen. Ein paar Augenblicke später jedoch, durch den abschwellenden Tumult hindurch, hörte ich die zarte, akzentgefärbte Stimme einer Frau, die Deepak Mehtas Namen aussprach, und ich nehme an, es war die Gegenwart seiner Mutter, die mich endlich wieder zu Sinnen brachte. Deepak beantwortete die nächste Frage – zu Diokletian – korrekt, und ich wandte mich erneut Sedgewick Bell zu und fragte ihn: «Wer war Hamilkar Barkas?»

Natürlich wußte allein Deepak, daß die Antwort nicht im «Abriß» stand, denn Hamilkar Barkas war ein phönizischer General, den die Römer am Ende in die Flucht schlugen: und allein Deepak hatte sich, wie ich angemerkt habe, die Mühe gemacht und die unterworfenen Völker studiert. Einen Moment lang sah er mich mit großen Augen an – weil er begriff? dankbar war? mein Vorgehen mißbilligte? –, während Sedgewick Bell neben ihm erneut den Kopf in die Hände senkte. Nach einer langen Pause bat mich Sedgewick, die Frage zu wiederholen.

Ich tat es, und nach einer weiteren langen Pause kratzte er sich den Kopf. Endlich sagte er: «Oh, Gott.»

Die Jungen im Publikum lachten, aber ich drehte mich herum und beruhigte sie. Dann stellte ich Deepak Mehta dieselbe Frage, der sie natürlich richtig beantwortete und dafür mit Applaus bedacht wurde, der freundlich war, aber nicht anhaltend.

Ich begriff jedoch erst, als ich die Bühne bestieg, um Deepak den Lorbeer zu überreichen, und einen Blick auf Mr. Woodbridge warf, daß auch er sich gewünscht hatte, ich würde den Wettbewerb zugunsten von Sedgewick Bell beeinflussen. Gleichzeitig sah ich Senator Bell auf den hinteren Ausgang zustreben. Der junge Sedgewick stand schlapp neben mir, und ich glaube, damals begann ich zu ahnen, welche ungeheuren Kräfte das Leben dieses Jungen verdrehen sollten. Ich konnte seine Gedanken nur erahnen, wie er da auf der Bühne stand, während seine Mutter, die sich mühte, den Senator nicht zu verlieren, hinten durch die Feuertür verschwand. Am nächsten Morgen schon würden unsere Kalligraphen Deepak Mehtas Namen in die Tafel vor Mr. Woodbridges Büro gravieren, und Sedgewick Bell würde seine lebenslange Jagd nach dem verpaßten Ruhm beginnen.

Und doch, vielleicht wegen der Enttäuschung, die ich in Mr. Woodbridges Augen erkennen konnte, schien ich auf eine Weise derjenige zu sein, der den Jungen zum Verlierer gemacht hatte, und kaum daß der Saal leer war, ging ich zu seinem Zimmer. Ich fand ihn auf seinem Bett sitzend, immer noch in der Toga, den Blick aus dem kleinen Fenster auf die Lacrosse-Felder gerichtet. Ich konnte die Blätter meines «Abrisses» innen in sein Gewand geheftet sehen.

«Nun, junger Mann», sagte ich und klopfte an den Türrahmen, «das war nun wirklich eine interessante Leistung.»

Er wandte sich vom Fenster ab und sah mich kalt an. Über das, was er als nächstes tat, habe ich im Laufe der Jahre oft nachgedacht, über die labyrinthische Verschlagenheit, und ich kann die Altklugheit seines Manövrierens allein der bitteren Erziehung zuschreiben, die er zu Hause genossen haben muß. Als ich da vor ihm in der Tür stand, langte sich Sedgewick Bell in die Toga und zog, eines nach dem anderen, die Blätter meines «Abrisses» hervor.

Ich trat ein und schloß die Tür. Jeder Lehrer kennt eine Reihe Jungen, die ihr Bestes tun, um von der Schule verwiesen zu werden, das ist ein Allgemeinplatz in einer Schule wie unserer, aber kaum daß ich die Tür zu seinem Zimmer schloß und er das mit einem katzenhaften Lächeln beantwortete, wußte ich, daß Sedgewick Bells Absicht ganz und gar nicht darauf zielte.

«Ich wußte, Sie hatten's gesehen», sagte er.

«Ja, das ist richtig.»

«Wie kommt's, daß Sie nichts gesagt haben – nun, Mr. Hundert?»

«Das ist eine komplizierte Angelegenheit, Sedgewick.»

«Weil mein Pa da war.»

«Mit deinem Vater hat das nichts zu tun.»

«Sicher, Mr. Hundert.»

Offen gestanden, war ich nach dem, was Mr. Woodbridge mir im Theatersaal gesagt hatte, und angesichts dieser unverfrorenen Anschuldigung des Jungen am Ende meiner Weisheit. Ich trat nun meinerseits ans Fenster und ließ die Augen über das Schulgelände wandern, damit sie sich nicht auf den dunklen, anklagenden Blick Sedgewick Bells einlassen mußten. Was passiert in einem Akt der Unterlassung, wie ich ihn begangen hatte? Selbstverständlich schiebe ich Mr. Woodbridge keine Schuld zu, genausowenig wie ein Soldat seinen Hauptmann beschuldigen kann. Die Sache war, daß ich mich, statt meinem eigenen Moralkodex Nachdruck zu verleihen, von Sedgewick Bell ganz in seine Sichtweise hatte hineinziehen lassen. Ich wußte zu der Zeit noch nicht, wie verdorben die Tat war, die ich begangen hatte, obwohl ich glaube – und das ist besonders beunruhigend –, daß Sedgewick Bell es mit seinen dreizehn Jahren schon verstand.

Er wußte ebenfalls, daß ich die Sache nicht weiterverfolgen würde, brachte ich die nachfolgenden Tage auch damit zu, eine disziplinarische Maßnahme in Erwägung zu ziehen. Jedesmal, wenn ich mich zu dem Entschluß durchgerungen hatte, den Namen des Jungen dem Ehrenkomitee vorzulegen, schwand meine Überzeugung auch schon wieder, denn gleich kam ich mir selbst wie ein Verbrecher vor, der einen anderen anzeigt. Ohne

Unterlaß focht ich diesen Kampf aus – in meinem einfachen Zimmer, an dem langen, zerkratzten Tisch, dem ich im Speisesaal vorsaß, und vor der staubigen Wandtafel im Unterricht. Ich fühlte mich wie ein erschöpfter Schwimmer, der an einer glitschigen Wand aus der See zu klettern versuchte.

Zudem fand ich mich allein in meiner Zwangslage, denn an einer Internats-Fakultät, die gefährlich wie ein mittelalterlicher Hof ist, diskutiert man nicht öffentlich die Untaten eines Jungen. Das trifft selbst zu, wenn der Junge nicht der Sohn eines Senators ist. Der einzige Lehrer, dem ich in meiner Situation tatsächlich zu trauen beschloß, war Charles Ellerby, unser neuer Lateinlehrer und ein verwandter Liebhaber der Antike. Ich hatte Charles Ellerby von unserem ersten Treffen an gemocht, da er ein Moralist nicht der verwaschenen Art war, und tatsächlich, als ich ihn über Sedgewick Bells Verhalten und die Reaktion von Mr. Woodbridge ins Vertrauen zog, wies er mich darauf hin, daß es meine Pflicht sei, den Rektor zu umgehen und mich direkt an den Vater des Jungen zu wenden. Natürlich sah ich den Sinn darin, obwohl ich wußte, daß es schwierig sein würde. Ich beschloß, ein weiteres Mal mit Senator Bell zu sprechen.

Weniger als eine Woche jedoch nachdem ich begonnen hatte, Mut für die Ausführung meines Vorsatzes zu fassen, rief mich der Senator von sich aus an. Nach ein paar Augenblicken freundlichen Hin und Hers, während deren er sich nach der Waffe erkundigte, die er mir geschenkt hatte, sagte er schroff: «Junger Mann, mein Sohn hat mir erklärt, daß die Hannibal-Barkas-Frage nicht auf der Liste stand, die er hat lernen müssen.»

Das war nun wirklich ein Schlag. Selbst vom jungen Sedgewick Bell hatte ich eine solche Dreistigkeit nicht erwartet. «Die Schlange, die du am Busen genährt . . .», sagte ich, ehe ich mich fassen konnte.

«Entschuldigung?»

«Der phönizische General hieß Hamilkar Barkas, Sir, nicht Hannibal.»

Der Senator machte eine Pause. «Mein Sohn sagt, daß Sie ihm eine Frage gestellt haben, die nicht auf der Liste stand, deren

Antwort der orientalische Bursche aber von vornherein wußte. Er fühlt sich unfair behandelt, das ist alles.»

«Es ist eine komplizierte Situation, Sir», sagte ich. Erneut faßte ich Mut, indem ich mir vorstellte, was Charles Ellerby unter diesen Umständen tun würde. Doch kaum hatte ich beschlossen, den Senator mit der Wahrheit zu konfrontieren, wurde mir eindeutig bewußt, daß ich nicht die Statur hatte, es zu tun. Ich glaube, das war Sedgewick Bell sei langem klar.

«Ich bin sicher, daß sie kompliziert ist», sagte Senator Bell. «Aber glauben Sie mir, es gibt noch kompliziertere. Nun, ich verlange nicht, daß Sie nachträglich noch was an der Sache ändern, verstehen Sie. Mein Sohn hat mir viel von Ihnen erzählt, Mr. Hundert. Wenn ich Sie wäre, würde ich das nicht vergessen.»

«Ja, Sir», sagte ich, obwohl ich wußte, daß er bereits aufgelegt hatte.

Und so begann für Sedgewick Bell und mich ein unguter Bund, der bis ans Ende seiner Zeit in St. Benedict's dauern sollte. Von jenem Tag an war er erneut ein kläglicher Schüler, der ständig hinter der Klasse herkrebste, die selbst nur ein schwacher Abglanz der gloriosen, längst vergangenen Jahrgänge eines John Foster Dulles oder Henry Stimson war. Seine Prüfungen waren Scheußlichkeiten und seine Aufsätze der erbärmliche Abklatsch dessen, was die Jungen um ihn herum verfaßt hatten. Im Studierzimmer schwätzte er liebenswürdig, rauchte Zigaretten im Wäschezimmer, und wenn er im Unterricht aufgerufen wurde, konnte man sich darauf verlassen, daß er blinzelte und stotterte, als hätte man ihn aus dem Schlaf gerissen.

Und vielleicht waren die glorreichen Tage von St. Benedict's auch bereits im Verblassen begriffen, denn damals schon, lange bevor uns die großen Probleme bedrängten, wurde nichts mehr gegen den Jungen unternommen. Für Charles Ellerby und mich wurde er zu einem Symbol, Beweis der ersten Ranken moralischen Verfalls, die sich um Balken und Bohlen unserer Schule zu winden schienen. Obwohl wir niemandem sonst von seinem Geheimnis erzählten, gelang es seiner dümmlichen Aufsässigkeit schon bald, alles und alle – bis auf die anderen Schüler – von ihm zu entfremden. Sein zweites und drittes Jahr verstrichen ruhmlos wie sein erstes, und zu Beginn seines letzten war er bei den Kollegiumsmitgliedern, welche die Schule in Tagen des Ruhms gekannt hatten, in eine geradezu mythische Verrufenheit hineingewachsen.

Auch körperlich war er gewachsen, und wenn ich mit ihm auf dem Campus zusammentraf, behauptete er das Feld gegen meinen mißbilligenden Blick, indem er finster zurückstarrte. Um die Sache noch zu komplizieren, hatte er es trotz seines flegelhaften Charakters zu wirklich beeindruckender Beliebtheit unter seinen Schulkameraden gebracht, und nur dem raffinierten Eingreifen einiger seiner Lehrer war es zu verdanken, daß es ihm zweimal mißlang, den Vorsitz der Schülervertretung zu erlangen. Aus seinem Gang war ein Stolzieren geworden. Seine Beliebtheit bei den anderen Jungen rührte natürlich aus seiner körperlichen Kraft, dem frühreifen Bösen seiner Art und dem grölenden Timbre seiner Stimme, aber unglücklicherweise sind derlei Ungehobeltheiten für eine Gruppe von Jungen, die nicht bei ihren Eltern leben, nur um so beeindruckender.

Das soll nicht heißen, daß das Kollegium von St. Benedict's die Hoffnung für Sedgewick Bell aufgegeben hätte. Die Laufbahn eines Lehrers ist schließlich durchsetzt mit schwierigen Schülern wie ihm, und trotz der Erwartungen konnte man nicht anders, als ihm die Daumen zu drücken, daß es am Ende doch noch zu einer Wiedereingliederung käme. Und wie alle anderen Lehrer hoffte auch ich weiter für Sedgewick Bell. In seinen Anfällen von Verderbtheit und geistiger Schwäche suchte auch ich weiterhin nach Lichtblicken von Disziplin und Fortschritt.

In seinem letzten Jahr jedoch, als ich Dekan des Senior-Jahrgangs geworden war, wurde klar, daß Sedgewick Bell sich nicht ändern würde, zumindest nicht, solange er noch in St. Benedict's war. Trotz seiner machtvollen Ausgangsposition war es ihm nicht einmal gelungen, zur staatlichen Universität zugelassen zu werden. So händigte ich ihm dann im Frühjahr 1949 sein Abschlußzeugnis mit einem Gefühl des Versagens aus, auf einer eigens errichteten Bühne am Nordende des großen Felds, über das er nach vorne trat und meinen mißbilligenden Blick mit dem eigenen matten beantwortete, um sich gleich wieder zu trollen und zu seinen Freunden zu setzen.

So war es eine Überraschung, als ich aus der Richmonder *Gazette* siebenunddreißig Jahre später erfuhr, daß Sedgewick Bell zum Vorsitzenden von EastAmerica Steel aufgestiegen war, zu der Zeit der zweitgrößte Konzern in Amerika. An einem Morgen im Winter 1987 stieß ich auf die Nachricht, dem Jahr meiner großen Probleme mit St. Benedict's, als ich im Haus des stellvertretenden Rektors im ostwärts gerichteten Frühstückszimmer die Zeitung las. Wie jeder weiß, war die Lage für St. Benedict's mittlerweile schwierig geworden, und ein gehöriger Teil meiner Arbeit bestand darin, mich nach möglichen Geldgebern für die Schule umzusehen. Unverzüglich schrieb ich Sedgewick Bell einen Brief.

Sah man von den fünf oder sechs Jahren ab, während derer ein Klassenkamerad dem *Benedictine* geschrieben hatte, wo Sedgewick Bell sich gerade befand, hatte ich seit dessen Abschluß so gut wie nichts mehr über den Jungen gehört. Das war natürlich ungewöhnlich, da St. Benedict's stets herausstellt, über den Werdegang seiner Abgänger informiert zu sein, und ich kann nur annehmen, daß Sedgewick Bells Fehlen in den jährlichen Ehemaligen-Briefen ausdrücklich von ihm gewollt war. Man fragt sich, wieviel von einem Jungen im Mann fortlebt. Es ist in der Tat ein seltener Vorteil, den ein Lehrer in St. Benedict's hält: unsere Staatsmänner, unsere Politiker und unsere Industriekapitäne aus ihren Tagen zu kennen, da sie kurze Hosen trugen und im Unterricht Streiche vollführten, und ich gestehe, daß mich eine gewisse Wehmut befiel, als ich den Brief verfaßte.

Seit Sedgewick Bells Abschluß war meine Laufbahn natürlich durch jenen stetigen Aufstieg gekennzeichnet gewesen, den die großen Schulen ihren ihnen ergebenen Lehrern gewähren. Zehn Jahre nach seinem Abgang war ich vom Dekan der Seniors zum Dekan der Upper-School und dann der Academics geworden, ein Posten, den manche als Degradierung empfinden mögen, den ich jedoch mit Ehrfurcht annahm, da er mir die Möglichkeit verschaffte, auf den Geist einer ganzen Generation einzuwirken. Damals unterlag das Land den Wirren gewalttätiger, krampfhafter Ablehnung der Tradition, und ich sah eine besondere Dringlichkeit darin, meinem Auftrag zu folgen und einen Kurs zu halten, der die Jungen eines ganzen Jahrhunderts durch den Aufstieg und Fall alter Zivilisationen geführt hatte.

In jenen Tagen waren die Konferenzen von Kollegium und Vorstand bittere Angelegenheiten, in denen unter großem Druck versucht wurde, das über die Zeiten erprobte Curriculum der Schule zu ändern. Einen Kurs zu planen glich der Aufnahme einer Schlacht, und einen neuen Lehrer anzustellen war wie die Krönung eines Königs. Wann immer einer unserer Oberen in den Ruhestand trat oder an eine andere Schule wechselte, kämpften die verschiedenen Fraktionen bis aufs Blut, um die Neubesetzung zu beeinflussen. Ich war, wie ich angemerkt habe, zu der Zeit Dekan der Academics, und so fanden jene Scharmützel rings um meinen Fuchsbau statt. Bei kleineren Berufungen gab ich oft nach und sammelte so Kraft für die größeren, bei denen ich mich mit Leib und Seele in den Kampf warf.

Es war besonders eine Gelegenheit, zu der St. Benedict's an einen Scheideweg geriet, mitten in jenem Jahrzehnt, da unser Land sein Ziel aus den Augen verlor. Der Leiter der Geisteswissenschaften und Altphilologie war in den Ruhestand getreten, und zwischen Charles Ellerby und einem Kandidaten von außerhalb brach ein offener Kampf um die Nachfolge aus. Eine Konferenz folgte, in welcher mein Freund und jener andere Mann vor Kollegium und Vorstand sprachen, und obwohl ich nicht zu sehr ins Detail gehen möchte, sei doch gesagt, daß der Außenkandidat glaubte, daß die Geschichtswissenschaft durch die Fortschritte unserer Gesellschaft kaum etwas anderes mehr sei als ein lange überholtes Relikt.

Oh, welch armseligen Geistes jene Zeiten doch waren! Die zwei Heerlager saßen sich in unserer Kapelle gegenüber, während die Sprecher einer nach dem anderen ihren Feldzug am Podium austrugen. Die Auseinandersetzung entwickelte sich schnell zu einem Forum über die Relevanz der Vergangenheit.

Lehrer nach Lehrer debattierte das Gewicht dessen, was wir im Unterricht über Generationen gelehrt hatten, und Beteuerung auf Beteuerung wurde mit Buhs und Applaus bedacht. Wut entbrannte. Ein mächtiges Mitglied des Vorstands war in Bluejeans und Batikhemd zur Konferenz erschienen, und nachdem wir etliche Stunden diskutiert hatten und alle erschöpft waren, trat dieser Mann vor und forderte mich ganz persönlich heraus, an Ort und Stelle mit ihm über die Verdienste der römischen Geschichte zu debattieren.

Er war durchaus redegewandt und entschied sich, sein Plädoyer als erster vorzubringen, so daß ich als er seinen Angriff auf die Antike beendet hatte, spürte, daß mein Kampf für Charles Ellerby – und die Geschichte selbst – fast schon verloren war. Mein Herz trug schwer, denn wenn wir unseren Fall schon hier unter Lehrern nicht gewinnen konnten, wo dann wohl sonst noch? Im Saal herrschte Schweigen, und auf der anderen Seite der Kapelle rückten unsere Gegner näher auf den Bänken zusammen.

Als ich aufstand, um meine Berufung zu verteidigen, spürte ich jedoch auch, daß ein Sieg nicht ganz außerhalb meiner Möglichkeiten lag. Ich bin kein besonders begabter Redner, doch als ich meinen Platz auf der Kanzel einnahm, im bernsteinfarbenen Glühen des kleinen Rosettenfensters über uns, wurde ich von der plötzlichen Überzeugung erfaßt, daß mich die großen Männer der Geschichte nach vorn schickten, ihre Taten zu bewahren. Charles Ellerby sah zu mir auf und biß sich auf die Lippe, und plötzlich erinnerte ich mich an die Antwort, die ich vor langer Zeit für den *Crier* verfaßt hatte. Die Worte entströmten mir wie von selbst, und als ich endete, wußte ich, unsere Sache war gewonnen. Das war mein stolzester Moment in St. Benedict's.

Auch wenn der resultierende Bruch innerhalb des Kollegiums ungeheuerlich war, sicherte sich Charles Ellerby doch die Stelle, und zusammen waren wir in der Lage zu tun, wovon ich immer geträumt hatte: Wir verdoppelten unser Engagement für die klassische Bildung. In Zeiten des Aufruhrs ist Traditionsverbundenheit natürlich um so wichtiger, und vielleicht lag es daran, daß St. Benedict's heil durch diese und die folgende Dekade gebracht wurde. Unsere Geschicke bewegten sich in dem sanften Rhythmus auf und ab, an den ich mich längst gewöhnt hatte. Unsere Jungen gewannen Sportwettkämpfe und Preise, durchstanden kleinere Skandale und gelegentliche Tragödien und wechselten anschließend auf gute Colleges. Unsere Finanzausstattung besserte sich, wenn die Regierung in der Hand der Republikaner war, das Kaliber unserer Jungen, wenn es die Demokraten waren. Senator Bell verlor seine Prominenz, und einige Jahre später las ich, daß er verschieden war. Nicht lange, und ich wurde stellvertretender Schulleiter. Es war in der Tat erst vor ein paar Jahren, daß überhaupt etwas Außergewöhnliches geschah, denn zu der Zeit, in den späten Achtzigern, kam es zu verschiedenen schlechtberatenen Investitionen von Stiftungsgeldern, und die Finanzlage verschlechterte sich.

Mr. Woodbridge hatte mittlerweile die Vierundsiebzig erreicht, und obwohl er nach wie vor ein kraftvoller Mann war, starb er doch eines Sonntagmorgens im Mai, die Augen offen, im Bett, während die Schule in der Kapelle auf ihn wartete. Sofort hob ein byzantinischer Kampf um seine Nachfolge an. Es tut der Sache keinen Abbruch, zuzugeben, daß ich selbst auf die Rektorenstelle aus war, denn man bleibt nicht fünf Jahrzehnte an einer Schule, ohne sich zutiefst mit ihrem Schicksal verbunden zu fühlen. Aber Mr. Woodbridges Tod kam plötzlich, und ich hatte mit den Vorbereitungen für meine Bewerbung noch nicht begonnen. Ich war natürlich längst kein junger Mann mehr, und ich nehme an, daß ich genau in diesem Punkt meinen Vorteil verspielte, indem ich meine Gegner unterschätzte, die tatsächlich jünger waren, so wie Caesar es mit Brutus und Cassius getan hatte.

Ich hätte nicht überrascht sein sollen, daß sich nach etlichen Tagen des Manövrierens Charles Ellerby als Hauptrivale erwies. Seit Jahren schon hatte er, wie ich herausfand, seine eigene mörderische Kampagne für die Stelle geführt, und obwohl ich stets auf ihn als meinen Verbündeten und Freund gezählt hatte, erhob er sich beim nächsten Direktoriumstreffen und brachte Anschuldigungen gegen mich vor. Er sagte, daß ich zu alt sei, daß es mir nicht gelungen sei, mit der Zeit zu gehen, und daß meine pädagogische Methodik vielleicht vor vierzig Jahren relevant gewesen sein mochte, heute aber nicht mehr. Er stand da und sagte, ein Rektor brauche Kraft, und die hätte ich nicht. Obwohl ich ihn während seiner gesamten Rede anschaute, erwiderte er nicht ein einziges Mal meinen Blick.

Ich war natürlich verletzt, beruflich und in dem verborgenen Teil meines Herzens, in dem ich Charles Ellerby immer als einen Weggefährten auf meiner lebenslangen Suche nach der Großartigkeit der Vergangenheit gesehen hatte. Daß ihn einige der älteren Lehrer ausbuhten, ermutigte mich. In dem Moment erkannte ich, daß ich in meinem Bestreben nicht allein war, höchstens zurücklag, und so verließ ich das Treffen, ohne mich zu verteidigen. Der Abend war gekommen, und in Gesellschaft von Verbündeten ging ich zum Speisesaal.

Was für ein Erlebnis, unter Kindern zu essen, während man um sein Leben kämpft! Als die Jungen in ihren Schulblazern die Platten mit Fischstäbchen und die Körbe mit geschnittenem Brot herumreichten, stach mir ihre arglose Anmut bis ins Herz. Wie bald, fragte ich mich, würden sie die Wahrheit der Welt erkennen? Wie lange, bis sie begriffen, daß es nicht Daten und Namen waren, die ich ihnen stets hatte vermitteln wollen? Nicht einer von ihnen schien zu bemerken, was sich an Donnergrollen über ihrer Fakultät zusammenbraute. Nicht einer von ihnen schien unfähig zu essen.

Nach Tisch kehrte ich zum Haus des stellvertretenden Schulleiters zurück, um mein Vorgehen zu bestimmen und dann mit all denen zu konferieren, die ich nach wie vor für meine Verbündeten hielt, aber bevor ich noch mit meinen Vorbereitungen beginnen konnte, klopfte es an der Tür. Charles Ellerby stand davor, die Wangen gerötet. «Darf ich Ihnen ein paar Fragen stellen?» sagte er außer Atem.

«Ich bin derjenige, der *Sie* befragen sollte», war meine Antwort.

Er trat ein, ohne daß ich ihn darum gebeten hätte, und setzte sich an meinen Tisch. «Sie waren nie verheiratet, habe ich recht, Hundert?»

«Sehen Sie, Ellerby, ich war schon in St. Bendedict's, als Sie noch in die Grundschule gingen.»

«Ja, ja», sagte er und gab sich dabei übertrieben gelangweilt. Natürlich wußte er sehr gut, daß ich nie geheiratet oder eine Familie gegründet hatte, weil mir die Geschichte immer genug gewesen war. Er rieb sich den Kopf und schien nachzudenken. Bis auf den heutigen Tag frage ich mich, woher er wußte, was er mich dann fragte, es sei denn, Sedgewick Bell hatte ihm die Geschichte von meinem Besuch beim Senator erzählt. «Es gibt da», sagte er, «das Gerücht, daß Sie eine Waffe in Ihrem Schreibtisch aufbewahren.»

«Quatsch.»

«Würden Sie ihn mir einmal aufmachen», sagte er und deutete darauf.

«Nein, das werde ich nicht. Seit zwanzig Jahren bin ich hier jetzt Dekan.»

«Heißt das, daß sich keine Waffe in diesem Haus befindet?»

Dann versuchte er meinen Blick zu brechen. Wir kannten uns nun beide jedoch ein gut Teil unseres Lebens, und sein Vorstoß prallte ab. Und eben an jenem Punkt, als sich seine Augen meinem entschlossenen Blick unterwarfen, errang ich, wie ich glaubte, den Rektorenposten. Es ist ein weitgehend unerforschtes Element der Geschichte und eines, das mich seit langer Zeit fasziniert, daß ein großer Teil politischer Macht, und damit auch ein großer Teil des Aufstiegs und Niedergangs von Nationen, nicht aus intellektuellen Vorstößen oder sozialen Imperativen herrührt, sondern aus dem einfachen Willenskampf von Männern an irgendwelchen Tischen, wie gerade einer zwischen Charles Ellerby und mir stattgefunden hatte.

Statt den Schreibtisch zu öffnen und die Waffe zu schwingen, die mir doch nichts bedeutete – was Ellerby aber zweifellos die Initiative genommen hätte –, leugnete ich ihm gegenüber ihre Existenz. Warum, weiß ich nicht, denn schließlich war ich Lehrer für Geschichte – und war die Feuerwaffe nicht ihr größter

Motor? Ellerby dagegen war nur eine Schmeißfliege auf der sich wandelnden Moral der Zeit. Er sammelte seine Sachen und verließ mein Haus.

An dem Abend nahm ich das Seitengewehr aus meiner Schublade. Eine Andeutung von Rost hatte sich entlang des filigran gearbeiteten Griffs gebildet, und trotz der schmuckreichen Handwerksarbeit erkannte ich, daß die Waffe im Grunde schlecht proportioniert und plump war, das primitive Werkzeug eines gewalttätigen, historisch unbedeutenden Mannes. Ich hatte sie nicht einmal gewollt, als der aufbrausende Demagoge Bell sie mir aufgeschwatzt hatte, und hatte sie nur aus dem vagen Gefühl heraus angenommen, eine Waffe könne sich am Ende als entscheidend erweisen. Ich nehme an, ich hatte mir immer vorgestellt, sie eines Tages in einem dramatischen Augenblick abzufeuern. Doch jetzt lag sie hier vor mir, in einem Augenblick voller Bewegungslosigkeit. Ich drehte sie herum und verfluchte sie.

Später holte ich sie ein zweites Mal hervor, versteckte sie in der Tasche meines Mantels und lief bis ans Ende des Campus, wo ich eine gute Meile von meinem Haus den Sumpf überquerte, die Schuhe auszog und ins blubbernde, seichte Wasser des Passamic stieg. Die Würfel sind gefallen, sagte ich und warf das Seitengewehr zwanzig Meter weit ins Wasser hinaus. Das letzte Hindernis auf dem Weg zur Rektorenschaft war beseitigt, und als ich zurück ans Ufer trat, pfeifend zu meinem Haus lief und mich aufs Bett vorbereitete, war ich wie verzückt.

In jener Nacht aber schlief ich nur schlecht, und als ich am Morgen aufstand und zur Fakultätskonferenz ging, spürte ich, daß mir meine Kraft wie ein Mantel von den Schultern geglitten war. Wie lautlos sich das Ende vollzieht! Im Korridor vor dem Fakultätsraum liefen die meisten Lehrer, ohne mich anzusprechen, an mir vorbei, und nachdem ich selbst eingetreten war, ließ mich der Gedanke nicht mehr los, die elementarste Lehre der Geschichte außer acht gelassen zu haben: daß Überzeugung das Alpha und Omega von Autorität ist. Heute weiß ich, daß ich von dem Moment an zum Scheitern verurteilt war, da ich die Waffe ins Wasser warf, denn damit verlor ich meine Überzeugung. Es war, als wäre Sedgewick Bell aufgestiegen, nach all den Jahren, um mich zurück nach unten zu ziehen. Und in der Tat, kaum hatte die Konferenz begonnen, zogen die älteren Kollegiumsmitglieder ihre Unterstützung meiner Bewerbung zurück, und die jüngeren kreisten mich ein wie ein angeschlagenes Tier. Ebensogut hätte sich unter den Umhängen ein Dolch befinden können. Bis nachmittags vier Uhr war Charles Ellerby, ein der Antike zuneigender Kollege, dessen Stellung ich einst hatte sichern helfen, zum Rektor ernannt, und am Ende des Monats forderte er mich auf, in den Ruhestand zu treten.

Und so bereitete ich mich auf das Ende meiner Tage in St. Benedict's vor, als ich Sedgewick Bells Antwort auf meinen Brief erhielt. Sie war wohlformuliert, wie ich mit Freude feststellte, und enthielt keine Spur von Bitterkeit, was genau das ist, worauf ein Lehrer im Reifeprozeß seiner unangenehmen Schüler hofft. Abschließend bat er mich, ihn bei EastAmerica Steel anzurufen, was ich noch am selben Nachmittag tat. Als ich meinen Namen zunächst einer Sekretärin und dann einer zweiten nannte und anschließend, Augenblicke später, Sedgewicks kunstvoll arglose Begrüßung hörte, erinnerte ich mich gleich an das Gespräch mit seinem Vater rund vierzig Jahre zuvor.

Nach Austausch einiger Nebensächlichkeiten und meiner Beileidsbekundung wegen seines Vaters erklärte er mir, der Grund, warum er auf meinen Brief geantwortet habe, liege darin, daß er oft schon von einer Wiederholung von «Mr. Julius Caesar» geträumt habe und bereit sei, eine große Geldsumme für St. Benedict's zu spenden, so ich mich bereit erklärte, das Ereignis zu inszenieren. Natürlich nahm ich an, daß er das nicht ernst meinte, und kommentierte die Idee mit einem «Wie komisch», aber Sedgewick Bell wiederholte sein Angebot. Er wünschte sich wirklich, noch einmal mit Deepak Mehta und Fred Masoudi auf die Bühne zu steigen. Ich denke, ich hätte nicht überrascht sein sollen, denn es ist genau diese Art kindlicher Kränkung, die eine große Persönlichkeit antreibt. Ich sagte ihm, daß ich knapp davorstünde, in den Ruhestand zu treten. Er drückte mir sein Mitgefühl aus, meinte dann aber, damit sei das Arrangement doch ideal, da ich ohne Zweifel genügend Zeit für die Vorbereitungen hätte. Dann sagte er, daß er sich an diesem Punkt seines Lebens materiell alles leisten könne – mit allem, was das impliziere, denke man an seine Spende für den jährlichen Fonds –, daß er sich aber mehr als alles andere wünsche, seine geistige Ehre zurückgewinnen zu können. Ich nehme an, ich war geschmeichelt.

Natürlich bot er auch mir persönlich eine gute Summe. Obwohl ich bis dahin ein Leben geführt hatte, in dem Finanzen nie mehr als eine nachgeordnete Bedeutung besaßen, war mir doch zutiefst bewußt, daß sich meine Zeit unter dem Dach der Schule und in ihren Speisesälen dem Ende zuneigte. Einerseits war es nicht gerade mein brennendes Bedürfnis, der Regentschaft Charles Ellerbys eine Spende zu sichern, andererseits brauchte ich selbst Geld und verspürte eine tiefe Loyalität der Schule gegenüber, was den jährlichen Fonds anging. Am selben Abend noch begann ich meine Fragen vorzubereiten.

Als stellvertretender Schulleiter hatte ich meine geliebte römische Geschichte viele Jahre nicht mehr unterrichtet, und mich über meine Bände mit Unterlagen zu beugen war, wie endlich ins Haus meiner Kindheit zurückzukehren. Hier und da hielt ich inne. Ich las die Halbjahresarbeit des jungen Derek Bok mit dem Titel «Die Suche des Diogenes» noch einmal und die hingekrakelte von James Watson, die «Archimedes' Methode» hieß. Unter den Kunstblättern fand ich John Updikes Reproduktion des Obelisken der Cleopatra und eine Kohlezeichnung der Bäder von Caracalla des abstrakten Expressionisten Robert Motherwell, unglücklicherweise entzweigerissen und nichts mehr wert.

Ich hatte immer sorgfältig alles dokumentiert, und wie ich glaube, gelang mir am Ende eine überraschend akkurate Liste der Fragen, die ich einst Fred Masoudi, Deepak Mehta und Sedgewick Bell gestellt hatte, fast ein halbes Jahrhundert zuvor. Es kostete mich nur zwei Abende, genug Material für die Unternehmung zu sammeln, um jedoch keinen zu großen Eifer zu zeigen, wartete ich einige Tage, bevor ich Sedgewick Bell einen weiteren Brief schickte. Er rief mich bald danach an.

Es ist tatsächlich eine Überraschung für jemanden, der sich um den eigenen Unterhalt plagt, zu sehen, mit welch beachtlichen Schlägen die Kapitäne unserer Industrie die Aufgaben in Angriff nehmen, die vor ihnen liegen. Am Morgen, nachdem ich mit Sedgewick Bell gesprochen hatte, erhielt ich Anrufe von zwei seiner Sekretärinnen, einem Assistenten und einer Frau von einem New Yorker Reisebüro, die sämtliche Arrangements für Ende Juli bestätigte, also in zwei Monaten. Das Ereignis sollte auf einer Insel vor den Gestaden Carolinas stattfinden, die EastAmerica Steel gehörte, und ich schickte eine Liste aus dem Archiv von St. Benedict's, damit jeder aus Sedgewick Bells Klasse eingeladen werden konnte.

Und doch war ich bei allem nicht vorbereitet auf die Tage des Ruhestands, der vorher schon beginnen sollte. Was an wenigem noch vom Schuljahr blieb, verstrich in meinem Ausgefülltsein schnell, und ehe ich mich versah, hatten die Jungen ihre Abschlußprüfung. Ich versuchte, nicht über meine Zukunft nachzudenken. Bei der Abschlußfeier im Juni wurde ein kleiner Teil mir zu Ehren verbracht, aber Charles Ellerby führte das Wort und ließ einen kupfernen Geschmack in meiner Kehle aufsteigen. «Und so entbieten wir unserem geliebten Mr. Hundert», begann er, «ein Adieu». Er reckte den Arm in meine Richtung und erging sich in einer wehmütigen Betrachtung meiner Jahre an der Schule – vor einer Zuhörerschaft jacketttragender Geschäftsleute und sonnenbeschirmter Damen, vor Schülern in St.-Benedict's-Blazern und Kindern in Sonntagsanzügen, die sich sämtlich genau wie ich unter der aufgesetzten Falschheit des Mannes wanden.

Aber wie schnell war es vorüber. Preise wurden übergeben, die Schulhymne wurde gesungen, und als die Birken ihre schlanken Schatten dem fernen Rand des Sumpfes zuneigten, erhielten die Ältesten ihre Abschlußzeugnisse. Die Mütter weinten, die Ehemaligen bekamen feuchte Augen, und die Abgänger warfen ihre

Hüte in die Luft. Anschließend machte sich alles auf den Weg zum Empfang des Rektors.

Heute wünsche ich, ich wäre dort ebenfalls erschienen, denn daß ich den Empfang verpaßte, den letzten meiner Laufbahn, war ein weit schmerzvollerer Schlag für mich als für Charles Ellerby. Außerdem vermißte die Handvoll Schulabgänger, die während ihrer Zeit in St. Benedict's den Stachel der Geschichte verspürt hatte, zweifellos meine Anwesenheit oder wunderte sich doch zumindest über mein Ausbleiben. Ich verbrachte den Rest des Nachmittags in meinem Haus und den Abend mit einem Spaziergang den Sumpf entlang, wo mich der Brandgeruch eines bäuerlichen Holzfeuers und die fernen Geräusche der versammelten Feiernden mit dem großen traurigen Stolz des Lehrens erfüllten. Wieder einmal traten meine Jungen ohne mich in die Welt hinaus.

Am nächsten Tag kamen die ersten Eltern, um ihre Kinder abzuholen, billige Transferbusse brachten Schüler zu Flughäfen und Bahnhöfen, und der Hausmeister machte sich daran, Lacrosse-Tore und Baseballtribünen einzuholen, und zog lange schwarze Sprinklerschläuche mit dem Traktor auf die Spielfelder. Ich verbrachte den größten Teil dieses und des darauffolgenden Tages am Schreibtisch in meinem Arbeitszimmer und beobachtete durch das Fenster, wie sich die Schule einer Uhrfeder gleich entspannte, bis zur seltsamen, von Vogelgezwitscher erfüllten Beschaulichkeit jenes zweiten Nachmittags meines Ruhestandes, da alle Jungen weg waren und ich allein zurückblieb, wieder einmal, in der schaurigen Stille des Sommers. Ich besitze wenige Dinge außer meinen Unterlagen und Büchern. Ich packte sie zusammen, und am Tag darauf fuhr mich der Hausmeister nach Woodmere hinein.

Dort fand ich eine Unterkunft in einem großartigen viktorianischen Haus mit möblierten Zimmern, betrieben von einer Nachfahrin Nat Turners, die, als ich ihr erzählte, daß ich ein frisch pensionierter Lehrer sei, Witze darüber machte, wie willkommen entflohene Sklaven dem Haus schon immer gewesen seien. Ich war überrascht, wie herzlich ich darüber lachte, was den Vorteil hatte, gleich mit der Vermieterin auf guten Fuß zu geraten. Wir handelten eine monatliche Miete aus, und ich ging nach oben, um mich daranzumachen, ein neues Leben für mich zu entwerfen. Ich war achtundsechzig – ja, vielleicht zu alt, um Rektor zu werden –, aber ich konnte vor dem Abendessen immer noch fünf Kilometer gehen, und genau das tat ich am ersten Nachmittag meiner Freiheit. Dennoch war meine Stimmung am Abend völlig auf dem Nullpunkt.

Glücklicherweise gab es den Wettbewerb, den es vorzubereiten galt, denn ich fürchte, ohne ihn wären die ersten Tage und Nächte unerträglich gewesen. Wieder und wieder ging ich meine alten Unterlagen durch und zog teuflische Fragen aus dem Material. Aber das nahm nur ein paar Stunden des Tages in Anspruch, und am Ende des Vormittags wurden meine Augen müde. Objektiv betrachtet, hätte der Beginn jenes Sommers nicht anders als alle anderen sein sollen, und doch war er es. Wenn ich auf dem Weg hinunter zum Abendessen an meinem Abbild im Dielenspiegel vorbeikam, fragte ich mich: «Bist du das?», und auf dem Weg zurück in mein Zimmer: «Was jetzt?» Ich schrieb Briefe an meine Brüder und meine Schwester und an einige meiner ehemaligen Jungen. Die Tage krochen dahin. Ich stellte mich dem Leiter der Stadtbücherei erneut vor und machte die Bekanntschaft eines pensionierten Eisenbahners, der genausogern wie ich auf der prachtvollen, geschützten Veranda des Hauses saß. Ein paarmal nahm ich den Bus nach Washington, um den Tag in Museen zu verbringen.

Aber als der Sommer fortschritt, begann sich eine bestimmte Furcht in meinem Denken zu bilden, die ich mit eifrigem Wandern, Museumsbesuchen und Lesen zu ignorieren trachtete: Ich fing an, mich zu ängstigen, Sedgewick Bell könnte den Wettbewerb vergessen haben. Mitten auf einem ausgedehnten Marsch den Stadtrand entlang stand der Gedanke plötzlich wieder vor mir, und als ich den Passamic erreichte, meine Pause machte und dann den Rückweg nach Hause antrat, kämpfte ich gegen das Verlangen an, mit dem Mann in Verbindung zu treten. Verschiedene Male ging ich zum Telefon unten im Haus, und zweimal schrieb ich einen Brief, den ich dann nicht abschickte. Warum sollte er all das anzetteln, nur um mich zu verspotten, dachte ich. Aber dann erinnerte ich mich der Umstände seiner Zeit in St. Benedict's, und eine noch tiefere Bedrückung senkte sich über mich. Erneut geriet ich über die Ereignisse ins Grübeln, die vor einem halben Jahrhundert stattgefunden hatten: Hätte ich ihn während des Wettbewerbs selbst zur Rede stellen sollen? Hätte ich erst gar keinen anderen Jungen seinetwegen ausscheiden lassen sollen? Hätte ich dem Senator gegenüber meinen Mann stehen sollen?

Anfang Juli rief Sedgewick Bells Sekretärin dann jedoch an, und ich hatte das Gefühl, begnadigt worden zu sein. Sie entschuldigte sich, so spät erst wieder von sich hören zu lassen, stellte Fragen nach meinem Geschmack, was Essen und Unterbringung anging, und unterrichtete mich über den Zeitpunkt, wann mich, drei Wochen später, ein Wagen abholen und zum Flughafen bringen würde. Ein EastAmerica-Jet würde mich nach Charlotte bringen, wo ein Hubschrauber für mich bereitstünde.

Ein Hubschrauber! Weniger als einen Monat später stand ich vor der Maschine, die von oben bis unten in EastAmericas Grün und Gold gehalten war, auf Hochglanz poliert, mit Raum für sechs Passagiere und rotweißblauen Kufen über den Rädern. Man bleibt keine fünf Jahrzehnte in St. Benedict's, ohne eine gewisse Vertrautheit mit Privilegien zu gewinnen, als der Hubschrauber jedoch vom Landeplatz in Charlotte abhob, einen Moment innehielt, dann die Nase senkte, ostwärts über sanfte Hügel flog und schließlich über das unruhige Schiefergrau des Meereskanals, empfand ich eine Berauschtheit, die ich nie zuvor erlebt hatte. So mußte sich Augustus Caesar Millenien zuvor gefühlt haben, als er in Kopfhöhe auf einer Sänfte am Tiber vorbeigetragen wurde. Ich preßte meine Unterlagen an die Brust. Ja, ich fragte mich, wie mein Leben wohl verlaufen wäre, hätte ich dieses Gefühl nur einmal schon in meiner Jugend erfahren. Die Rotoren brummten wie ein Bienenschwarm über uns. Auf der Insel wurde ich im obersten Stock des Gästehauses in eine Suite geführt, deren Fenster und Balkone auf die See hinausgingen.

Für eine Konferenz über die Zukunft der Kindererziehung oder das Elend der Alten Amerikas hätte man natürlich nicht ein Zehntel dieser Männer zusammenbekommen, für eine exklusive Tollerei auf einer privaten Insel jedoch war es kaum mehr als ein organisatorisches Problem gewesen. Ich stand am Fenster meines Zimmers und beobachtete, wie der Hubschrauber wieder und wieder den Kanal überquerte und auf der Insel ein *Who is Who* Amerikas größter Unternehmen, Universitäten und politischer Organe ausspie.

Oh, was für eine Freude es war, die Jungen zu sehen! Etwas später lief ich noch einmal den Weg zum Landeplatz zurück, und wann immer die Maschine erneut auf der Plattform aufsetzte und sich der eine oder andere meiner alten Schüler nach draußen duckte, die Hand am Anzugrevers, als er unter den bellenden Rotoren durchlief, überkam mich die Erkenntnis, welch ein Privileg mein Beruf gewesen war.

An jenem Abend aßen wir alle zusammen im Speisesaal, und die Jungen prosteten mir zu und kamen einer nach dem anderen an meinen Tisch, wo sie mich wiederholt daran erinnern mußten, mein Essen nicht zu vergessen. Sedgewick Bell schlenderte zu mir herüber und zeigte mir mit reizender Bescheidenheit die Lernkarten in römischer Geschichte, die er in seinem Schreibtisch bei EastAmerica aufbewahrt hatte. Dann schüttelte er seine Bescheidenheit ab, trat ans Podium und hielt eine lange und heisere Rede, in der er auf zahllose Streiche und Missetaten in St. Benedict's anspielte, von denen ich nicht einmal gehört hatte, die vom Chor der Jungen aber mit Stampfen und Pfeifen begrüßt wurden. Um Viertel vor neun ließen sie alle ihre Gabeln auf den Boden fallen, und ich fürchte, daß mir Tränen in die Augen traten.

Am ergreifendsten aber war, wie deutlich die Gesichter der Männer immer noch den eifrigen Ausdruck der Schulanfänger von vor einundvierzig Jahren trugen. Martin Blythe hatte als Offizier in Korea ein halbes Bein verloren, und nun, unter seinen

Klassenkameraden, versuchte er seinen schlingernden Gang zu verbergen, dabei zog er die Brauen noch genauso zusammen, wie er es in meiner Klasse getan hatte. Deepak Mehta, der Professor für asiatische Geschichte geworden war, ging bereits leicht vornübergebeugt, und doch senkte er immer noch die Augen, wenn er angesprochen wurde. Fred Masoudi in seinem italienischen Anzug und den Krokoschuhen der Werbebranche schien es körperlich besser ergangen zu sein als seinen Kameraden, und doch zog es ihn von Anbeginn wieder zu den Nichtstuern aus seiner Klasse.

Aber natürlich war es Sedgewick Bell, der jedermanns Aufmerksamkeit beanspruchte. Er war um die Mitte herum füllig geworden, hatte eine kahle Stelle am Hinterkopf, und in seinem Ohr entdeckte ich, obwohl kunstvoll verborgen, den fleischfarbenen Knopf eines Hörapparats, und doch bewegte er sich unter den Männern wie ein Prophet. Ihre Gesichter belebten sich, wenn er sich näherte, und ich konnte beobachten, wie sie an den Tischen um seine Aufmerksamkeit konkurrierten. Er schlug dem einen auf den Rücken, flüsterte dem anderen etwas ins Ohr, ergriff Hände und Schultern und küßte Ehefrauen auf die Lippen. Sein Gang war fest und, wie mir schien, nicht vom Ernst seiner Stellung durchdrungen, sondern er zog Leichtigkeit aus ihr, so daß sein Hin und Her zwischen den Tischen wie ein Spaß war. Er war der Gastgeber und eindeutig in seinem Element. Sein Lachen war redselig.

Ich ging an jenem Abend früh schlafen, damit die Jungen sich unten im Saloon vergnügen konnten, und als ich im Bett lag, lauschte ich ihrem Singen und Feiern. Es war mir natürlich nicht entgangen, daß sie sich zweifellos auch lustig gemacht hatten über mich, aber das ist etwas, was man auf einem Posten wie meinem erwarten lernt, und tatsächlich hatte ich sie auch deswegen allein gelassen. Obwohl ich versucht war, zurück nach unten zu gehen und von draußen zu lauschen, tat ich es nicht.

Der nächste Tag wurde damit zugebracht, die Serpentinenlandschaft zu den Buchten und Stränden der Insel zu durchwandern, auf dem Grasplatz Tennis zu spielen und in Holzbooten auf dem kleinen Inselsee hinter den Gebäuden zu paddeln. Wie schnell man sich doch an Luxus gewöhnt! Männer und Frauen faulenzten auf den Terrassen, an Stränden und in Höfen, lagen wie Robben in der Sonne und taten sich an der Großzügigkeit ihres Gastgebers gütlich.

Was mich anging, so hatte ich kaum einen Augenblick für mich selbst, denn die Jungen widmeten sich abwechselnd meiner Unterhaltung. Mit Deepak Mehta spazierte ich den Strand entlang, und ich brachte ihn dazu, mir die Geschichte seines Aufstiegs in der akademischen Welt auf seinen Posten an der Columbia University zu erzählen. Offenbar hatte seine Karriere ihren Zoll gefordert, denn obwohl er einen durchaus gesunden Eindruck machte, erklärte er mir, daß er erst kürzlich einen leichten Herzanfall erlitten habe. Das war allerdings nicht das, worüber man mit einem Schüler sprach, und so überging ich diese Eröffnung ohne weiteren Kommentar. Später zog mich Fred Masoudi mit auf den Tennisplatz und versuchte mir beizubringen, wie man einen Ball schlägt, was uns eine Gruppe ausgelassener Zaungäste einbrachte. Freds theatralische Possen brachten sie außer Rand und Band, und sie applaudierten und trampelten mit den Füßen, wann immer ich einen Ball zurück über das Netz brachte. Am Nachmittag ging Martin Blythe mit mir rudern.

Natürlich hatte St. Benedict's immer schon einen tieferen Einfluß auf das Leben seiner Schüler gehabt als die meisten anderen Schulen, und doch war es seltsam, daß Martin Blythe, als wir in der Mitte des Teiches waren, wohin er uns schlingernd gerudert hatte, die Riemen in ihre Halterungen legte und mir erklärte, daß er mich schon immer etwas habe fragen wollen.

«Ja?» sagte ich.

Er schob sein Haar mit der Hand zurück. «Ich hätte mit Deepak und Fred eigentlich dort oben stehen müssen, stimmt's, Sir?»

«Sagen Sie mir nicht, daß Ihnen das immer noch im Kopf herumgeht.»

«Es ist einfach, daß ich mich manchmal frage, was damals passiert ist.»

«Ja, Sie haben recht», sagte ich.

Oh, wie wenig verstehen wir die Männer, wenn wir glauben, daß sie die Kränkungen der Kindheit vergessen haben! Er lächelte. Er verfolgte das Thema nicht weiter, und während ich mit mir darüber debattierte, welchen Sinn es haben würde zu erklären, warum ich ihm vor einundvierzig Jahren Sedgewick Bell vorgezogen hatte, drehte er das Boot herum und brachte uns ans Ufer zurück. Die Bestätigung seines Verdachts genügte, wie es schien, um ihn zu befriedigen, also sagte ich nichts weiter dazu. Bei den Unternehmungen unseres Landes auf der koreanischen Halbinsel war er Major der Air Force gewesen, und doch, als er das Boot auf den Strand zog, hatte ich das eindeutige Gefühl, ihn von einer Qual erlöst zu haben.

Und tatsächlich, als sich an jenem Abend die Gäste im kleinen Theatersaal des Anwesens versammelt und Deepak Mehta, Fred Masoudi und Sedgewick Bell ihre Plätze für die Neuauflage von «Mr. Julius Caesar» eingenommen hatten, bemerkte ich eine Gelöstheit in Martin Blythes Gesicht, die ich, so glaube ich, dort nie zuvor gesehen hatte. Seine Brauen waren nicht mehr zusammengezogen, und er hatte die Beine übereinandergeschlagen, so daß wir über einem Socken klar die lackierte hölzerne Wade sehen konnten.

In genau diesem Augenblick fiel mir auf, daß die Jungen, die mir tagsüber die meiste Beachtung geschenkt hatten, tatsächlich die waren, die jetzt vor mir auf der Bühne saßen. Welch schrecklicher Gedanke, daß sie sich mir gewidmet hatten, um einen Vorteil zu erlangen – aber ich verbannte ihn aus meinem Denken und trat ans Mikrophon. Ich hatte den letzten Teil des Nachmittags damit verbracht, meine Unterlagen noch einmal durchzusehen, und so bewältigte ich die ersten Fragerunden aus dem Gedächtnis.

Der Menge entging die Leistung nicht. Es gab Pfiffe und Fußtrampeln, als ich fünfzehn der ersten sechzehn Kaiser der Reihe nach aufzählte und Fred Masoudi aufforderte, den zu nennen, den ich ausgelassen hatte. Es gab Applaus, als ich Caesars Worte «*Alea iacta est*» zitierte und in sorgsam betontem Lateinisch fortfuhr und Sedgewick Bell nach den Umständen fragte, unter denen sie geäußert worden waren. Nachmittags hatte er mir von den Monaten erzählt, die er auf seine Vorbereitung verwandt hatte, und als ich die Frage formulierte, lächelte er. Die Jungen trugen natürlich keine Togen – obwohl ich persönlich gedacht hatte, sie könnten es tun –, und doch war mir die Situation vertraut genug, um einen Anflug von Unwohlsein zu empfinden, als Sedgewick Bells Lächeln schwand und er einige Augenblicke zögerte, bevor er antwortete. Aber diesmal, einundvierzig Jahre danach, sah er geradewegs ins Publikum und antwortete mit der Miene eines Gelehrten.

Es dauerte nicht lange, und Fred Masoudi schied aus, und wie ehedem ging es weiter mit einem Kopf-an-Kopf-Rennen zwischen Sedgewick Bell und Deepak Mehta. Ich fragte Sedgewick Bell nach Caesars Schlachten bei Pharsalus und Thapsus, nach der Machtverschiebung hin nach Konstantinopel und nach dem Krieg zwischen Patriziern und Plebejern. Deepak Mehta fragte ich nach den Punischen Kriegen, der Eroberung Italiens und dem Fall der Republik. Deepak hatte natürlich einen Vorteil, denn sicher hatte er diese Dinge an der Universität studiert, dennoch muß ich sagen, daß die geradlinige Entschlossenheit Sedgewick Bells anfing, mein Herz zu gewinnen. Ich dachte daran, wie verlegen er mir am Abend zuvor beim Essen seine Merkzettel gezeigt hatte, und als ich nun am Mikrophon stand, fühlte ich, wie sich eine Zuneigung zu ihm in mir Bahn brach, die lange im verborgenen gelegen hatte.

«In welchem Jahr wurden die Römer am Trasimenischen See in die Flucht geschlagen?» fragte ich ihn.

Er machte eine Pause. «Zweihundertsiebzehn vor Christus, glaube ich.»

«Welcher General wurde später Scipio Africanus Major?»

«Publius Cornelius Scipio, Sir», antwortete Deepak Mehta sanft.

Es geschieht nicht so oft, wie man glauben mag, daß aus einem wenig intelligenten Jungen ein intelligenter Mann wird, denn aus meiner eigenen Erfahrung wurzelt die Liebe zum Denken in einem Alter lange vor dem Erwachsenwerden; doch Sedgewick

Bell schien genau das getan zu haben. Er formulierte seine Antworten mit dem gefaßten Auftreten des Gelehrten. Niemanden mag ich mehr als den, den schon die bloße Existenz der Geschichte bewegt, und als ich die nächste Frage an ihn bedachte, überlegte ich, ob ich die Indolenz seiner Kindheit tatsächlich überbewertet hatte. War es vielleicht so, daß er in St. Benedict's einfach noch nicht in seinem Element war? Er lugte konzentriert von der Bühne zu mir herunter, die Ellbogen auf den Knien. Ich entschied mich für eine schwierige Frage: «Aufsichtsratsvorsitzender Bell», sagte ich, «welche Stämme marschierten im Jahre einhundertzwei vor Christus in Norditalien ein?»

Seine Augen leerten sich, und er zog die Schultern in seinem Anzug zusammen. Obwohl er zu der Zeit bereits einer der mächtigsten Männer Amerikas war und obwohl ich mich Augenblicke zuvor noch an seiner Disziplin erfreut hatte, sah ich ihn auf der Bühne plötzlich wieder als ängstlichen Jungen. Welche Kraft die Erinnerung hat! Und wieder fürchtete ich, daß ich es war, der ihn verraten hatte. Er hob die Hand an den Kopf, um nachzudenken.

«Lassen Sie sich Zeit, Sir», bot ich ihm an.

Aus dem Publikum war Gemurmel zu hören. Abgelenkt faßte er sich seitlich an den Kopf. Des Menschen Charakter ist sein Schicksal, sagt Heraklit, und in diesem Moment, als er sich mit der Hand über die Schläfe strich, begriff ich, daß der fleischfarbene Apparat in seinem Ohr kein Hörgerät, sondern ein Empfänger war, über den er die Antworten auf meine Fragen geliefert bekam. Übelkeit stieg in mir auf. Natürlich hatte ich keinen Beweis, aber war es nicht genau das, was ich hätte erwarten sollen? Er berührte seinen Kopf ein weiteres Mal, schien tief in Gedanken, und ich war mir so sicher, als hätte er selbst sich mir offenbart. «Die Teutonen», sagte er, «und – jetzt muß ich raten – die Kimbern?»

Ich sah ihn lange an. Wußte er an diesem Punkt, was ich dachte? Ich kann es nicht sagen, aber nachdem ich so lange gezögert hatte, wie ich es dort vor der Menge ertragen konnte, räusperte ich mich und gestand ein, daß es stimmte. Applaus brach aus. Er winkte ab. Ich wußte, es war meine Pflicht, meinen

Verdacht laut vorzubringen. Ich wußte, es war meine Pflicht als Lehrer, ihn aus der moralischen Verkommenheit zu führen, an der ich selbst teilgehabt hatte, und doch fühlte ich mich gleichzeitig davongetragen von der Wucht meiner eigenen Unschlüssigkeit und meines Versagens. Irgendwie hatte mich der Junge wieder erwischt. Er versuchte den Applaus mit einer Geste zu beschwichtigen, aber das führte nur dazu, daß das Klatschen noch anschwoll, und ich fürchte, daß es letztlich der Lärm der Heerschar ausgelassener Männer war, der mich davon abhielt, Widerspruch einzulegen. Ziemlich plötzlich wurde mir bewußt, daß dies nicht die Art Situation war, die ich von St. Benedict's her kannte. Wir waren Gäste eines bedeutenden Mannes, auf seinem herrlichen Besitz, und ihn bloßzustellen wäre in der Tat eine ernste Sache. Ich drehte mich um und beruhigte die Menge.

Deepak Mehta saß auf seinem Stuhl neben Sedgewick Bell und sah mich nur an, die Augen finster und resigniert. Vielleicht hatte auch er es gerade begriffen, oder wußte es schon seit langem, aber wie auch immer, ich stellte ihm die nächste Frage, und nachdem er geantwortet hatte, konnte ich nichts tun, als mich erneut an Sedgewick Bell zu wenden. Dann wieder Deepak, Sedgewick und wieder Deepak, und erst dann, drei Runden nachdem ich den Trick entdeckt hatte, kam mir eine Idee. Ich wandte mich erneut Sedgewick Bell zu und fragte ihn: «Wer war Shutruk-Nahhunte?»

Ein paar Jungen in der Menge fingen an zu lachen, und als Sedgewick Bell sich bedachte, stimmten weitere mit ein. Wer immer der geldgierige Professor war, der ihm ins Ohr sprach, für mich war klar, daß er die Antwort auf diese Frage nicht wußte, denn wer nicht in St. Benedict's gewesen war, würde niemals von Shutruk-Nahhunte gehört haben; und nach ein paar Augenblikken schon, was auch sonst, sah ich, daß Sedgewick Bell unruhig wurde. Er zog sein Hosenbein hoch und kratzte sich an der Socke. Das Lachen wuchs an, und ich hörte die Ehefrauen, die offensichtlich nie in einer Raubtiermeute gelebt hatten, wie sie versuchten, ihre Männer zu beruhigen. «Na los, Bell», rief einer, «sieh dir die verdammte Tür an.» Wieder brach Lachen aus.

Wie kann es sein, daß mein Herz einen Moment lang für ihn blutete? Auch er versuchte zu lachen, aber nur mit halbem Herzen. Er veränderte seine Haltung, schüttelte die Arme in seinem Anzug aus und sah verständnislos ins kichernde Publikum, umfaßte dann sein Kinn und sagte: «Nun, ich denke, wenn Deepak die Antwort weiß, ist es sein Spiel.»

Deepaks Antwort ging im ausgelassenen Trampeln und Pfeifen, das nun folgte, fast verloren, denn ich bin sicher, daß alle, bis auf Sedgewick, sich an Henry Stimsons Tafel über der Tür in meinem Klassenzimmer erinnerten. Dennoch war es seltsam, daß ich Enttäuschung empfand. Als Deepak Mehta lächelte, die Lösung aussprach und von seinem Stuhl aufstand, beobachtete ich, wie Verwirrung und dann ein Aufflackern von Panik über Sedgewick Bells Gesicht huschten. Unsicher stand er da. Wie klar mir in diesem Moment wurde, daß die Korruptheit seines Charakters immer aus Angst hervorgegangen war, und ich konnte nicht umhin, mich daran zu erinnern, daß ich einst als sein Lehrer versucht hatte, ihn von seiner Dummheit zu überzeugen. Ich verfluchte jenen Tag. Aber einen Moment später schon zauberte er ein Lächeln hervor, rief mich auf die Bühne und überquerte sie theatralisch, um dem Sieger zu gratulieren.

Wie kann ich die Szene beschreiben, die darauf folgte? Ich nehme an, es war naiv zu glauben, daß damit der Abend beendet war – oder auch nur sein Höhepunkt –, denn nachdem Sedgewick Bell die Trophäe für Deepak Mehta hervorgeholt hatte, und dann auch eine für mich, legte sich ein völlig anderer Ausdruck auf seine Züge. Ein weiteres Mal trat er ans Podium und bat die Gäste um ihre Aufmerksamkeit. Er klopfte hart auf das Mikrophon. Dann beugte er seinen Kopf vor, und mit einer Stimme, die ich von vor langer Zeit aus dem Radio kannte, einer Stimme, aus deren geschicktem Springen von Dröhnen zu Flüstern ich das weidenbaumartige Schleppen seines Vaters heraushörte, schwang er sich in eine Rede über die Probleme des Landes. Er besaß das rhetorische Talent, genau dann mit der Lautstärke herunterzugehen, wenn ein weniger begabter Mann sie erhöht hätte. «Wir haben unsere Türen der ganzen Welt geöffnet», sagte er, und seine Stimme donnerte, pausierte dann und stürzte sich fast in ein Murmeln, «und nun hat die Welt uns alles genommen.» Er machte eine Geste mit den Händen. Die Männer im Publikum, die zunächst noch gelacht hatten, wurden ernst. «Zu lange schon haben wir zuviel weggegeben», sagte er. «Wir haben unsere Führungsstellung in der Finanzpolitik Männern überlassen, denen die Steuerzahler in unserem Lande egal sind, und unsere moralische Führung jenen, die unsere Rolle in der Geschichte nicht mehr verstehen.» Obwohl er jetzt eine Geste in meine Richtung machte, vermochte ich seinen Blick nicht zu erwidern. «Wir haben die moralische Erziehung unserer Familien verkommen lassen.» Vereinzelter Applaus schallte von seinen Schulkameraden zu ihm hinauf, und es waren fast meine eigenen Worte. «Wir haben unser Land in schwierige Gewässer treiben lassen.» Der Applaus wurde herzlicher. Dann beruhigte er seine Stimme wieder, senkte den Kopf wie in einem Flehen und verkündete, daß er sich um einen Platz im Senat der Vereinigten Staaten bewarb.

Warum war ich überrascht? Ich hätte es nicht sein sollen, denn seit seiner Kindheit hatte der Junge dem Gebäude der Macht so nahe gestanden, daß dessen Schatten ihm so vertraut gewesen sein muß wie der seines eigenen Zuhauses. Tugend hatte keinen Platz in den Palästen, die er kennengelernt hatte. Ich schämte mich, als ich begriff, daß er die ganze Neuauflage von «Mr. Julius Caesar» aus keinem anderen Grund ersonnen hatte, als seine Klassenkameraden zum Spenden zusammenzubringen, und obendrein stimmte es mich nachdenklich, seine Pläne nicht früher erkannt zu haben. In seinen Reden, seiner physischen Präsenz und seinen Überzeugungen hatte er schon immer die Gaben eines Führers besessen. Ich hätte es vom ersten Tag an erwarten müssen, da er in seinem Anzug mit den kurzen Hosen auf der Schwelle zu meiner Klasse gestanden und meine Schüler zum Schweigen gebracht hatte. Er hatte bereits jetzt eine machtvolle Rolle in den Angelegenheiten unseres Landes inne, genoß die Wirkung seines Familiennamens, war von blinder Ignoranz, was die Geschichte anging, und so fürchtete er auch nicht seine Rolle in ihr. Natürlich war es genau der Höhepunkt, den ich vor langer Zeit bereits hätte sehen sollen. Die Menge stand jubelnd da.

Kaum hatte das Klatschen nachgelassen, hob sich ein Vorhang hinter ihm, und eine Band spielte *Dixie*. Kellner erschienen in den Seitentüren, über dem Orchestergraben wurde eine Tanzfläche entfaltet, und Sedgewick Bell sprang von der Bühne herunter in die Menge seiner Freunde. Sie lärmten um ihn herum. Er klopfte auf Schultern, küßte Ehefrauen, flüsterte und lachte und nickte mit dem Kopf. Ich sah Scheckbücher hervorkommen. Die Kellner trugen Champagner auf Tabletts in Schulterhöhe, und am Rand der Tanzfläche stellten die Frauen ihre Handtaschen ab und traten in die Arme ihrer Männer. Als ich das sah, drückte ich mich aus einer Seitentür und kehrte in mein Zimmer zurück, denn die Hingabe, mit der die Gäste sich im Tanz wiegten, stand in unerträglichem Widerspruch zu der Wahrheit, die ich kannte. Man kann sich meine Gefühle vorstellen. Ich hörte das Getöse bis spät in die Nacht.

Unnötig zu sagen, daß ich beschloß, Sedgewick Bell für den Rest meines Aufenthalts zu meiden. Wie meine Gedanken in jener Nacht durch die endlose menschliche Geschichte von Ungerechtigkeit, Verderbtheit und Verrat rasten! Ich konnte nicht schlafen, und etliche Male stand ich auf und trat ans Fenster, um der Festlichkeit zu lauschen. So an der Scheibe stehend, fühlte ich mich wie der verschmähte Souverän im Schloßturm, der von seinem Balkon auf den Umzug des falschen Potentaten hinabsieht.

Doch, wie auch anders, fing meine Überzeugung bald schon an zu verblassen. Kaum daß ich beschlossen hatte, meinen Gastgeber zu meiden, begann ich, an der Wahrhaftigkeit meines geheimen Wissens zu zweifeln. Andere Überlegungen kamen mir in den Sinn. Wie hatte ich dessen, was er getan hatte, nur so sicher sein können? Welchen Beweis hatte ich überhaupt? Inmitten der fernen Feierlichkeiten der Nacht begann mein Schluß weit hergeholt zu erscheinen, und als schließlich ringsum die Ruhe des Morgens herrschte, war ich völlig durcheinander. Ich ging nicht zum Frühstück, und als Junge auf Junge an die Tür klopfte, um mir alles Gute zu wünschen, vermied ich es gewissenhaft, sowohl etwas über Sedgewick Bells Leistung als auch die Ankündigung seiner Kandidatur zu sagen. Am Strand unternahm ich an diesem Tag einen Spaziergang ganz für mich allein, denn mittlerweile traute ich weder meinem Urteil hinsichtlich des Vorfalls noch meiner Verschwiegenheit gegenüber den Jungen. Den Nachmittag verbrachte ich in einer Bucht auf der anderen Seite der Insel.

Den ganzen Tag über sprach ich kein Wort mit Sedgewick Bell. Es gelang mir tatsächlich, ihm bis zum nächsten Abend aus dem Weg zu gehen, als bis auf wenige Gäste alle abgereist waren und er kam, um sich zu verabschieden. Ich stand auf dem Teerplatz und wartete auf den Hubschrauber zum Festland. Sedgewick trat aus dem Haus und bedeutete mir, von der Plattform zurückzutreten, aber ich tat so, als hörte ich ihn nicht, und hielt die Augen auf den Himmel gerichtet. Plötzlich stieß die glitzernde Maschine herab, hinter dem Wellenbrecher hervor, wühlte den Kanal zum Sieden auf, sammelte sich in einem Schwebezustand und landete vor uns auf ihren flaggenfarbenen Kufen. Der Wind und Lärm hätten einen Mann zu Boden werfen können, und Sedgewick Bell schien wie ein Magnet an mir zu ziehen, aber ich gab nicht nach. Am Ende war er es, der zu mir herüberrannte. Er packte sein Revers, senkte den Kopf und bot mir seine Hand. Zögernd ergriff ich sie, während die Rotoren unsere Jackettärmel flattern ließen. Ich hatte diesen Moment erwartet und in der Nacht vorher entschieden, was ich sagen würde. Ich lehnte mich zu ihm hin. «Wie lange haben Sie schon Schwierigkeiten mit dem Hören?» fragte ich.

Sein Lächeln erstarb. Ich kann mir nicht vorstellen, was ich im Kopf dieses Jungen geworden war. «Sehr gut, Hundert», sagte er. «Sehr gut. Ich hab mir gedacht, daß Sie's gemerkt haben könnten.»

Meine Rehabilitation war süß, wenn ich heute auch sehe, wie wenig sie bedeutete. Mittlerweile war ich auf der Leiter des Hubschraubers, aber er zog mich noch einmal zu sich hin und sah mir finster in die Augen. «Und ich sehe, daß Sie sich auch nicht geändert haben», sagte er.

Nun, hatte ich? Als sich die Maschine in die Lüfte hob und westwärts der Wolkenbank zuwandte, welche die Uferlinie verbarg, analysierte ich die Situation mit einiger Sorgfalt. Die hölzernen Türme des Inselanwesens wurden kleiner, verloren sich schließlich in den Bäumen, und es fiel mir leichter nachzudenken, denn alles auf dieser Insel war mit der schieren Macht des Mannes durchsetzt gewesen. Ich entspannte mich ein wenig auf meinem Sitz. Man konnte sagen, daß ich in diesem Fall tatsächlich angemessen gehandelt hatte, denn besteht die Größe unseres Rechtssystems nicht darin, daß es weniger verabscheuungswürdig ist, einen schuldigen Mann freizusprechen, als einen unschuldigen zu verurteilen? Zur Zeit des Wettbewerbs hatte ich fraglos keinen Beweis für Sedgewick Bells Verhalten gehabt.

Doch zurück in Woodmere, fand ich mich, wie ich angedeutet habe, mit reichlich freier Zeit, und es dauerte nicht lange, bis sich der Vorfall in meinem Geist von neuem abzuspielen begann. Während ich dem Pfad durch den Wald zum Fluß hinunter folgte oder bei Einbruch der Dämmerung in der leichten Brise auf der Veranda saß, fing ich an zu begreifen, daß ein anderes Ende für uns alle besser gewesen wäre. Wieder hatte mich meine Überzeugung im Stich gelassen. Obwohl ich mir des dümmlichen Trostes meiner Gedanken durchaus bewußt war, malte ich mir lebhaft aus, was ich hätte tun sollen. Ich hörte mich die Stimme erheben, sah mich entschlossen über die Bühne auf seinen Stuhl zuschreiten, den heimtückischen fleischfarbenen Apparat in meiner Hand halten, hoch der Menge entgegengereckt, und ich hörte ihn stammeln.

Wie um sich über meine Tatenlosigkeit lustig zu machen, erschienen jedoch bald schon Artikel über seine Wahlanstrengungen in den Zeitungen. Es war ein Jahr voller Boshaftigkeit und Groll in der Politik unseres Landes, und der Wahlkampf in West Virginia war weniger eine Kampagne als eine Schlägerei zwischen Gladiatoren. Der Amtsinhaber war in Tücke und Verrat versiert wie Sedgewick Bell, und während meines Morgentees verfolgte ich ihre Kämpfe. Sedgewick Bell nannte ihn einen «Lügner, wenn er den Mund aufmacht, und einen Betrüger in allem, was er tut», und wurde selbst mit noch Schlimmerem belegt. Ein Faustkampf brach aus, als sich ihre beiden Wahlkampfteams auf einem Flughafen begegneten.

Das Spektakel stieß mich ab, aber natürlich war ich auch fasziniert, und obwohl ich dem Amtsinhaber die Daumen drückte, kann ich doch nicht verhehlen, daß ein Teil von mir jede Neuigkeit mit Beifall begrüßte, die Sedgewick Bells fortdauernden Angriff auf seine Führung dokumentierte. Oh, warum war das nur so? Sind wir alle letztlich Kreaturen ohne jede Tugend? Ist es allein die Leidenschaft, der wir folgen?

Unnötig zu sagen, daß jener Herbst ein schwieriger in meinem Leben war, besonders die Nachmittage, wenn der Bus von St. Benedict's am Gästehaus in Woodmere vorbeidröhnte, um die Jungen zu einer Leichtathletikveranstaltung zu bringen, und vielleicht war der Senatswahlkampf nichts anderes als eine gesunde Zerstreuung für mich. Zerstreuung brauchte ich in der Tat. Den Fall der Blätter zu beobachten, den Duft der Äpfel in ihren Körben zu riechen, ohne den Lärm von hundert Jungen auf den Wiesen, war am Ende fast mehr, als ich ertragen konnte. Meine Spaziergänge waren länger geworden, und einige Male hatte ich den Fluß überquert und mich bis ans Ende des Sumpfes vorgewagt, von wo aus ich in der Ferne die verschwommenen Umrisse von St. Benedict's ausmachen konnte. Ich wußte, das war nicht gut für mich, und vielleicht ist das der Grund, warum ich mich Ende Oktober jenes Jahres, als ich las, Sedgewick Bell würde zu einer Wahlveranstaltung ins Gebäude der Bergarbeitergewerkschaft nahe der Grenze zu Virginia kommen, entschloß hinzufahren, um ihn sprechen zu hören.

Vielleicht war der Junge zu der Zeit zu einer Obsession für mich geworden – ich will das zugeben, denn ich bin mir so bewußt wie jeder andere, daß die Zeit nur ein dünner Verband für unsere Wunden ist –, aber andererseits lagen die Kombattanten mittlerweile fast gleichauf, und das Rennen mußte von natürlichem Interesse für jedermann sein. Sedgewick Bell hatte sich von einem Außenseiter zu einem Herausforderer entwickelt. Es war mittlerweile klar, daß die Wahl von den Stimmen der

Arbeiterschaft abhängen würde, und obwohl er aristokratischen Geblüts und Vorsitzender eines gewaltigen Unternehmens war, machte sich Sedgewick Bell daran, sich zum Favoriten des arbeitenden Mannes zu erklären. Aus Zeitungsberichten brachte ich in Erfahrung, daß ihm die Kraft seiner Stimme und seines Auftretens dabei half, und ich konnte mir leicht vorstellen, daß diese Männer sich ihm zuwenden würden. Ich kannte das Charisma des Jungen gut.

Der Tag kam, ich packte Proviant ein und machte mich auf die Reise. Als der Bus sich westwärts durch das Flußtal schlängelte, malte ich mir die Szenerie aus, die vor mir lag, und ich fragte mich, ob Sedgewick Bell zu diesem Zeitpunkt daran interessiert sein würde, mich zu sehen. Sicher war ich für ihn ein Stück Wahrheit seiner selbst, doch schien ich zur gleichen Zeit auch Teil genau der Illusion geworden zu sein, in die er alle um sich herum verstrickt hatte. Wie weit meine Jungen auf der Bühne der Welt auch kamen, immer würde ich von ganzem Herzen hoffen, sie noch ändern zu können! Der Bus kam zu früh an, und ich ging ins Gewerkschaftsgebäude, um zu warten.

Kurz vor Mittag kamen die ersten Bergarbeiter. Ich weiß nicht, was ich erwartet hatte, aber ich war überrascht zu sehen, daß sie tatsächlich so aussahen, als kämen sie gerade aus den Minen. Sie trugen Helme, ihre Gesichter waren staubverschmiert, und an ihren Hüften hingen Handschuhe und Werkzeugriemen. Aus irgendeinem Grund trug ich meinen St.-Benedict's-Blazer, den ich jetzt ablegte. Allmählich kamen auch Reporter, und als das Mittagspfeifen erklang, drängte sich die Menge bis auf den Gang hinaus.

Als das Pfeifen verklungen war, hörte ich das Wummern seines Hubschraubers, und einen Augenblick später sah ich durch die Tür den Staubtornado, mit dem sich die Maschine von oben in meinen Blick senkte. Wie raffiniert dieser Mann war, den ich seit seinen Kindertagen kannte! Der Hubschrauber war mit militärischen Tarnfarben versehen worden, die Kufen jedoch hatte man im Rot, Weiß und Blau seiner früheren Inkarnation belassen. Sedgewick Bell sprang aus der Seitentür, kurz bevor die

Maschine tatsächlich aufsetzte, betrat das Gebäude im Laufschritt und wurde von explosionsartigem Beifall begrüßt. Seine Helfer säumten die Stufen zu der erhöhten Plattform, auf der unter einem Banner und einer Flagge ein Mikrophon stand, und als er durch die Menge darauf zusteuerte, drängelten und schubsten die Bergarbeiter, um in seine Nähe zu gelangen, klopften mit den Fingerknöcheln auf seinen Helm, langten nach seinen Händen und Schultern und jubelten wie Römer bei einem Wagenrennen.

Von seiner Redegewandtheit brauche ich nicht zu berichten, damit habe ich mich lange genug befaßt. Als er die Stufen erreichte und zum Podium hinaufstieg, auf dem Treppenabsatz haltmachte, um zu winken, und dann oben, um die Fahne über sich zu grüßen, brandete Jubel durch die Menge. Da wußte ich, daß er Erfolg mit seinen Bemühungen haben würde und daß diese Bergarbeiter ihn bereits zu den Ihren zählten, und so kam der Beifall, mit dem sie ihn immer wieder unterbrachen, als er tatsächlich sprach, genausowenig unerwartet wie das Versprechen, ihre Interessen mit sich in den Senat zu tragen. Er war meisterhaft. Ich fand meinen eigenen Arm erhoben.

Es waren sicher fünfhundert Mann in der Halle, aber nur einer mit einem St.-Benedict's-Blazer über der Schulter und ohne Helm auf dem Kopf, und so hätte ich natürlich nicht überrascht sein sollen, als innerhalb weniger Minuten einer seiner Helfer an meiner Seite erschien und mir erklärte, daß der Kandidat mich zum Podium bäte. In diesem Moment sah ich Sedgewick Bells Blick kurz auf meinem Gesicht innehalten. Der Anflug eines Lächelns lag auf seinen Lippen, aber dann sah er weg.

Gibt es keinen anderen Kampf als den persönlichen? War Sedgewick Bell an diesem Punkt bereit, die Zukunft seiner politischen Ideen für jenen wie auch immer gearteten Kindheitsdämon aufs Spiel zu setzen, der ich immer noch für ihn war? Als er sich das nächste Mal mir zuwandte, machte er eine Geste hinunter zum Boden, und schon ergriff der Helfer meinen Arm und geleitete mich zur Plattform. Die Menge teilte sich, als wir hindurchschritten, und in ihrem Unwissen und Jubel streckten die Bergarbeiter ihre Arme aus, um mir die Hände zu schütteln. Das war in der Tat ein berauschendes Gefühl. Ich erklomm die Stufen und stand neben Sedgewick Bell an einem kleineren Mikrophon. So dort oben über der Masse der Männer zu stehen! Er hob die Hand, und Beifall brach los, er senkte sie, und Ruhe kehrte ein.

«Heute ist ein Mann hier, der unermeßlich wichtig in meinem Leben gewesen ist», flüsterte er ins Mikrophon.

Applaus, und einige der Männer pfiffen. «Danke», sagte ich in meines. Ich konnte die blaue Unterseite der Schirme von fünfhundert hochgeschobenen Helmen sehen, die mir zugewandt waren. Mein Herz platzte fast.

«Mein Geschichtslehrer», sagte er, und die Menge jubelte wieder. Blitzlichtbirnen knallten, und instinktiv bewegte ich mich weiter nach vorn. «Mr. Hundert», dröhnte er, «von vor fünfundvierzig Jahren an der Richmond Central High School.»

Ich brauchte einen Moment, um zu begreifen, was er gesagt hatte, und da klatschte er auch selbst schon und senkte gleichzeitig den Kopf, was für die Männer unter uns aussehen mußte wie eine Respektbezeugung für mich. Das Blut schoß mir durch die Adern. «Einen Augenblick», sagte ich und trat zurück an mein eigenes Mikrophon. «Ich habe Sie an der St. Benedict's School in Woodmere, Virginia, unterrichtet. Hier ist der Blazer.»

Natürlich ändert es die Geschichte nicht, daß Sedgewick Bell, als ich versuchte, den Blazer in die Luft zu heben, rasch das Podium überquerte, ihn mir entwand und meinen Arm mit dem eigenen hoch in die Luft erhob und daß diese Pose die Bergarbeiter mehr als alles zum Jubel hinriß; es ändert nichts, daß er, als ich sprach, einem seiner Helfer längst bedeutet hatte, mein Mikrophon abzustellen. Denn man ändert die Geschichte nicht ohne Überzeugung. Mir genügt, zu wissen, *daß* ich gesprochen habe, und es ist sicher ein Trost, daß Sedgewick Bell das endlich auch begriffen hatte.

Er gewann die Wahl nicht zu kleinen Teilen deswegen, weil es ihm gelungen war, jene Bergarbeiter davon zu überzeugen, daß er einer der Ihren war. Es waren unwissende Menschen, denen ich es nicht verübeln kann, sich von der geschickt volkstümlichen Rhetorik des Mannes vereinnahmen zu lassen. Das Bild, das am nächsten Morgen in der *Gazette* erschien, habe ich aufgehoben: Senator Bell, der die ganze volkstümliche Anziehungskraft seines Vaters ausstrahlt und den Arm eines alten Mannes hochhebt, auf dessen Gesicht die Überbleibsel eines stolzen, dummen Lächelns zu sehen sind.

Ich lebe immer noch in Woodmere und habe einen Spazierweg gefunden, den ich von Zeit zu Zeit gehe, hinauf zu der einzigen höheren Erhebung, von der ich jenseits des Passamic den Turm von St. Benedict's sehen kann. Ich gehe zweimal täglich ein Stück und habe mich an diese Art Leben gewöhnt. Ich habe sogar Gefallen daran entwickelt. Ich lese heute viel über die alten japanischen Zivilisationen, die ich früher irgendwie vernachlässigt habe, und immer mal wieder besucht mich einer meiner Jungen.

Kürzlich kam eines Nachmittags Deepak Mehta, und wir tranken etwas Brandy. Das war im Herbst des letzten Jahres. Er war ganz der ruhige Junge, der er immer gewesen war, und nicht lange nachdem er auf meiner Couch Platz genommen hatte, mußte ich das Fernsehgerät einschalten, um ihm die Last des Gesprächs zu erleichtern. Wie es der Zufall wollte, hielt der Rechtsausschuß des Senats gerade seine berühmten Anhörungen, und wir zwei saßen da und sahen zu, nickten mit den Köpfen und kicherten jedesmal, wenn die Kamera Sedgewick Bell zeigte, der neben dem Vorsitzenden saß. Ich hatte den Brandy großzügig eingeschenkt, und wann immer sich Sedgewick Bell zum Mikrophon vorbeugte, um den Zeugen etwas zu fragen, machte Deepak seinen affektierten Südstaatenakzent nach. Natürlich konnte ich ihn darin nicht ermutigen, aber ich tat auch nichts, um ihn zu stoppen. Als er sein Glas geleert hatte, schenkte ich ihm nach. Das ist vielleicht eines der größten Vergnügen im Leben eines Lehrers: eines Tages mit einem Mann ein Glas zu trinken, den er bereits als Jungen gekannt hat.

Dennoch wünschte ich nur, daß wir mehr miteinander hätten reden können, als wir es wirklich taten. Aber ich fürchte, daß es zwischen einem Lehrer und seinem Schüler immer eine Zurückhaltung wird geben müssen. Deepak hatte einen weiteren leichten Herzanfall gehabt, wie er mir erzählte, und ich spürte, daß es unpassend von mir gewesen wäre, da weiter nachzufragen. Ich versuchte mich dazu zu bringen, das Thema Sedgewick Bell anzusprechen, aber wieder einmal wurde mir bewußt, daß ein Lehrer nicht mit einem Schüler über einen anderen diskutieren kann. Sicher wußte Deepak ebenfalls über Sedgewick Bell Bescheid, kam jedoch wahrscheinlich aufgrund seiner aus St. Benedict's herrührenden Moralvorstellungen nicht darauf zu sprechen. Wir beobachteten, wie Sedgewick Bell den Zeugen befragte und dann etwas in das Ohr des Vorsitzenden flüsterte. Beide waren wir von seinem Aufstieg nicht überrascht, wie ich glaube, denn beide studierten wir die Geschichte. Aber auch das diskutierten wir nicht. Und doch wünschte ich mir verzweifelt, daß er mich etwas mehr fragte, und vielleicht füllte ich deshalb sein Glas immer wieder nach. Ich wollte, daß er mich fragte: «Wie ist es, Sir, in diesem Alter allein zu sein?» oder daß er vielleicht sagte: «Sie haben mein Leben verändert, Mr. Hundert.» Aber natürlich war das nichts, was Deepak Mehta je sagen würde. Der Charakter eines Mannes ist seine Bestimmung. Dennoch, wenn ich von Zeit zu Zeit beobachtete, wie das Sonnenlicht über seinen gebeugten Kopf fiel, sah ich mit Schrecken, daß Deepak Mehta, der ruhigste von meinen Jungen, mittlerweile ein alter Mann war.

DANK

Der Autor möchte Po Bronson, Camille Capozzi, Chard deNiord, Alex Gansa, Dan Geller, Dayna Goldfine, Michael Goldman, Leslie Graham, Maxine Groffsky, Kate Medina, Steve Sellers und Judith Wolff für die Hilfe danken, mit der sie ihn bei der Arbeit an diesem Buch unterstützt haben.

Romane und Erzählungen

Peter Høeg
Fräulein Smillas Gespür für Schnee *Roman*
(rororo 13599)
Fräulein Smilla verfolgt die Spuren eines Mörders bis ins Eismeer Grönlands. «Eine aberwitzige Verbindung von Thriller und hoher Literatur.» *Der Spiegel*

Denis Belloc
Suzanne *Roman*
(rororo 13797)
«Suzanne» ist die Geschichte von Bellocs Mutter: Das Schicksal eines Armeleutekinds in schlechten Zeiten. «Denis Belloc ist der Shootingstar der französischen Literatur.» *Tempo*

Ray Loriga
Vom Himmel gefallen *Roman*
(rororo 13903)
Ray Loriga, Jahrgang 1967, lebt in Madrid. In seinem mit Bitterkeit und schwarzem Humor getränkten Roman verfolgen Polizei und Medienmeute einen jugendlichen Killer quer durch Spanien.

Andre Dubus
Ehebruch und anderes *Vier Novellen*
(rororo 13744)
Stimmen vom Mond *Roman*
(rororo 12446)
Sie leben jetzt in Texas *Short Stories*
(rororo 13925)
Zehn klassische Short Stories von Andre Dubus über Menschen, die versuchen, mit aufrechtem Gang das Leben zu bewältigen. «Seine Geschichten sind bewegend und tief empfunden.» *John Irving*

rororo Literatur

Daniel Douglas Wissmann
Dillingers Luftschiff *Roman*
(rororo 13923)
«Dillingers Luftschiff» ist eine romantische Liebesgeschichte und zugleich eine verrückte Komödie voll schrägem Witz, unbekümmert um die Grenzen zwischen Literatur und Unterhaltung.

Michael Frayn
Sonnenlandung *Roman*
(rororo 13920)
«Spritziges, fesselndes, zum Nachdenken anregendes Lesefutter. Kaum ein Roman macht so viel Spaß wie dieser.» *The Times*

Radek Knapp
Franio *Erzählungen*
(rororo 13760)
Die Erzählungen von Radek Knapp wurden als bestes Debüt des Jahres mit dem «aspekte»-Literaturpreis des ZDF ausgezeichnet. «Dieser Autor hat Witz, Pfiff, Humor!»
Marcel Reich-Ranicki

Bestseller

rororo **Bestseller** aus dem Belletristik- und Sachbuchprogramm auch in **großer Druckschrift.**

Marga Berck
Sommer in Lesmona
rororo Großdruck 105

Roald Dahl
Küßchen, Küßchen! *Elf ungewöhnliche Geschichten*
rororo Großdruck 110

Friedrich Christian Delius
Die Birnen von Ribbeck
Erzählung
rororo Großdruck 132

Elke Heidenreich
Kolonien der Liebe
Erzählungen
rororo Großdruck 119

Ernest Hemingway
Der alte Mann und das Meer
Roman
rororo Großdruck 106

Raymond Hull
Alles ist erreichbar *Erfolg kann man lernen*
rororo Großdruck 122

Mascha Kaléko
Verse für Zeitgenossen
rororo Großdruck 111

Christian Graf von Krockow
Die Deutschen in ihrem Jahrhundert *1890-1990*
rororo Großdruck 103

Peter Lauster
Die Liebe *Psychologie eines Phänomens*
rororo Großdruck 104

rororo Großdruck

Rosamunde Pilcher
Ende eines Sommers *Roman*
rororo Großdruck 134

Ruth Rendell
Durch das Tor zum Himmlischen Frieden
rororo Großdruck 115

Oliver Sacks
Der Tag, an dem mein Bein fortging
rororo Großdruck 107

Kate Sedley
Gefährliche Botschaft *Ein historischer Kriminalroman*
rororo Großdruck 116

Anne-Marie Tausch
Gespräche gegen die Angst
Krankheit – ein Weg zum Leben
rororo Großdruck 113

Ein Gesamtverzeichnis der Reihe *rororo Großdruck* finden Sie in der *Rowohlt Revue.* Jedes Vierteljahr neu. Kostenlos in Ihrer Buchhandlung.

3455/5

Neil Gaiman

Niemalsland

Roman

Fahr zur Hölle, nimm die U-Bahn: Neil Gaiman, Autor des Kult-Comic „Die schwarze Orchidee“, erzählt, was einem schüchternen jungen Mann passiert, der einfach nur helfen will und entdecken muß, daß gleich unter dem Pflaster der Abgrund liegt. In der der Londoner U-Bahn-Unterwelt mutiert der Bürohänfling zum strahlenden Helden, und das Genre „Fantasy“ wird zum Literaturspaß für Erwachsene.

352 Seiten, gebunden

HOFFMANN
UND CAMPE